первая среди лучших

Татьяна Устинова – первая среди лучших!
Читайте детективные романы:

—

Мой личный враг
Большое зло и мелкие пакости
Хроника гнусных времен
Одна тень на двоих
Подруга особого назначения
Развод и девичья фамилия
Персональный ангел
Пороки и их поклонники
Миф об идеальном мужчине
Мой генерал
Первое правило королевы
Седьмое небо
Запасной инстинкт
Богиня прайм-тайма
Олигарх с Большой Медведицы
Близкие люди
Закон обратного волшебства
Дом-фантом в приданое
Саквояж со светлым будущим
Пять шагов по облакам
Гений пустого места
Отель последней надежды
Колодец забытых желаний
От первого до последнего слова
Жизнь, по слухам, одна!
Там, где нас нет
Третий четверг ноября
Тверская, 8
На одном дыхании!
Всегда говори "Всегда"
С небес на землю
Неразрезанные страницы
Один день, одна ночь
Сразу после сотворения мира
Где-то на краю света
Сто лет пути
Ковчег Марка
Чудны дела твои, Господи!
Шекспир мне друг, но истина дороже
Вселенский заговор

ТАТЬЯНА

Устинова

Персональный ангел

Москва
2017

УДК 821.161.1-312.4
ББК 84(2Рос=Рус)6-44
У80

Оформление серии *С. Груздева*

Под редакцией *О. Рубис*

Устинова, Татьяна Витальевна.

У80 Персональный ангел : [роман] / Татьяна Устинова. — Москва : Издательство «Э», 2017. — 320 с. — (Татьяна Устинова. Первая среди лучших).

ISBN 978-5-699-89739-1

Читая политическое досье олигарха Тимофея Кольцова, Катерина – мозговой центр агентства по связям с общественностью – понимала, что ее начальство почему-то взялось за почти гиблое дело: возвести на губернаторский престол олигарха Тимофея Кольцова. Но ее возражений никто не слушал – поезд ушел, надо работать. Работать с угрюмым, видящим насквозь, циничным Кольцовым было трудно. Но момент истины для Катерины настал, когда она вместе с Тимофеем и его охраной попала под обстрел в джипе по дороге в его прибалтийский замок. Он прикрыл ее своим могучим и тяжелым телом. Катерина поняла – она в него втюрилась. И ей стало вдвойне страшно за него, за свое чувство... А потом случилось нечто столь ужасное, после чего, казалось, жить незачем...

УДК 821.161.1-312.4
ББК 84(2Рос=Рус)6-44

ISBN 978-5-699-89739-1

> Странные вещи случаются с нами иногда в жизни. А мы даже не замечаем, что происходит. Так, например, мы вдруг обнаруживаем, что были глухи на одно ухо, ну, скажем, в течение получаса.
>
> *Джеймс Барри, «Питер Пэн»*

День, обещавший так много, заканчивался плохо.

Катерина положила трубку, раскалившуюся от гневных выкриков клиента, которому не понравилась статья, появившаяся с утра в «Коммерсанте». Изменить все равно уже ничего было нельзя, и Катерина едва удержалась от того, чтобы не надерзить строптивому клиенту. Виноват на самом деле был его собственный зам, не желавший учиться общению с прессой, а вовсе не агентство по связям с общественностью, которое это интервью организовало.

Двадцать минут она уговаривала, убеждала, сыпала комплиментами и клялась в вечной любви. Ничего не помогало. Клиент продолжал бушевать, и к концу разговора Катерина чувствовала себя тряпкой, которой вытерли пол, а потом засунули ее в угол, не забыв напоследок попинать ногами.

— Ох-хо-хо, — сказала Катерина и потерла глаза, уставшие от контактных линз и табачного дыма.

Самое время тихонько, не привлекая высочайшего внимания начальников, убраться восвояси. Она торопливо покидала в сумку пудреницу и телефон и, сделав решительное и озабоченное лицо, чтобы всем окружающим сразу было ясно, что она отправляется куда-то по сверхважным делам и при этом очень спешит, двинулась в сторону лифтов.

Но не тут-то было.

— Катя! — радостно закричала из приемной генерального секретарша Ирочка. — Как хорошо, что ты еще не ушла! Олег только что просил тебя найти, я даже трубку сняла.

С протяжным стоном преступника, пойманного за руку в самый ответственный момент, Катерина посмотрела в пустую кабину пришедшего лифта, дождалась, когда закроются вожделенные двери, и только после этого поплелась к генеральному.

— Что стряслось? — спросила она, едва войдя. Генеральный был не один. Первый зам попивал кофе из большой белой кружки, сидя за столом переговоров. Это не сулило ничего хорошего и могло означать только одно — они настроены на долгую беседу.

Катерина стояла посреди кабинета, решив ни за что не садиться. Может, если она будет стоять, они смилуются и отпустят ее домой?

— Садись, садись! — предложил генеральный, моментально разгадавший ее маневр. — Садись и читай.

И он швырнул на стол тяжелую кожаную папку.

Второй начальник приглашающим жестом отодвинул кресло, и Катерине ничего не оставалось, как покориться судьбе-злодейке.

— Что это? — спросила она уныло.

— Новый клиент! — ответил генеральный.

— Кто?

— Открывай, — велел генеральный тоном Деда Мороза, раздающего подарки, и многозначительно посмотрел на зама.

Катерина взяла со стола папку и некоторое время просто держала ее в руках, не открывая. Она специально испытывала терпение обоих начальников, которые сидели с такими самодовольными физиономиями, что не потянуть время было просто невозможно. Катерина понимала, что они, очевидно, поймали очень крупную рыбу, их ужимки и прыжки могли означать только это.

Она любила обоих начальников за неиссякаемый боевой задор, бульдожью хватку, профессионализм и даже некоторое присутствие порядочности. По крайней мере, с ней они оба всегда были очень милы.

— Ну ладно, Катерина, давай, не тяни, — наконец не вынес младший начальник Саша Скворцов, — мы оценили твою выдержку и здоровый скептицизм. Открывай.

Катерина вздохнула легонько и открыла папку.

— О господи, — пробормотала она, уставившись на большую цветную фотографию. Начальники переглянулись, довольные произведенным эффектом. Впрочем, иного они и не ожидали. Человек на фотографии на всех производил одинаковое впечатление.

— Ну как? — Главный начальник Олег Приходченко хотел бурных восторгов, а третье лицо компании и ее главная творческая сила что-то уж слишком долго молчало, рассматривая фотографию и не перелистывая страниц.

Дело было сделано громадное — клиент, не просто перспективный, а очень перспективный, вместе со своим миллионным бюджетом, был у них в кармане, и только сам Приходченко знал, чего это стоило.

Катерина наконец оторвалась от созерцания фотографии и устало заявила:

— Вы просто спятили. Оба. Где вы его взяли?

— Коммерческая тайна, — буркнул Саша Скворцов, поняв, что никаких восторгов не предвидится. — А что тебя не устраивает, собственно? Мы добыли заказчика, у которого одна машина стоит столько, сколько ты зарабатываешь за десять лет. Ты его будешь вести. С нашей помощью, разумеется.

— Ну, разумеется, — усмехнулась Катерина.

— На его деньги мы будем жить всю жизнь, вместе со всей нашей лавкой. — Саша, как специалист по связям с общественностью, гнул свое и не давал сбить себя с толку ироничными замечаниями. — Так почему ты делаешь кислое лицо?

Они так с ней церемонились, потому что знали — без нее они не вытянут этого клиента. Да и никакого другого, даже значительно более простого, не вытянут. Катерина соображала, как компьютер пятого поколения, и, когда увлекалась, готова была работать день и ночь. Коммерческие вопросы они решали без нее, а стратегические только после консультации с ней. Впервые в их совместной работе они не спрашивали ее мнения, а ставили перед фактом, и Катерине это не слишком нравилось.

— Я не делаю кислое лицо, — ответила она Скворцову. — Я просто знаю, что мы ввязались в совершенно гиблое дело. Я все понимаю, и про бюджет, и про перспективы, но я также понимаю, что работать с такого рода личностями — это конец света.

И все замолчали. Катерина рассматривала фотографию.

Мужчина на ней выглядел мрачным и тяжелым, как танк «Т-34» времен Отечественной войны. У него было неприятное лицо и взгляд людоеда из детской сказки. Очки в тонкой золотой оправе смотрелись на его лице таким же инородным телом, как бриллиантовая брошь на платье нищенки.

Какой-то продвинутый имиджмейкер подсказал, поняла Катерина, чтобы облагородить резкое, почти уродливое лицо. Зря подсказал — очки смотрелись смешно.

— Что ему нужно? — спросила Катерина, переворачивая фотографию лицом вниз, смотреть на нее долго было невозможно, хотелось спрятать глаза и отодвинуться.

— Все, — коротко ответил Приходченко. — Полный спектр услуг, от начала до конца.

— Что это значит? — Катерина изучала первую страницу досье.

— Ты прочти сначала, — с легкой досадой посоветовал Скворцов, — а потом все обсудим.

Ему не нравилась реакция Катерины. Было очень важно, чтобы этим делом занялась именно она, только тогда они выжмут максимум возможного из этого суперклиента и его амбиций. Тогда они наконец выйдут на уровень, о котором можно только грезить, лежа без сна между тремя и четырьмя часами ночи.

Катерина, пошарив рукой по столу, достала из пачки сигарету. Приходченко щелкнул зажигалкой и подвинул ей пепельницу.

— Завод на Урале, — пробормотала Катерина. — Верфи в Питере и в Калининграде. Недвижимость в Москве. Банк «Новое время». Телеканал СТМ, неужели тоже его? А вроде был Лисовского...

— Перекупил с месяц назад, — пояснил Приходченко, знавший это досье наизусть.

— Депутат от Калининграда, — бормотала Катерина, — член совета директоров Уралмаша, газета «Итоги»... кстати, неплохая газета... медиахолдинг, ну это понятно, куда ж нынче без медиахолдингов... Театр Ленинского комсомола тоже он спонсирует? Надо же, научил кто-то театры спонсировать... — Она перевернула страницу, мельком глянув на начальников. Начальники слушали ее перечисления как музыку.

— Биография... — Катерина затушила сигарету, читать стало интересней. Ее всегда занимало, как можно сделать такие деньги. Понятно, что нужно воровать, но воровать исключительно талантливо. — Вырос в Калининграде, школа № 43, ПТУ... ну, конечно... завод «Янтарь», о господи, наладчик. Наладчик?! Инженер, начальник смены, начальник цеха. Директор. После приватизации, что ли? — Катерина взглянула на Приходченко. Тот кивнул. — Дальше все как по писаному. Окончил Калининградский технический институт. И еще Академию народного хозяйства три года назад. Ну, этот диплом купил для порядка, или опять, может, кто подсказал...

— Кать, не надо думать, что он идиот, — не выдержал Скворцов.

— Идиотов с такими деньгами не бывает, — ответила Катерина, — по крайней мере живых...

— Вот именно, — усмехнулся Приходченко.

— Сорок один год, второй раз женат. Первая жена, Людмила, прозябает на исторической родине, в славном городе Калининграде. Разошлись давно и тихо-мирно, судя по тому, что в прессе никаких скандалов не было. Интересно, он ее содержит или нет? Не выяснили? — Катерина глянула на начальников. Скворцов отрицательно покачал головой. — Надо выяснить. Вторая жена, Диана Карпинская, «мисс Мода — 94». О господи, как они все неоригинальны, эти олигархи... Куда же ему, бедному, без «мисс Моды»? Практически никуда... Ушла с подиума вскоре после того, как вышла замуж. С первой женой она его развела или они раньше развелись, никто не знает?

— Ты все и узнаешь, Катерина, — ехидно ответил Скворцов. Она пропустила ремарку начальника мимо ушей. Биография доброго молодца — промышленного магната ее по-настоящему увлекла.

— Сегодня прелестная женушка — генеральный директор издательского дома «Диана», выпускает популярный женский журнал «Диана» и еженедельник о моде «Диана». Как, опять Диана? Нет, ей-богу, вы спятили, ребята. Клиент похож на разъевшегося уголовника из зоны, его жена называет собственным именем все, что видит вокруг. У нее нет виллы на Средиземном море под названием «Усадьба «Диана»?

Начальники переглянулись и, перестав шататься по кабинету, заняли места за столом переговоров, напротив нее.

Шутки кончились, так поняла их маневр Катерина. Начинается работа, за которую ей придется браться, как бы она ни пыталась их разозлить и заставить тащить проект без нее.

— Дайте я дочитаю-то, — попросила она с тоской. — Немножко осталось.

— Валяй, дочитывай, — разрешил Приходченко. — И запоминай все хорошенько. Так чтоб потом время не тратить.

— Машины — никаких пристрастий. К «Мерседесам» равнодушен. Неужели? Представительская машина — «Ягуар». В быту ограничивается джипом. «Лендровер» индивидуальной сборки. Вот это классно придумано — в быту! Охрана передвигается на «Хаммере». О боже, боже... К одежде равнодушен. Носит английские костюмы, которые привозит из Лондона. Развлечений — никаких. Как, а голые девочки в бане?

— Никаких голых девочек, Катерина. — Приходченко даже обиделся за клиента. — Тут уж одно из двух: или девочки, или бизнес такого уровня. Любовница, наверное, есть, мы не проверяли, но уж девочек точно нет.

— Хотите, я догадаюсь, что он слушает в машине? — спросила Катерина, закрывая папку.

— Хотим, — улыбнулся Приходченко. Это было интересно. Катерина еще не вступила в игру, еще иронизировала и ломалась, но ее безошибочное чутье уже улавливало что-то, какие-то токи, исходившие от собранного материала, и за это чутье Приходченко готов был простить ей все, что угодно, любые выкрутасы.

— В машине он слушает группу «Любэ» и роняет скупую мужскую слезу на свой кейс с деньгами, когда они поют про коня или про комбата. Точно?

— Попала, Катька, — улыбнулся Приходченко. — Про слезу не знаю, но слушает он «Любэ», это точно. Ты политическое досье специально не стала смотреть?

— Олег, уже конец дня, я настроилась домой идти. Если хотите обсуждать что-то, давайте обсудим, хотя и так все ясно. А досье я с собой возьму. Почитаю на ночь. Прелестное, надо сказать, чтение. Если вы хотите что-то сказать мне сверх того, что я уже изучила, — вперед.

— Вперед, — повторил Приходченко. — Самое главное — он хочет пройти в губернаторы. На своей, как ты выражаешься, исторической родине.

— Я догадалась. — Катерина снова закурила.

День был тяжелым, и она понимала, что разговаривать им еще долго. Хотелось домой. Сестра обещала заехать на ужин, а Катерина опять пропустит все самое интересное — Дарьины рассказы про дочку, двухлетнюю Саньку, которую они всем семейством обожали. Дарья завтра будет звонить и ругать ее, никудышную сестру и невнимательную тетку.

Приходченко тоже закурил, задумчиво пуская дым в Сашу Скворцова.

— Но не это самое главное, — встрепенувшись, вступил в разговор Саша. — Самое главное, что губернаторством дело не ограничивается.

— В президенты метит? — осведомилась Катерина с усмешечкой. — В правильном направлении мыслю?

— Ты всегда мыслишь в правильном направлении, — согласился Приходченко и вновь замолчал.

Он сознательно оставлял все объяснения на долю Саши Скворцова, у того это получалось лучше, да и ссориться с Катериной у Олега не было никакого резона — пусть ссорится Скворцов.

О ссорах Александра Скворцова и Катерины Солнцевой по офису ходили легенды, о них слагали былины и шептали друг другу в уши в курилке. Приходченко был ни при чем. Положение генерального директора позволяло свалить все самое неприятное на долю близкого окружения — Скворцова и Солнцевой. Саша о своей участи прекрасно знал, просто деваться ему было некуда.

— До президентских выборов осталось как раз три года. Если он на следующий год пройдет в губернаторы, то на создание земного рая, или его видимости, в отдельно взятом анклаве останется два года. Вполне достаточно. Наша главная задача — создать эту видимость так, чтобы в нее поверили все, включая самого клиента.

— Наша главная задача, — раздражаясь, вступила Катерина, — осознать масштабы бедствия, в которое мы со всего размаху вляпались. Ведь отступать, как я понимаю, некуда?

Скворцов кивнул, соглашаясь.

— Воистину некуда, раба божья Екатерина. У него формируется предвыборный штаб, и мы в него уже вошли как служба по связям с общественностью. Нужно быстро составить план мероприятий, придумать, куда лучше всего вложить деньги, написать медиа-планы, все как всегда.

— Да не все как всегда, Саша! — Катерина завелась с пол-оборота. Она ненавидела эту скворцовскую черту — весело рассуждать о самых сложных проектах, ставить заведомо невыполнимые задачи, а потом так же весело требовать их выполнения. Иногда это срабатывало — трепеща пред светлым начальничьим ликом, сотрудники вылезали из кожи вон, создавали на пустом месте целые программы и резво их воплощали в жизнь.

Сейчас, Катерина отлично это понимала, совсем другой случай. Ценой ошибки была не потеря денег, а «усекновение главы», как называл крупные неприятности Катеринин отец, Дмитрий Степанович, того же Саши Скворцова.

— Мы никогда в жизни не занимались выборами. Это раз. Мы никогда не работали в его окружении. Это два. Нам всем придется как минимум на год переселиться в Калининград. Это три. Нас никто не допустит до тела. Никогда. Это и четыре, и пять, и восемь, и двенадцать.

— Почему не допустит? В понедельник мы едем представляться. Непосредственно телу, — снисходительно поправил ее Саша. — Ты, между прочим, тоже едешь.

— Хорошо, один раз мы его увидим в непосредственной близости от себя, а потом? Или Тимофей Кольцов будет принимать Приходченко каждый день, и выслушивать отчеты, и править речи, и согласовывать графики мероприятий, и утверждать встречи, и общаться с журналистами, и учиться правильно говорить? Все это он как миленький будет делать, а нам останется только правильно использовать его денежки. Об этом вы грезите?

— И об этом тоже, — согласился Саша, не теряя снисходительности.

— Вы не понимаете, что на себя берете, ребята, — устало сказала Катерина. — Я правда очень горжусь тем, что работаю с вами. Вы, как начальники, исключительно хороши. У меня такие впервые. Но ни вы, ни я ничего не понимаем в политическом пиаре. И так быстро, как нужно, не научимся. А значит, все будут вечно недовольны друг другом. Он деятель такого уровня, что мы никогда не получим к нему прямого доступа. Нас всегда будут ограничивать, останавливать и не допускать. Мы не имеем никакого отношения к его окружению. Или имеем?

Приходченко медленным движением подтянул к себе соседнее кресло и водрузил на него ноги в лакированных ботинках.

Врать Катерине ему не хотелось. Правду сказать он не мог. Поэтому он произнес нечто среднее, но вполне безопасное и правдоподобное:

— Меня вывели на его зама по прессе Игоря Абдрашидзе. Он когда-то начинал в ТАСС, поэтому у нас остались общие знакомые. И, в общем, мы его устроили как грамотная и почти что своя, карманная, команда.

— А что, у него нет по-настоящему карманной команды? — подозрительно спросила Катерина. — Или у тебя были какие-то рычаги воздействия?

— Были, были, как же иначе? — проворчал Приходченко, не желая вдаваться ни в какие подробности. — В теннис три раза поиграли, вот и все рычаги.

«Ты врешь, — поняла Катерина, — если бы все было так просто, вы бы меня спросили, прежде чем принимать решение. Нет, тут чьи-то интересы сыграли роль, только непонятно чьи».

Катерина знала, что ни один из ее начальников всерьез в политику никогда не лез, хотя все отлично понимали, что самые большие деньги крутятся именно там. Они работали с крупными промышленниками, банкирами и даже поп-звездами. Все эти категории, кроме последней, имели весьма опосредованное отношение к политике, только в части лоббирования собственных интересов и подкупа «слуг народа». Последняя категория с политикой дела не имела вовсе.

Это всех устраивало, и за год существования, благодаря связям Приходченко и мозгам Солнцевой, никому не известное агентство по организации связей с общественностью «Юнион» вошло в Москве в десятку лучших и заимело репутацию надежного и профессионального партнера.

Их PR-акции были грамотно спланированы и приносили неизменный успех, их пресс-конференции собирали вал журналистов и телевизионщиков, советы о том, что следует проспонсировать, а что осторожно обойти, неизменно служили укреплению репутации клиента.

Катерина понимала, что хорошо отлаженный

механизм их работы разрушится полностью и окончательно, как только они возьмутся за водружение Тимофея Кольцова на губернаторский престол. Заниматься привычной и приносящей денежки текучкой будет некогда и некому. А эти денежки пусть небольшие, но стабильные, и на них вполне благополучно кормятся тридцать человек персонала, и упускать их жалко, да и суперклиент не один на белом свете. Выборы выборами, но они пройдут, и что останется?

Придется перекраивать все — структуру агентства в целом, состав отделов, нужно искать кого-то, кто заменит Катерину и Скворцова на скучных, ежедневных, требующих постоянного внимания и контроля делах.

Да и про переезд в Калининград на год Катерина вовсе не шутила. Еще очень свежи были в памяти минувшие президентские выборы, во время которых большую часть времени Катерина проводила в самолетах, а оставшуюся — в гостиницах, готовясь к съемкам президентских выступлений перед избирателями. Она тогда похудела на десять килограммов и очень хорошо заработала. Но начинать все заново, да еще когда вся ответственность на тебе, а кандидат — то ли бандит экстра-класса, то ли наладчик с сумасшедшим честолюбием и кучей денег, Катерине очень не хотелось.

И еще она понимала, что история получения заказа гораздо сложнее, чем обрисовал Приходченко — поиграли в теннис с замом, и он полюбил нас, как родных. Такие клиенты не падают с неба и не достаются «по случаю». Приходченко явно темнил, и Катерине это совсем не нравилось.

— Кать, договор-то подписан, так что давай начинай думать, — прервал затянувшееся молчание Саша Скворцов. — Чем быстрее ты придумаешь стратегию, тем легче нам будет жить.

— Нет уж, Сашенька, — сказала Катерина, поднимаясь и прихватывая со стола увесистую папку политического досье Тимофея Ильича Кольцова, — я пока домой поеду. А почему мы все вместе идем ему представляться? Я-то тут при чем? Я нормальная рабочая лошадь, мне знакомиться с ним ни к чему, я буду придумывать, как подать его получше, и, в общем, мне совершенно наплевать на то, как он выглядит. А больше мы ничего из этой встречи не извлечем, я точно вам говорю.

— И ты должна на него посмотреть. — Приходченко снял ноги с кресла и теперь рассматривал Катерину через канцелярскую лупу, невесть как попавшую к нему на стол. Его глаз при этом казался раз в шесть больше, чем на самом деле, а сам Приходченко напоминал персонаж из фильма об ученых-убийцах. — И он должен на тебя посмотреть, и все мы должны посмотреть друг на друга.

Катерина, усмехнувшись, пошла к двери, но остановилась, взявшись за ручку.

— Если б не моя чудовищная алчность и жажда наживы, я бы послала вас к черту вместе с вашим кандидатом. Но страсть к деньгам сильнее меня. Поэтому я постараюсь взять себя в руки и начать работать на него. Но заметьте, —

она смешно подняла палец, цитируя какой-то фильм, — не я это предложила!

Дверь за ней закрылась. Приходченко бросил на стол идиотскую лупу и посмотрел на Скворцова.

— Она узнала о новом клиенте?

— Полчаса назад.

— Что-нибудь говорила?

— Ругалась. Он ей не нравится.

— Пусть понравится. На нее весь расчет. Она будет держать вас в курсе всех дел, только если его окружение будет ей доверять. Вы же говорили, что в отношениях с людьми ей нет равных.

— Так и есть.

— Так пусть она работает с его окружением как можно больше и как можно быстрее начинает. Если ее допустят непосредственно к нему, считайте, что мы выиграли.

— Ну, это вряд ли. Сами понимаете, подойти к нему близко очень трудно.

— Мы поможем. Если кто-то будет мешать, мы его спокойненько уберем, а ее надо по возможности продвинуть поближе. Хорошо бы в постель к нему пристроить.

— Я вам говорю, что он ей совсем не нравится! А она не проститутка и не нищенка, чтобы внезапно начать спать с деньгами! Так что выбросите это из головы — спать с ним она не станет.

— А что это вы так разгорячились? Сами небось не прочь? Или уже? Или жалко девочку, умницу и красавицу? Служенье муз не терпит суеты, милейший, а уж тем более служение политике. Так что действуйте, как договаривались, да смотрите, чтобы не мешал никто, особенно второй. И звоните, звоните чаще, держите нас в курсе! И не суетитесь, поспокойнее, без нервов, ей-богу!..

— Ладно, хоть бога-то всуе не поминайте...

В субботу Катерина встала поздно. Родители никогда не будили ее по выходным, зная, что, разбуженная раньше срока, Катерина будет все утро злиться и ныть, как надоедливая осенняя муха, готовая в любую минуту то ли укусить, то ли впасть в спячку. Поэтому когда она спускалась из своей «светелки», как называла второй этаж Марья Дмитриевна, ее мать, завтрак был уже давно съеден и забыт и родители садились во второй раз пить кофе.

Почему-то, во сколько бы Катерина ни встала, она всегда попадала именно к этому моменту и радовалась, как маленькая, упоительному запаху кофе, и зычному отцовскому басу, и клацанью собачьих когтей по деревянным полам, и легкому, интеллигентному перезвону чашек, взятых по случаю субботы и хорошего настроения из бабушкиного дрезденского сервиза.

Ах, как это было здорово — проснуться субботним сентябрьским утром на даче и смотреть, как, отражаясь от чего-то за окном, плещется на потолке жидкое пятно света — напоминание об уходящем лете, и как прижимается к стеклу разноцветная ветка клена, а за ней виден кусок неба, такого синего и осеннего, что оно кажется ненастоящим, и слушать, как внизу, на кухне, родители негромко переговариваются о чем-то, и отец очень старается говорить тихо, но все равно гудит гулким басом, как из бочки.

Когда-то он специально учился так говорить, чтобы было слышно во всей аудитории, до самого последнего ряда.

Шлепая босиком в ванную и ежась от радостного и прохладного ощущения гладкого деревянного пола под ногами, Катерина продумывала план на день.

— Есть ли у вас план, мистер Фикс? — спросила она свое отражение в зеркале, выдавливая на щетку зубную пасту. Катерина любила мультфильмы. — Да у меня три плана!

Нужно будет дочитать до конца документальную эпопею под названием «Как я стал олигархом. Несколько эпизодов из жизни Тимофея Ильича Кольцова». Еще нужно помыть машину и хитростью и лестью заставить отца прочистить карбюратор — ее «девятка» уже с неделю упорно глохла в пробках, и Катеринины подозрения пали именно на карбюратор. Еще нужно изобразить что-нибудь необыкновенное на обед, к которому скорее всего приедут сестра Даша, зять Митя и племянница Санька.

Еще хорошо бы «познать самое себя», как называла моменты долгих дочкиных раздумий Марья Дмитриевна, и выстроить свое отношение к проблеме Тимофея Кольцова и работы на него.

Что-то странное было в том, как вчера вели себя начальники, как переглядывались и темнили. И решение они приняли без нее. Зачем? Она — доверенное лицо, третий человек в бизнесе, глупо думать, что они хотят ее обойти, им без нее не справиться. Тогда что?

— Катерина! — заорал снизу отец, радуясь возможности продемонстрировать свой необыкновенный бас. Очевидно, они услышали, как она шлепает по полу. — Кофе готов. Давай!

— Я даю! — закричала в ответ Катерина. — Умываюсь!

И совсем близко, у лестницы, раздался звучный голос матери:

— Почему в этой семье никто не может говорить потише?

В этой семье действительно никто не мог говорить тихо — все орали. И не по злобе душевной, а в силу темперамента и традиций. Митя, Дашин муж, долго не мог привыкнуть — ему казалось, что все Солнцевы вот-вот подерутся, а они даже не понимали, что его удивляет. Всю жизнь все они громко разговаривали, смеялись от души и от души же ругались. Правда, справедливости ради надо сказать, что ругались они редко. Сколько помнила себя Катерина, столько помнила бурные кухонные обсуждения каких-то научных проблем, которые родители вели каждый вечер. Бабушка, нежнейшее, добрейшее, возвышенное создание, время от времени пыталась их урезонить — пожалейте детей, расскажите им за ужином про курочку Рябу или Спящую Красавицу.

А родители продолжали рассказывать о том, почему никогда не упадет Пизанская башня, какое сечение у пирамиды Хеопса, куда девались сокровища майя, от чего, собственно, отрекся Галилео Галилей и по какому принципу расположен каскад фонтанов в Петергофе.

Первого сентября на первом в своей жизни уроке Катерина прочитала букварь от титульного листа до фамилий корректоров и редакторов и со скуки затеяла драку с соседом.

Так началась для нее школа и так продолжалась все десять лет.

Воспитанная в обстановке абсолютной и безграничной свободы, при которой они с Дарьей всегда имели право на собственное мнение, неизменно уважавшееся и родителями, и бабушкой, Катерина не могла понять, почему после школы нужно непременно идти собирать макулатуру. Ведь все равно макулатура сгниет в сарае за школой! Это все знают... А времени нужно потратить массу.

Или зачем наизусть заучивать обязанности дневального по роте, когда понятно, что дневальными по роте им с сестрой не быть никогда.

И зачем читать глупые и плохие книги, да еще высасывать из пальца какие-то сверхидеи, когда можно читать умные и хорошие и из пальца ничего не высасывать?

Десять лет Катерина провела в легальной оппозиции к системе среднего образования. Родители делали все, чтобы поддержать ее с Дашкой и в то же время не дать их оппозиции превратиться в конфронтацию. Как-то они ухитрялись примирить и Катерину, и Дарью с действительностью без ущерба для их формирующегося «я» и нежных девичьих душ.

В один прекрасный день отец Дмитрий Степанович стал знаменитым. Катерина училась тогда в девятом классе, Дарья — в седьмом. Ему присудили Нобелевскую премию по физике, и он стал «ученым с мировым именем».

Его признали не только в мировом научном сообществе, но даже в школе, где учились его дочери. Раньше, до внезапно свалившейся славы, он был бесперспективный родитель — не директор гастронома и даже не заведующий складом стройматериалов. А тут вдруг выяснилось, что долгие годы весь педагогический коллектив просто-напросто подготавливал базу для встречи великого ученого и подрастающей смены. Отца стали приглашать в школу каждую неделю — рассказать о своих достижениях. Отец отговаривался тем, что косноязычен, и радостно извещал об этом директора или завуча в вежливых записках с отказом от очередного выступления.

— Слава меня испортит! — сообщал он Марье Дмитриевне, сочиняя «отказные» записки.

— Авось не испортит, — философски отвечала Марья Дмитриевна.

Теперь они много ездили по миру и вдвоем, и с барышнями, как начал называть дочерей отец, когда им стали звонить кавалеры.

К моменту поступления в институт Катерина уже в полной мере осознала всю чудовищность лжи, в которой жила ее страна в течение многих десятилетий.

И, как всегда, здравомыслие, логика и поддержка отца и эмоциональность, страстность и вера в человеческий разум матери помогли Катерине выбраться из капкана недоверия и неуважения к людям, так бессовестно лгавшим и готовым верить любой лжи снова и снова, лишь бы ни к чему не прикладывать усилий.

«Делай что должен, и будь что будет», — всегда повторял отец английскую поговорку. К двадцати восьми годам Катерина вполне прониклась величием этой поговорки и всегда старалась ей следовать.

Она обожала своих родителей и, посмеиваясь, на равных с ними, баловала, холила и лелеяла бабушку.

Бабушке стукнуло 84. Лето она проводила на даче и в Карловых Варах, а зиму в Москве, посещая музыкальные вечера в Пушкинском, консерваторию и сауну в компании с «девочками» ее возраста. Она была изящна, ухоженна, носила на левой руке бриллиантовое кольцо, зятя тридцать шесть лет называла на «вы», при этом виртуозно чистила селедку, никогда не отказывалась от стопки и курила «Мальборо-лайт».

Спустившись в кухню, Катерина обнаружила, что все давно перестали орать и степенно попивают кофе из бабушкиных чашек дрезденского фарфора.

Веселую деревянную кухню заливал желтый солнечный свет, и казалось, что лето бродит где-то поблизости.

Кузьма, громадный кавказец ее отца, с надеждой и умилением смотрел на оладьи, переминаясь за отцовским креслом. Кот Василий спал, свесив бока и лапы с бабушкиных колен, облаченных в теплую байковую пижаму. По его подрагивающим ушам Катерина поняла, что ситуацию он тем не менее контролирует полностью.

— Хелло! — поприветствовала всех Катерина на иностранный манер.

— Хелло! — отозвался отец.

Катерина подставила бабушке щеку, а мать неожиданно сказала:

— Как мне надоел этот зверинец в доме!

Посмотрев по сторонам, Катерина поняла, к чему это было сказано, — такса Вольфганг, или просто Ганя, или же Моня, потому что Вольфганг — Моцарт, забралась в кошачью миску, перевернула ее и с упоением вылизывала образовавшуюся на полу лужицу овсянки.

— Он всем надоел! — радостно поддержал жену Дмитрий Степанович. — Давай их всех завтра же сдадим на живодерню!

— Вас обоих на живодерню, — подала голос бабушка. — Уедете, а мы с Катериной корми всю скотину!

— Продержимся, бабушка! — успокоила ее Катерина, целуя мать. От гладкой розовой щеки пахло духами, кофе, ванилью — любимый, успокаивающий, очень родной запах. — Кстати, когда вы уезжаете?

— Через неделю, если все сложится, — ответила Марья Дмитриевна, наливая кофе. — Омлет поджарить?

— Омлет не изволю. Изволю йогурт, сыр и ветчину! — провозгласила Катерина.

Бабушка поморщилась:

— Хоть ты не ори, — велела она. — Марию уже не перевоспитаешь, Дима давным-давно испортил ее окончательно, а тебе вполне можно последить за собой.

Отец оглушительно захохотал, мать дала ему

шутливый подзатыльник, в общем шуме Кузьма ухватил у отца с тарелки оладью и заглотил ее одним движением. После чего виновато задвинул зад подальше за кресло.

— Ты чего вчера явилась так поздно? — спросила мать, когда улеглась суматоха. Она боком сидела у стола, в любой момент готовая вскочить и броситься ухаживать за семейством, — элегантная, высоченная, лишь чуть ниже отца, стильно причесанная, в джинсах и свитере. Всю жизнь Катерина гордилась, что у нее такая мать.

— Ой, у нас новый клиент. — Катерине хотелось рассказать все родителям. Их мнению она безоговорочно доверяла. — Догадайтесь, кто?

— Березовский, — предположил отец.

— Билл Клинтон, — сказала бабушка, любившая американского президента.

— Сама ты Билл Клинтон, — разуверила бабушку Катерина. — Тимофей Кольцов, вот кто.

— Весьма солидно, — заявила мать, наливая себе еще кофе и подвигая бабушке пепельницу. — А что с ним нужно делать?

— В губернаторы продвигать, а потом в президенты.

— России? — уточнила мать.

— Нет, Швейцарской Конфедерации, — разъяснила Катерина.

— Разве вы умеете это делать? — спросила мать. — По-моему, это полное безумие. Или твой Приходченко считает, что под такое дело он наймет профессионалов?

— Мой Приходченко считает, что самый лучший профессионал — я, — усмехнулась Катерина, прихлебывая из чашки.

— Но ведь ты не занималась политическим пиаром, — вступил отец. — Или вам кажется, что это очень просто?

— Нет, мне лично кажется, что это, как выражается мама, полное безумие, но они уже подписали контракт и горды собой невероятно. Они считают, что, раз я хорошо придумала стратегию для пивоваренного завода, значит, мне ничего не стоит придумать стратегию для будущего президента.

— Объясни им, что ты этого не умеешь, — посоветовала мать, — или попадешь впросак. Не будь, как мои студенты. Они для того, чтобы их взяли работать за границу, придумывают про себя бог весть что, а потом, когда их через месяц отовсюду увольняют, звонят и плачут, что им не на что улететь в Москву.

— А она им отправляет деньги, — доверительно сообщил Катерине отец.

— Ну и что же? — Марья Дмитриевна пожала безупречными плечами под кашемировым английским свитером. — Человеку всегда нужно предоставить второй шанс, особенно если человек молод, а у тебя есть такая возможность.

— Ну а мне второй шанс никто не предоставит, — заявила Катерина, не давая семейству увести себя от темы. — Я понимаю, что если кампания провалится, то провалю ее именно я, а не Олег и не Скворцов. То есть, конечно, перед всемогущим Котом Тимофеем не я буду отвечать, но будет подразумеваться, что грош мне цена.

— Глупости какие! — громко воскликнул отец, незаметно скармливая под столом Кузьме еще одну оладью. — Если ты не знаешь, что делать, значит, нужно сразу сказать, и соответственно, или не браться, или быстро научиться.

— Дим, не корми собаку со стола, — заметила мать с досадой, — они и так у нас избаловались до невозможности. Спят где хотят, едят что хотят и где хотят. Катька с бабушкой с ними не справятся.

— А мы Вольфганга с собой возьмем, — предложил отец.

— Лучше уж тогда возьмем бабушку с Катериной, а эти пусть тут как знают, — улыбнулась мать и внезапно поцеловала отца в ухо. — Заодно Катьке не нужно будет стратегий придумывать.

Они вдвоем уезжали в Англию, в Кембридж, где отец руководил лабораторией, а мать читала лекции по физике. Обычно они отсутствовали месяца по два, иногда по три. Время от времени Катерина летала к ним погостить и однажды свозила бабушку. Страна бабушке понравилась, а кухня и англичанки — нет. «И то, и другое одинаково убогое», — заключила она тогда.

— Однажды я его видел, — задумчиво произнес отец.

— Кого? — не поняла Катерина.

— Кольцова.

— Пап, его в этой стране хоть раз в жизни видел, наверное, каждый. Его каждый день по телевизору показывают.

— Я имею в виду — живьем, — улыбнулся отец, — в прошлом году, в Париже. Мы прилетели на конференцию и жили в этом шикарном отеле, который почти на площади Конкорд. Я забыл, как он называется...

— «Георг Пятый», — подсказала мать.

— Точно! Вот мы жили в этом «Георге» и однажды столкнулись с Кольцовым в вестибюле. Он вышел откуда-то, из лифта, что ли, а мы ждали сопровождающего из Сорбонны. Я даже запомнил, что он остановился возле нас вместе со всей своей охранной сворой, потому что у него мобильный зазвонил. Он совершенно ужасный, это я точно запомнил. Больше ничего не запомнил, а что ужасный — помню.

— Ты меня просто утешаешь, пап, — пробормотала Катерина.

— Не знаю, по-моему, пытаться определить его в губернаторы — дело гиблое, — продолжал отец задумчиво. — Он весь такой... закомплексованный, что ли. Людей боится, в глаза не смотрит. Да и внешность у него, прямо скажем, специфическая.

— Это его люди боятся, — сказала Катерина, допивая кофе. — А в глаза не смотрит, чтоб никто ничего вдруг не попросил. А внешность можно любую изобразить, ты ж понимаешь.

— Дима прав, — вступила бабушка. — Вера Владимировна считает, что у всех нынешних политиков физиономии уголовных преступников, а народ таких не любит.

Вера Владимировна была одной из бабушкиных «девочек», посещавших сауну. Ее муж когда-то работал в ЦК и лично знал коменданта Кремля, а потому Вера Владимировна считалась непревзойденным авторитетом в области политики.

— И все-таки вы бы прежде подумали, — посоветовала мать, — может, и не стоит связываться...

— Мам, за меня уже подумали и связались. —

Катерина начала раздражаться потому, что все, включая бабушку, были правы. — Мне остается только вывернуться наизнанку, а процесс запустить. Кстати, в понедельник меня везут представляться.

— Не злись, Катька, — посоветовал отец. — Просто мы за тебя болеем.

Катерина улыбнулась:

— Вы — отличные болельщики! Пап, если тебе нечем заняться, посмотри мой карбюратор, а? А то вы уедете, и я с ним вообще не справлюсь.

Отец согласился с неожиданным энтузиазмом, а Марья Дмитриевна пояснила:

— Ему доклад писать, а он отлынивает. Карбюратор все лучше доклада, а, Дим?! — прокричала она ему вслед.

— Проницательная ты моя! — пробасил с крыльца отец, и его ножищи с шумом протопали под окном террасы.

— Столовая закрыта до обеда, — объявила Марья Дмитриевна собакам и коту. — Выметайтесь все. Мам, ты на улицу?

— Конечно. Грех такой день в доме просидеть. — Бабушка величественно поднялась и переложила кота, бессильно свесившего ноги и хвост, в ближайшее кресло.

— Мам, обед сегодня я готовлю, — заявила Катерина, — а до обеда я должна дочитать его досье и подумать.

Она надела джинсы, шерстяные носки и огромный свитер и устроилась в гамаке под соснами. Откусывая от большого яблока, которое положила ей на колени проходившая мимо Марья Дмитриевна, Катерина некоторое время читала, а потом закрыла папку и принялась думать, мечтательно уставившись в невообразимо синее небо.

Ничего сверхъестественного в досье не было. Обычный путь обычного начинающего политика средней руки. Он был депутатом от Калининграда, а в депутаты стремились все, кому нужно прикрытие для различных махинаций или стартовая площадка для дальнейших свершений на благо отечества.

Катерина не слишком поняла, зачем вообще его понесло в политику. Прикрываться ему явно было незачем, он и так прекрасно себя чувствовал и в Калининграде, и в Москве. Людям, достигшим в бизнесе его уровня, как правило, не нужны должности для развязывания рук или поддержания статуса. Таких, как Тимофей Кольцов, во всей державе насчитывалось человек десять. Их и так все знали, без должностей. Как раз должностей подчас не знали, а физиономию по телевизору узнавали неизменно.

На первый взгляд стремление Тимофея Кольцова осчастливить политический Олимп своим присутствием можно было объяснить несколькими причинами. Первая, и самая правдоподобная, — сумасшедшее честолюбие мальчика с окраины, решившего завоевать мир.

Вторая, не менее правдоподобная, — ни в какие губернаторы и президенты Тимофей Кольцов не стремится, просто ему нужно отмыть очередные «черные» деньги, которых, очевидно, слишком много, чтобы отмыть их более удобным путем.

Третья, совсем неправдоподобная, но возможная, — Тимофей Кольцов просто не отдает себе отчета в затеянном, а окружение боится ему возражать или не возражает специально, выискивая для себя какие-то выгоды из стремления босса прыгнуть выше головы.

Можно было сочинить еще десяток версий, но Катерина не стала утруждаться, понимая, что все равно промахнется — информации явно недостаточно.

В голубом просторе над головой величественно шумели сосны, казавшиеся очень высокими устроившейся в гамаке Катерине. Ноги в шерстяных носках начали подмерзать, а она все сидела и лениво думала, что информацию придется добывать самостоятельно, не полагаясь ни на какие официальные досье. Значит, Миша Гордеев и Саша Андреев поедут в прибалтийский город Калининград и будут рыть землю, выискивая слухи и сплетни, заводя дружбу с местной милицией, втираясь в доверие к бывшим друзьям, женам, замам, покупая старые архивы и воруя свежую информацию. Вот тому досье, что привезут в конце концов Саша с Мишей, Катерина будет доверять полностью и только на нем построит свои знаменитые стратегии. И только тогда она сможет точно сказать, что получили ее прыткие начальники — золотые прииски или самые крупные неприятности в своей жизни.

О третьей возможности она тогда не подозревала, и, если бы даже ей удалось разглядеть ее в голубом осеннем небе сквозь сизые от солнца сосновые ветви, она ни за что не поверила бы, что это случится.

Для Тимофея Ильича Кольцова понедельник начался в четыре часа утра. Он проснулся мгновенно, как просыпался всегда, когда ему снились кошмары. Он открыл глаза и через секунду, осознав себя вне сна, испытал приступ острого, безудержного счастья.

Ему удалось выбраться. Он жив и здоров, он сам себе хозяин, поэтому сейчас он встанет и пойдет в душ, и будет пить кофе и сидеть в тишине и тепле своей собственной кухни столько, сколько захочет. Ему не страшны никакие сны — он их победил, и они не затянут его обратно. Они снились ему все реже и реже. А ведь было время, когда он почти не мог спать. Стоило ему закрыть глаза, и они приходили.

Крепко зажмурившись, чтобы — не дай бог! — не увидеть себя в зеркале, он вытер кулаком мокрые щеки. Он все еще плакал во сне. Он справится с этим, и никто никогда ничего не узнает. Он повторял это как заклинание, как молитву, как пароль, дающий ему право на выход из гиблого ночного мира, в котором он увязал. В котором он не мог сопротивляться.

Никто. Никогда. Ничего. Не узнает.

Тимофей рывком поднял себя из глубин суперудобного водяного матраса и пошел в ванную. После ночных визитов персонального, только к нему приставленного дьявола Тимофей как будто заново прилаживал свой дух к большому, неповоротливому, мокрому от страха телу. Он загнал себя под душ и долго стоял, закинув голову и закрыв глаза, под напором целого снопа яростных водяных струй. Очень холодные и острые, они жалили лицо и тело, буравили кожу, раскидывали мокрые волосы на голове — и Тимофей приходил в себя.

Через несколько минут он понял, что можно уже открыть глаза. По опыту он знал, что их нельзя открывать раньше, чем дьявол окончательно отпустит его, — до следующего ночного визита. И нельзя раньше времени смотреть на себя в зеркало.

Тимофей открыл глаза. Прямо перед ним была золоченая розетка душа, из которой, пенясь, летела ему в лицо белая злая вода. Он давно уже изучил черный мрамор потолка и золотую насадку до мельчайших подробностей и теперь смотрел внимательно, удостоверяясь, что ничего не изменилось, и оттягивая момент, когда нужно будет посмотреть на себя в зеркало. Он боялся этого момента и ненавидел его. Презирая себя за трусость, он еще некоторое время постоял спиной к зеркальной стене. А потом решительно повернулся.

Из влажной банной глубины проклятого стекла на него смотрел больной мрачный мужчина сорока с лишним лет. У мужчины было тяжелое, совсем не спортивное тело и глаза человека, страдающего тяжким психическим недугом. Дьявол еще не успел далеко уйти — глаза выдавали его близкое присутствие. Он знал, что через полчаса дьявол скроется в своей преисподней как раз до следующего визита, и у него будет несколько дней передышки. И глаза станут похожи на человеческие.

Он еще раз осторожно посмотрел на себя. Ничего. Обошлось.

Он выключил воду и пригладил назад короткие мокрые волосы. По обыкновению, кое-как обтерся громадным толстым и теплым полотенцем, которое всегда грелось справа от него. Вешая полотенце, он окинул взглядом свою ванную и усмехнулся, осторожно радуясь, что уже может усмехаться.

Ванную оформляла Диана. В ней были черные полы и потолки, зеркальные стены и двери, золотые краны и трубы, немыслимый тропический цветок в экзотическом горшке и белый пушистый пуфик для педикюра. «Надо же — педикюра!» — это слово почему-то всегда чрезвычайно веселило Тимофея и напоминало какие-то европейские курорты, которых объезжено было десятки, и стриженных под пуделей престарелых красавиц.

Представление о богатстве у его жены ассоциировалось почему-то с обилием зеркал. Он не возражал. Он никогда не возражал. Ему было все равно.

Через десять минут кофе уже славно булькал в кофеварке, а Тимофей сидел, вытянув облаченные в джинсы ноги и прислонившись затылком к прохладной стене. Ему нужно было еще с полчаса, чтобы прийти в себя. Через полчаса он сможет работать и превратится в того Тимофея Кольцова, которого знают все. Он был рад, что деньги вполне позволяют ему иметь жизненное пространство такого размера, что почти не приходится пересекаться с женой. Ее присутствия рядом он бы не вынес. Да и ей от его присутствия радости мало.

Тимофей отлично представлял себе, какое

впечатление он производит на людей. Он давно раскусил их всех и знал, как ими управлять. Он знал наперечет все их слабости и страхи, их мелочность и эгоизм. Он знал, на чем стоит играть, а что приберечь за пазухой для последнего удара. Не было случая, чтобы он рассчитал неправильно, ошибся и отпустил жертву целой и невредимой. Он гнул их, ломал, топтал и заставлял действовать в собственных интересах. Слабых он заглатывал не жуя, а сильных выплевывал в непригодном к употреблению состоянии.

Еще он отлично умел их организовать для нужной ему работы. Он контролировал подчиненных с мелочностью надоедливого комара и кровожадностью акулы. Он знал все обо всех и никому ничего не спускал. Он до отвала кормил их, и ближних, и дальних, — о зарплатах на его заводах по России ходили легенды — и требовал, требовал, как одержимый. Впрочем, он и был одержимый. Ближайшее окружение знало о нем ничуть не больше, чем начальник цеха самой последней его верфи. Он ни с кем не дружил, никого не любил и никому не доверял. Журналисты боялись и недолюбливали его за пренебрежение, граничащее с хамством, — он знал, что общаться с прессой не умеет, а учиться ему было некогда и недосуг, поэтому он выбрал такой тон, что самые наглые и закаленные журналисты терялись. Ему все сходило с рук, потому что за него горой стояли люди, работающие на его производствах, а остальных он не замечал. Он управлял своей державой с ловкостью латиноамериканского диктатора и был уверен, что размер державы для него уже не имеет значения. Хотя бы и... сколько там она?.. одна шестая часть суши.

Он не был честолюбив в прямом смысле этого слова. Но пребывал в абсолютной уверенности, что, если будет работать по двадцать часов в сутки, у его личного дьявола не останется никаких шансов.

В восемь часов он сделал первый за этот день звонок. В восемь тридцать он уехал на работу, даже не вспомнив о том, что жена так и не вышла его проводить.

Встреча была назначена на пять часов, а к трем в агентстве «Юнион» началась тихая паника. С утра все уже поняли — что-то происходит. Солнцева сидела в кабинете у Приходченко с десяти часов. Скворцов, приехавший, по своему обыкновению, позже всех, тоже сразу отправился туда. Даже разделся прямо в приемной генерального. Секретарша Ира знала по опыту, что это очень плохой признак. Без остановки они пили кофе и курили, хотя, как правило, Приходченко не любил, когда чужие курят в его кабинете, да еще так много. Явно происходило что-то непонятное и оттого пугающее.

В середине дня слухи о новом, невиданном заказе просочились из района приемной генерального, и предположения высказывались одно другого невероятней. Самая близкая к Катерине сотрудница Людочка Кулагина, прозванная, естественно, Милочкой, утверждала, что они теперь «будут делать рекламу самому Чубайсу». Саша Андреев и Миша Гордеев, великие сборщики информации, осторожно помалкивали и многозначительно переглядывались. Большинство остальных шатались по кабинетам в надежде выудить информацию или услышать что-нибудь, что можно будет как-нибудь истолковать. В общем, никто не работал.

Из «Коммерсанта» позвонил знакомый журналист и спросил, правда ли, что они заключили договор с Газпромом, после чего шушуканье усилилось раз в десять.

Все сотрудники не слишком большого, но вполне процветающего агентства по связям с общественностью «Юнион» понимали, что новые заказчики, пожелавшие сделать себе «общественное лицо», — это работа, зарплата, стабильность и надежды на спокойное будущее. Большинство сотрудников перешли сюда вслед за Приходченко из умирающего ТАСС, и второй раз проходить через смерть целой структуры, в которой все так или иначе работали и были объединены хотя бы видимостью общего дела, никому не хотелось. Поэтому за «Юнион» болели все, и даже не слишком трудолюбивые сотрудники. С другой стороны, новые заказы — это всегда нервотрепка, недовольство начальства медленно соображающими подчиненными, работа по вечерам и выходным, командировки, выяснение отношений... То ли дело, когда работа идет по накатанным рельсам, телефон почти не звонит, рядом закипает чайник, а в компьютере новая космическая игрушка!

В два часа Приходченко объявил через секретаршу, что в семь будет собрание, и попросил никого не расходиться. В четыре все имеющиеся в

«Юнионе» начальники — Приходченко, Скворцов и Солнцева — отбыли на приходченковском «Вольво» в неизвестном направлении.

Шофер Гриша Иванников смерть как хотел послушать, из-за чего весь сыр-бор, но все трое молчали. Как обычно, шофер Гриша был самый осведомленный человек в конторе. Он знал о начальнике все. Где был, во сколько ушел, что ел и сколько пил. Любопытные Гришины уши слышали очень много, но умная Гришина голова держала рот на замке. Приходченко доверял Грише целиком и полностью, и тот доверие оправдывал. Правда, иногда Олег все же ездил один, без шофера. Не так уж часто, но вполне достаточно для того, чтобы какая-то часть его жизни оставалась для Гриши неизвестной. Гриша, как и все остальные, про нового клиента уже прослышал и мечтал первым узнать, кто это.

— Все-таки это ерунда какая-то, — вдруг сказала с заднего сиденья Солнцева, — мы не вытянем политическую кампанию. Мы только потеряем репутацию и вообще останемся на бобах. Черт, ну почему вы так хотите его денег!

— Потому что их очень много, — равнодушно ответил Скворцов, глядя в газету. Гриша еще двадцать минут назад в зеркало заднего вида заметил, что страницы Скворцов не переворачивает.

— Потребуется хорошо продуманная PR-кампания, — себе под нос, как будто безмерно устав повторять одно и то же, сказал Приходченко.

— Да не поможет никакая PR-кампания. — Катерина тоже говорила без напора, как по необходимости. Гриша ее такой и не видел никогда. —

Разве вы не понимаете? Человек с таким отрицательным обаянием не может быть политиком. Он едва говорит. Нам нужно просто море информации, чтобы хоть представить себе, как лучше его подать, на чем играть, что предлагать людям в обмен на то, что они за него проголосуют. Я имею в виду образ ... кого? Друга? Брата? Родного отца? Заботливого хозяина? Он разве на них похож? На кого он похож, так это на мешок с отрубями! И где мы возьмем информацию? Вряд ли нам ее дадут, а Гордеев с Андреевым будут ее год собирать!

Приходченко перебил:

— Если Андреев с Гордеевым будут собирать год, значит, ты их уволишь и наймешь Иванова с Петровым, которые ее соберут за три месяца. И все, хватит. Закрой рот и думай, как произвести хорошее впечатление. Я больше ничего не хочу слышать о сложностях, подстерегающих нас на тернистом жизненном пути. Я хочу конструктивных предложений — что мы будем делать и когда. А для начала перестань дергаться и дергать нас.

Это был суровый выговор. Приходченко, как правило, Катерину щадил, понимая, что ее тонкая натура нуждается в осторожном обращении. Он никогда не делал ей замечаний прилюдно, оставляя за Сашей полное право ругаться с ней где угодно и когда угодно. Катерина посмотрела на него с изумлением, кивнула пренебрежительно, снизу вверх, и молчала до самой Ильинки, где находился офис Тимофея Ильича Кольцова.

Гриша очень ей сочувствовал. Несколько раз он пытался поймать в зеркале ее взгляд, чтобы подмигнуть с утешением, но она смотрела в окно, сжав на коленях аристократические руки. Гриша ловко припарковался на крошечном свободном асфальтовом пятачке и помчался открывать ей дверь, но и тут ему не повезло — она выбралась раньше и, натягивая перчатки, рассматривала офис, к которому они подъехали.

Небожитель обитал в дореволюционном пятиэтажном доме, надежно и тяжеловесно разместившемся между Верховным судом и Минфином. Скромная табличка с гравировкой — черное на золоте — извещала о том, что здесь, помимо всего прочего, находится представительство судостроительной компании «Янтарь».

В сдержанном и каком-то очень официальном сиянии ламп, деревянных панелей, медных ручек и мраморных полов чувствовался заграничный лоск, русский шик и запах очень больших денег.

Такие интерьеры вызывали у Катерины стопроцентно срабатывающий рефлекс: она задрала подбородок, расправила плечи и вообще «присобралась», как называла это ее бабушка.

Высокий охранник с неожиданно приветливым лицом проводил их до лифта, пообещав, что на третьем этаже их встретят. Лифт негромко тренькнул, приглашая в свою малиновую кожаную глубину, и двери закрылись.

— Интересно, он нас все-таки примет? — спросил Скворцов. Катерина только взглянула, Приходченко пожал плечами, и Катерина не утерпела:

— Хорошо если нас зам примет. Господи, вы не понимаете, с кем вы связались!

— Зато ты у нас все понимаешь! — отрезал Приходченко сердито.

Лифт остановился на третьем этаже, двери бесшумно разошлись в стороны, и они увидели элегантного юношу с элегантной папкой в руках.

— Добрый день, господа! — со сдержанным достоинством, как и подобает особе, приближенной к императору, поприветствовал их молодой человек. — Пожалуйста, проходите.

Гуськом они проследовали за вежливым молодым человеком в необъятную золотисто-бежевую приемную с окнами от пола до потолка, за которыми бесшумно и неутомительно для глаз жила своей жизнью Ильинка, центр московской деловой жизни, сияя чистыми стеклами офисов и разноцветным буйством осенних кленов.

В приемной повелевала и правила энергичная дама лет пятидесяти с молодым лицом и седыми волосами.

— Господа Приходченко, Скворцов и госпожа Солнцева? — уточнила она. Голос у нее был негромкий и сдержанный. Катерина внезапно удивилась умению Кольцова окружать себя истинными драгоценностями. Эта седовласая дама принадлежала к ним, и картины на стенах, если только ее не подводит зрение, — вполне подлинный Ренуар. Интересно, что у него за дизайнер, который сочетает бежевое с золотистым и еще дополняет это ярким, брызжущим светом Ренуаром?

— Тимофей Ильич примет вас через три минуты, может быть, присядете?

Присесть все отказались. Невозможно садиться в низкие разлапистые кресла — колени непременно оказываются выше ушей, и, когда наконец говорят «проходите», очень трудно выковырять себя из мягкой засасывающей оболочки. Катерина усвоила это еще в начале карьеры и с тех пор никогда в приемных не садилась.

Молодой человек, встретивший их у лифта, вынырнул откуда-то сбоку и неожиданно поинтересовался:

— Господа, я прошу прощения. У вас нет с собой съемочной аппаратуры или оружия?

— Нет, — сказал за всех удивленный Приходченко. Он знал, что служба безопасности Тимофея Ильича Кольцова сто раз проверила благонадежность их фирмы, их родственников, их друзей, друзей родственников и родственников друзей, прежде чем зам Кольцова Игорь Абдрашидзе подписал с ними договор. Вопрос был детский и унизительный, проверка на вшивость, как говорил одиннадцатилетний сын Приходченко.

— У меня есть газовый баллончик, — подумав, сообщила Катерина голосом первой ученицы, — он у меня всегда с собой, когда я еду на дачу. Газовый баллончик вам подойдет?

Элегантный молодой человек пришел в некоторое замешательство, и Приходченко стало смешно — Катерина и здесь, в этой немыслимой приемной, проявляла характер.

— Вы не могли бы... гм... — откашлялся молодой человек, — отдать баллончик мне?

— Конечно, — с готовностью согласилась Катерина и полезла в портфель. — А для чего вам мой баллончик? Вы отправляетесь на задание? — спросила она, не переставая рыться в портфеле.

— Я... гм... отвечаю за безопасность в

офисе, — пробормотал молодой человек, чувствуя, что теряет контроль над ситуацией. Приходченко стиснул кулак — Катерина производила в портфеле серьезные изыскательские работы. Внутри что-то гремело, перекатывалось, звенело и шуршало.

— А вдруг вы не сумеете меня защитить, если я отдам вам баллончик? — Она наконец добыла его из недр портфеля и протянула молодому человеку, глядя очень серьезно. Приходченко услышал, как Скворцов едва слышно пробормотал: «Идиотка».

— Для меня очень важна безопасность, — продолжала разъяснения Катерина. — Я за всеобщую безопасность! На улицах, на дорогах, в домах и в...

Очень низкий, какой-то воландовский голос перебил ее:

— Я обеспечу вам любой уровень безопасности, если пожелаете.

Медленно, как в кино, все повернулись к распахнутой дубовой двери, ведущей в Логово Смелого Льва, как моментально придумалось Катерине.

— Добрый день, господа, — сказал Тимофей Ильич Кольцов. — Дима, верните баллончик.

Катерина была уверена, что настал ее смертный час. Она мгновенно поняла, что он видел всю разыгранную ею маленькую сценку. Видел — и оставался в дверях, видел — и молчал. И секретарша видела, что он видит, и молчала. Щеки у обычно бледной Катерины стали пунцовыми. Она редко краснела, но если уж краснела, то ужасно — до глаз, до шеи, — и потом долго не возвращалась в свое обычное бледное состояние. Во взгляде Саши Скворцова она прочла обещание медленной и мучительной смерти и знала, что она ее заслужила.

Специалист по безопасности офисов Дима медленно, как под гипнозом, протянул Катерине злосчастный баллончик, и Тимофей Ильич счел, очевидно, инцидент исчерпанным.

— Добрый день, господа, — произнес он своим немыслимым голосом, — проходите.

В бежевых глубинах кабинета за спиной Кольцова маячил Игорь Абдрашидзе. Катерина знала его по фотографиям. И еще какие-то люди, которых Катерина с первого взгляда не узнала. И все они из-за спины шефа наблюдали всю историю с баллончиком. Господи, думала Катерина, помоги мне!

Неотрывно глядя в спину Тимофея Ильича Кольцова, Катерина вошла в святая святых, то самое Логово Смелого Льва. По пятам за ней следовали оба начальника. Дубовая дверь закрылась, отрезая путь к отступлению. Приходченко и Абдрашидзе обменялись рукопожатиями, и всех быстро и скомканно представили друг другу и самому Смелому Льву. Напряжение нарастало, и совсем некстати Катерина вдруг вспомнила, как однажды прочитала, что за встречу с Тимофеем Кольцовым бизнесмены платят его окружению сумасшедшие взятки.

Кольцов поместился в кресло по одну сторону громадного овального стола, справа от него сел Абдрашидзе, а слева элегантная леди, назвавшаяся Юлией Духовой, и нервный мужчина неопределенного возраста в двухсотдолларовых очках и широкой золотой цепочкой на волосатом запястье. Мужчину звали Михаил Терентьев, и в глухие, довыборные времена он подвизался на ниве журналистики — писал в «Коммерсанте» обширные экономические обзоры. В те времена цепочек он не носил и с Катериной был мил и любезен. Нынче же, может, оттого, что слабы были линзы в двухсотдолларовых очках, а может, по какой иной причине, Катерину он не узнавал.

— Времени у всех мало, — начал Кольцов. Катерина поняла, что одно очко в его пользу уже есть: его голос, не искаженный телекамерой и микрофоном, был и вправду так хорош, как показалось ей с перепугу, — очень низкий, как будто тяжелый, он подходил Тимофею Кольцову идеально.

— Игорь Вахтангович проинформировал меня о вашей компании. Против договора я не возражал. В отличие от своей... — он неторопливо поискал слово, — пресс-службы я считаю, что это даже хорошо, что у вас нет опыта проведения предвыборных мероприятий. Свежие идеи, это так называется? — Он взглянул на Абдрашидзе. Зам кивнул коротко, но с уважением. Высший пилотаж, подумала Катерина. Научиться так кивать, чтобы себя не унизить и начальству польстить, — это дорогого стоит.

— Свежие идеи — это то, что нам необходимо. И с этим в конце концов все согласились.

«Трудно себе представить, что было бы, если бы все в конце концов не согласились», — стремительно подумала Катерина, а не соглашалась, очевидно, Юлия Духова, представившаяся пресс-секретарем, и Михаил Терентьев, представившийся невразумительно. Они возражали, а Абдрашидзе настаивал.

— Выборы губернатора Калининградской области, на которых мы должны победить, состоятся в будущем сентябре, — энергично заговорил Абдрашидзе, выделяя слово «мы». — Основной соперник — действующий губернатор. Все остальные далеко позади и даже за год вряд ли к нему приблизятся. Конечно, все нужно смотреть, и прессу, и статистику, но в данный момент мы оцениваем ситуацию так. Мы считаем, что активную кампанию нужно начинать уже сейчас. Под активной кампанией мы понимаем крупные мероприятия по связям с общественностью, которые к лету войдут в полную силу и дадут нам возможность набрать необходимое число голосов. Мы считаем, вернее, так считают наши аналитики, — уточнил Абдрашидзе, — что второго тура не избежать. Нынешнего губернатора поддерживают моряки, «челноки» разного уровня, которым он облегчил въезд-выезд в Польшу и Литву. За нас — промышленные предприятия, женщины, чьи мужья работают на верфях и на «Янтаре». По-разному дела обстоят со студентами и военными. Их нужно привлечь на свою сторону, и это одна из ваших задач. А самое главное, что от вас требуется, — это продумать и организовать мероприятия, в которых мы будем участвовать и которые будут максимально полно работать на имидж Тимофея Ильича. Главное лицо для всевозможных согласований — Юлия Павловна. Она всегда в курсе всех дел, она согласовывает с Тимофеем Ильичом рабочий график, у нее собирается вся информация.

«Замечательно, — подумала Катерина, — Абдрашидзе перевел все стрелки на человека, который нас вообще не хотел. Естественно, каждому из них интересней, чтобы этим занимались свои — и доверия больше, и денежки «из семьи» не уходят. Она бы договорчик с кем-нибудь из своих подписала и в карман денежку положила, за протекцию. А тут Абдрашидзе вперед успел и денежку с Приходченко взял, но положил в свой карман, а не Юлин. А теперь, как начальник, подсовывает ей нас и говорит — сотрудничайте! Вот радость-то ей великая...»

— Юлия Павловна, вам слово, — закончил Абдрашидзе.

У Юлии Духовой была идеальная для пресс-секретаря внешность. Элегантная, представительная, молодая и в меру демократичная, чтобы нравиться не только завсегдатаям политических тусовок в Швейцарии, но и рабочим с завода «Янтарь». Говорила она мягко и доверительно, как с хорошими друзьями. «Очень профессионально, — решила Катерина. — Интересно, Кольцов с ней спит?»

— У нас есть уже составленный график обязательных мероприятий, которые нужно провести до Нового года. Я думаю, мы вам его передадим в рабочем порядке, как и любые другие информационные материалы. Наш главный принцип — мы идем на выборы с открытым лицом, с поднятым забралом. Мы не хотим ничего скрывать, утаивать, недоговаривать. Мы готовы делиться любой информацией и отвечать на любые вопросы. Мы считаем, что такая концепция ляжет в основу всей предвыборной кампании.

«Вот уж основа так основа. — Катерина даже на Приходченко взглянула, но он смотрел только на ту сторону стола, как умный пес, ждущий похвалы или неодобрения хозяина. — Нет ничего более неподходящего Тимофею Кольцову, чем это «открытое лицо». О нем никому ничего не известно, даже пресс-досье за последние несколько лет ничего не проясняет. Мрачный, хмурый, несимпатичный, очень богатый человек. На черта людям его открытое лицо? Еще обещания с него какие-нибудь содрать — ладно, хотя может и не выполнить, — вон какая рожа бандитская, а смотреть, что у него там, за поднятым забралом, охотников мало найдется». С Катерининой точки зрения, это было совершенно очевидно, но с точки зрения предвыборного штаба Тимофея Кольцова поднятое забрало как раз тянуло на основу избирательной кампании.

— Контактами с журналистами занимается Михаил. Они у него везде свои, и в Москве, и на месте. Наверное, по мере приближения выборов нам придется объединить усилия и сотрудников где-нибудь под одной крышей, — Юлия дружески улыбнулась, — но это уже такие вопросы, которые мы вполне сможем обсудить позднее, чтобы не слишком загружать Тимофея Ильича.

Абдрашидзе глянул на неподвижного Кольцова и обратился к Приходченко:

— Олег, ваша очередь.

— Мы очень рады возможности работать с вами, — бойко начал тот, и было непонятно, к кому он обращается — к Кольцову или Абдрашидзе. — Мы сделаем все возможное для того, чтобы...

Катерина знала, что встреча затевалась в протокольных целях — одна сторона должна была увидеть и услышать другую. Поэтому вникать в каждое слово Олега Приходченко не имело никакого смысла — ничего важного или дельного, кроме выражения готовности служить верой и правдой, он все равно не скажет. Зато можно было изучить Тимофея Кольцова.

У него был странный взгляд. Безразличный. Ну, это понятно. Ему совершенно неинтересна эта пустая встреча, и эти люди, с другой стороны стола. Он забудет их в ту же секунду, как за ними закроется дверь. Но взгляд у промышленного магната был не только безразличный. Он смотрел в окно над правым ухом Приходченко так, как смотрит слепой — смотрит и не видит. Тимофей Кольцов не просто думает о своем, поняла Катерина, он что-то внимательно изучает внутри себя. Анализирует. Осмысливает. Рассматривает, бесстрастно и придирчиво. Узнать бы что... И задача облегчится в сотню раз. Понять бы, как он думает, что скрывает, зачем ему вся эта канитель.

У него было грубое лицо с резкими чертами — непривлекательное, но очень мужское. Очки смотрелись на нем ужасно. Он был очень большой — на голову выше ста семидесяти восьми сантиметров Катерины Солнцевой. Похож на медведя — неповоротливый и занимающий очень много места. Идеально скроенный костюм скрывал его явную неуклюжесть. Лишний вес делал его старше. Модная нынче меж политиков и журналистов харизма даже близко не подступала к рвущемуся в цари Тимофею Кольцову. «Кто тут в цари крайний? — вспомнила Катерина. — Никого? Ну, тогда я первый!»

Усмехнувшись некстати пришедшему воспоминанию о бедолаге из очередного мультфильма, Катерина быстро опустила глаза и незаметно вытерла о юбку влажную ладонь. Потрясение от того, что клиент застукал ее в тот момент, когда она издевалась над его службой безопасности, не прошло даром. Ей еще предстоит выслушать много «теплых слов» от Саши Скворцова, что тоже к спокойствию не располагало.

С людьми уровня Тимофея Кольцова Катерине приходилось встречаться всего пару раз, да и то за одним переговорным столом она с ними никогда не сидела. Теперь самое главное — не завалить работу. А завалить ее очень легко, еще легче, чем представляла себе осторожная Катерина. Юлия Духова — бо-ольшая проблема, особенно если она действительно «в курсе всех дел Тимофея Ильича» и лозунг «На выборы — с открытым лицом» ее идея. Михаил Терентьев — проблема поменьше, но тоже существенная. Память о голодных журналистских годах украшает его физиономию и запястье. Он будет рвать, тянуть, грызть, кусать, только бы побольше, поскорее и потом убежать подальше. Таких, оставшихся голодными после президентских, всех озолотивших выборов, было много. Более талантливые, вроде Терентьева, оказались в выборных штабах депутатов, мэров и губернаторов. Или на телевидении, приютившем всех сирых и убогих в политических программах самого разного направления. Конечно, вряд ли Михаил Терентьев сам себе враг и будет воровать у такого монстра, как Тимофей Кольцов, открыто, но все равно с ним придется осторожничать и перестраховываться.

Катерина очнулась оттого, что услышала, как Приходченко произносит ее имя, и поняла, что она совершенно упустила нить разговора.

— Она руководит в нашей компании службой специальных проектов, и ей нет в этом равных, — договорил Приходченко с официальной улыбкой. Катерина моментально выдала шикарный *cheese,* с ужасом осознав, что Приходченко, в свою очередь, перевел все стрелки на нее. Понятно, что в случае просчетов и неприятностей отвечать все равно будет он, но провалит проект она, лучшая среди равных.

Тимофей Кольцов переместил свой взгляд с уха Приходченко в ее сторону и, похоже, вовсе ее не увидел. А Юлия, Абдрашидзе и Терентьев смотрели на нее с разной степенью интереса. Юлия — со здоровым акульим дружелюбием, зам — с холодным любопытством, а Михаил Терентьев с нервным блеском в стеклах дорогих очков.

— Катерина разработала и провела всю PR-кампанию Друбича. — Это был известный промышленник, желавший, чтобы о нем знали все его соотечественники. — Еще без нас она работала в президентском штабе на прошлых выборах. Теперь мы полностью переключаем ее на этот проект, — Приходченко сделал поклон в сторону «проекта», сидевшего с неподвижностью сфинкса, — и совершенно уверены, что...

— Большое спасибо, что встретились с нами, — нежданно-негаданно подал голос сфинкс. — К сожалению, время поджимает. Надеюсь, что мы сработаемся. — И медленно поднялся.

Абдрашидзе вскочил первым, и за ним — все остальные: обескураженный Приходченко, безмятежная Юлия, нервный Терентьев, изумленная Катерина и Саша, решивший, что их выгоняют.

Поняв, что аудиенция окончена, всей толпой они двинулись к двойной двери, ведущей в приемную, и в последний момент Катерина увидела Кольцова, уже поместившегося за массивный письменный стол, заваленный бумагами и уставленный телефонами.

В приемной некоторое время все делали вид, что задают друг другу какие-то вопросы. Юлия — моложавой секретарше, Скворцов — Приходченко... Всем было неловко. Очевидно, со своим окружением Тимофей Ильич не церемонился, а перед чужими людьми окружению было неловко.

— Ну что ж, самое главное, старт дан. — Абдрашидзе наконец-то решил взять инициативу в свои руки. — Ваши орлы могут приступать, Олег Николаевич. Юлия Павловна всегда поможет.

— Конечно! — с энтузиазмом воскликнула Юлия. — Что вам нужно в первую очередь?

— Ну, хотя бы этот список планируемых мероприятий, — брякнул Приходченко первое, что пришло в голову. — И, конечно, совещание собрать, чтобы понять, в каком направлении действовать, чтобы не перекрывать друг друга.

— Совещание можно провести здесь в любое время, хоть завтра. Мы все подготовим. — Доброжелательность Юлии явно хватала через край. — Список мероприятий у вас будет к вечеру, я пришлю с курьером. К вечеру же мы сможем назначить точное время совещания.

— А можно посмотреть тексты выступлений Тимофея Ильича? — вступила Катерина.

— Конечно, — с готовностью согласилась Юлия. — Тексты пишет спичрайтер. Всю информацию для выступлений готовлю я. Все ваши предложения будут учитываться. Конечно, после рассмотрения, насколько они приемлемы. — Тут пресс-секретарь улыбнулась особенно мило. — Я думаю, у нас все должно получиться. Вы не работали в политике, зато работали над имиджем многих известных личностей. А у нас как раз есть необходимый опыт политических кампаний.

— Хорошо, — заключил Абдрашидзе, — назначайте совещание, и до встречи.

В лифте все молчали. И только Катерина, перед тем как лифт деликатно тренькнул, сообщая о прибытии, сказала с грустью в голосе:

— А кофе так и не дали.

Все сложилось совсем не так, как предполагали Катерина и ее начальники. Все сложилось в тысячу раз хуже.

На совещании в «Юнионе» раздраженный и мрачный Олег поведал трудовому коллективу о новом направлении деятельности и внезапно объявил, что они берут в штат профессионального консультанта по выборам. Для Катерины и для Скворцова это было так же неожиданно, как и для всех остальных. Катерина насторожилась — как ни любила она начальников, сдавать свои позиции, «любимой и единственной», ей совсем не хотелось. И интересы дела тут были вовсе ни при чем. Или она играет с ними в открытую, или не играет никак. Роль третьего человека в компании ей вполне подходила, и отдавать кому-то управление во имя процветания нового губернатора Калининградской области она не собиралась.

После совещания, в десятом часу, она поймала Приходченко в его собственной приемной и потребовала объяснений.

— Кать, мы не вытянем все это самостоятельно, — сказал он устало, — ты же видишь, как все сложно и непонятно.

— Я тебе сразу сказала, что все будет сложно и непонятно, а ты не хотел меня слушать, — отрезала Катерина. — Олег, я не буду работать под неусыпным надзором пресс-службы Кольцова да еще и чужого дяденьки с чужими идеями.

— Уволишься? — спросил Приходченко сердито.

— Уволюсь, — согласилась Катерина. — Или я отвечаю за процесс, или нет. Назначай своего политолога главным на проекте, а меня оставь заниматься Друбичем, тверским пивом и Домодедовскими авиалиниями. Как это тебе в голову пришло, что я буду еще и политолога слушаться?

— Кать, ну не вытянем же! — жалобно проговорил Олег. Он устал, как собака, был голоден и зол. Все прошло совсем не так, как он ожидал. Он был очень недоволен собой. Девчонка поняла ситуацию лучше, чем он. Впрочем, с той стороны, откуда смотрела Катерина, ситуация сразу представлялась безнадежной. Она же не знает о его договоренности с Абдрашидзе. Олег был уверен, что в соответствии с этой договоренностью Абдрашидзе к моменту их встречи с Кольцовым уже произведет все необходимые перестановки в своем хозяйстве. Игорь никаких перестановок не произвел, и в результате Приходченко и его люди получили, по крайней мере для начала, совсем не то, что предполагалось. Кроме того, ему срочно нужно было позвонить, а при Катерине он не мог этого сделать.

— Кать, если у тебя так взыграли амбиции, я отдам этого политолога под тебя. Мне-то что? Я под тебя не копаю. Я знаю, что нам без тебя — крышка. Ты только дело не завали, а?

— Олеженька, — сказала Катерина с яростью, — я твоих дел не знаю, хотя догадываюсь, что ты не все, как примерный шеф, выносишь на суд родного коллектива. Но если тебя интересует моя точка зрения, после двадцати четырех часов базара, то я хочу тебя обрадовать — с политологом или без, но мы проект завалим. И не говори потом, что я тебя не предупреждала.

Она думала, что Приходченко сейчас взорвется, как слишком сильно надутый воздушный шар, и начнет метаться по приемной, выкрикивая угрозы и оскорбления, такое с ним раз в году случалось. Но он промолчал. И это было ужасно. Он промолчал и только присел на край стола, как будто не мог вынести этой мысли.

— Езжай домой, Катерина. Завтра поговорим. Дел много. Надо Гордеева с Андреевым в командировку отправлять, за «свежачком». — Так они называли только что собранные факты. — Им нужно направление, в котором они будут рыть. Нужно как-то к этой Юлии подъехать, чтобы она с нами делилась информацией и чтобы до Кольцова хоть что-то доходило из того, что мы придумаем.

— И неплохо, чтобы он знал, что это мы придумали. — Она помолчала, всматриваясь в его лицо. — Что с тобой, Олег? Что-нибудь очень скверное стряслось? Расскажи, я умная. Я что-нибудь посоветую.

— Все мое скверное ты знаешь, Катька. — Он улыбнулся. — Советуй, если можешь.

— Все продолжается? — спросила она тихо. — Ничего не меняется?

— Все усугубляется. А у меня сын. Целый день дома черт знает с какой нянькой. То есть нянька-то нормальная, но я не знаю, сможет она его защитить, если что... И от кого защищать? От матери? И я давно уже должен ехать, а вот стою и не знаю, что я там застану...

Они помолчали, и Приходченко закурил. Катерина горячо и остро сочувствовала ему и не знала, какими словами это можно выразить. Да и что слова?! Помочь бы, да нечем...

— Привози его на выходные к нам, в Немчиновку, — предложила она, зная, что это ничего не изменит. — Мама пироги будет печь. Места — сколько хочешь...

— Спасибо, Кать. — Он улыбнулся, стряхивая пепел в кофейную чашку секретарши Ирочки. — Может, и приедем, если что... А сейчас давай домой. Давай-давай! Как вы мне все надоели...

— Уезжаю, Олеженька! — Она решила не возвращаться к щекотливой теме наемного политолога. Кроме того, не грех бы подумать до завтра. От двери она оглянулась. Приходченко сидел на столе и задумчиво смотрел на тонкий белый сигаретный дым, странно висевший посреди комнаты. Вид у него был угрюмый.

— Пока! — сказала Катерина и взялась за ручку двери. Но сразу не ушла. Она любила уходить в несколько приемов. — Ты бы тоже ехал, Олег. Ночь на дворе. А тебя Кирюха ждет.

— Да, — ответил Олег. Только Катерине он разрешал сочувствие. — Да. Спасибо.

Дверь она прикрыла тихо-тихо. И еще несколько секунд он слышал ее шаги, гулко отдававшиеся в пустом офисе. Загудел лифт, бахнули двери. Наступили долгожданные тишина и одиночество. Хоть на пять минут. Не думать ни о чем, не волноваться, не бояться, не прятаться. Просто набрать телефонный номер.

Ответили сразу, на втором гудке.

— Я на работе, — пожаловался он. — Сейчас домой поеду. Видишь, как все ужасно. А мне так хотелось приехать, ты не представляешь...

Он говорил довольно долго, минут десять. Потом сунул мобильник в карман, запер кабинет на ключ, спустился к машине и поехал домой.

Саша Андреев, ведущий специалист агентства «Юнион», тридцатилетний, уверенный в себе и в жизни, бывший сотрудник МУРа, примерный муж и отец, не чаял души в своей начальнице.

А когда-то он не верил Мишке Гордееву, другу детства, юристу и недотепе, что с женщиной-начальницей вообще можно работать. И ошибался. Из МУРа он ушел потому, что не стало денег мальчишке на йогурты, а Таньке — на шампуни. Сердце кровью обливалось — так не хотел уходить. Да и в очередь за классным розыскным специалистом Сашей Андреевым никто не выстраивался. Податься особенно некуда. Разве что мешочников у Белорусского подвозить или охранником устраиваться. Дверь сторожить или тело — неизвестно, что лучше. Мишка уговорил его сходить на собеседование в контору, где сам работал. Там как раз набирали сотрудников. Зарплата — десять милицейских сложить и еще на два умножить. Начальник — какая-то баба. Саша отказывался. Саша говорил — ни за что. Саша никогда не работал под началом у женщины.

Как они потом хохотали всем отделом, вспоминая Андреева с грозным и напряженным лицом, первый раз пришедшего, «чтобы побеседовать». Как хохотала Катерина, та самая «баба-начальник», вспоминая его подозрительность, и неловкость, и осторожность, и недоверие.

Что бы он теперь без них делал, отставной капитан Саша Андреев?!

Работа ему нравилась очень. И была похожа на ту, которую он умел делать так хорошо. Он собирал материалы, и равных ему в этом деле не было. Мишка мог дать собранным фактам правильное юридическое и какое хочешь толкование. А добыть их мог только Саша. Из обрывков разговоров, выброшенных документов, слухов и счетов за телефон он мог вытрясти столько деталей, выводивших его потом на нужную информацию, что Катерина, читая его отчеты, закатывала глаза в припадке бурного восторга. Ради этого восторга он и старался, собственно говоря. Ему хорошо платили, его любили коллеги и жена, и он никогда не испытывал потребности кому-то что-то доказывать. А Катерине, взявшей его на работу, несмотря на все его завихрения той поры, поверившей, что он именно тот, кто ей нужен, он с утра до ночи готов был доказывать, что она не ошиблась. Что ей нужен только он, Саша Андреев. Он понимал ее с полуслова, он всегда делал больше, чем она просила, и не во имя каких-то прозаических премий — хотя премии тоже неплохо, — а во имя необыкновенного духа дружбы и взаимной заинтересованности, который Катька так хорошо умела создавать.

Отправляя их в Калининград, «баба-начальник» просила добыть максимум сведений о промышленных предприятиях Тимофея Кольцова. Не данных аудиторской проверки, а именно сведений — сколько людей работает, какие зарплаты получают, чем довольны, чего боятся. Еще она просила поговорить под каким-нибудь предлогом с бывшей супругой, с бывшими учителями и одноклассниками, коллегами по наладочным и разным прочим работам. Посчитать, по возможности, сколько у него на самом деле домов и квартир на исторической родине и в Москве, а также вытащить на свет все «трупы». «Трупами» они называли эпизоды, имеющиеся в биографии каждого клиента, которые клиент, как правило, тщательно скрывает и прячет от всех, в том числе и от самого себя. Эти «трупы» в конце концов неизменно вылезали на свет в самый неподходящий момент и могли испортить и провалить даже очень хорошо подготовленную кампанию.

Работали они с Мишкой слаженно и толково. На сбор данных у них, как правило, уходило недели две. Иногда меньше. Но Тимофей Кольцов был фигурой слишком закрытой, с одной стороны, и слишком известной — с другой, чтобы ограничивать себя по времени. Тем более что информация день ото дня становилась все интересней и интересней. Саша регулярно звонил Катерине в Москву, докладывал, что работа идет и они привезут много всего неожиданного. Катерина изнывала от нетерпения, торопила и ругалась. Это была своего рода игра — так она подтверждала, что их работа — одна из самых ответственных.

Пробыв неделю в Калининграде, они переехали в Светлогорск. Во-первых, чтобы не особенно мозолить глаза персоналу калининградской гостиницы, а во-вторых, поближе к даче Тимофея Ильича и к его очередной фирме, которая вроде строила отели, а потом сдавала их в аренду. Школьно-детсадовскую часть биографии Саша оставил на потом, как самое легкое.

Светлогорск Саше понравился. Немецкая чистота мощеных улочек, крутые спуски и подъемы, плотный и соленый ветер с моря, маленькие, почти европейские забегаловки, где можно поесть и выпить пива, дети и туристы, гуляющие, несмотря на осень и дождь, по лаково блестящей брусчатке, и — в довершение картинки — маленький оркестрик, играющий вальсы на площадке перед военным санаторием.

Саша вполне понимал, почему у Тимофея Кольцова дача именно здесь, а не на Куршской косе, где по традиции находила заслуженный отдых от праведных трудов верхушка местной администрации.

Три дня они прожили спокойно, тихо занимаясь своими делами. На четвертый, вернувшись в номер, Саша обнаружил, что дверь не заперта. Ругая на чем свет стоит беззаботного Мишку, Саша спустился к администраторше попросить запасной ключ. Он собирался снова уходить, а оставлять дверь открытой до возвращения Мишки не было никакого резона. Администраторша ключ дала не сразу, пришлось ждать, пока она оформит каких-то вновь прибывших, и выслушивать ахи и охи по поводу открытой двери. Почему-то Саше даже в голову не пришло спросить, возвращался ли Мишка после того, как утром они ушли вдвоем, пока администраторша не начала распространяться о том, что, уходя с утра в город, двери нужно обязательно запирать.

— А сосед мой не приходил разве? — спросил удивленный Саша. Утром он сам запер чертову дверь, и отлично это помнил.

— Никто не приходил, — заверила его администраторша, — вот я и говорю, дверь-то проверять надо, а то чего пропадет, на нас же скажете, а мы разве можем за каждую дверь отвечать...

«Во дела!» — изумленно подумал Саша. Такого с ним за время работы не случалось еще ни разу. Сбор информации они проводили вполне легально, да и Приходченко, не будь дурак, сразу же справил им лицензии на частную розыскную деятельность и на ношение оружия. Лицензии эти были никому не нужны, но в командировки Катерина всегда заставляла брать их с собой во избежание неприятностей.

Перескакивая через три ступеньки, Саша полетел наверх, в свой номер. Так и есть. У них побывали гости, причем гости совершенно нестеснительные, потому что они даже не потрудились оставить после себя все в том же виде или хотя бы дверь запереть.

Бумаги из портфеля явно вынимались и просматривались. Белье в шкафу сдвинуто в сторону. Интересно, а там что искали? «Калашников»? Лэп-топ со всеми дискетами Саша всегда носил с собой, не столько из-за конспирации, сколько понимая, что если его сопрут, Катерина с них головы снимет за разбазаривание корпоративного имущества. Копии дискет, по милицейской привычке подстраховываться, он держал в портфеле в камере хранения на вокзале, благо тут до вокзала — два шага. На бумаге они ничего не писали. С появлением компьютера это казалось полной глупостью — зачем писать от руки и потом себя же перепечатывать?

Саша задумчиво сидел в кресле, положив на колени лэп-топ. Кто у них был? Откуда проследили? Из Калининграда? Из Москвы? Версию с жуликами или нерадивой горничной он не рассматривал. Ничего не взято, а горничной ни за каким чертом не нужны их бумаги. Это забеспокоился кто-то из местных. И хорошо, если ребята Кольцова, а если другие? Тогда прости-прощай вся работа, и Катька не получит вожделенный доклад. Вытурят с территории моментально.

За свою драгоценную жизнь он совсем не боялся, понимая, что если люди так наследили, то, значит, скрывать им особенно нечего или они принимают его за полного дурачка. И то, и другое неплохо, и означает, по крайней мере, что никакой опасности для окружающих Саша Андреев пока не представляет. А значит, и бояться ему нечего. Обидно другое: никакой слежки он нигде не заметил, расслабился, и теперь под угрозой срыва оказалась вся работа. Как это он проглядел, отставной милицейский капитан? Не мог, не должен был проглядеть. Хотя в добытых ими с Мишкой данных никакой криминал и не ночевал, только, может, мимо проходил. Но ведь еще Ильф и Петров писали, что все крупные состояния нажиты нечестным путем, и никого сегодня этим не удивишь, и никакой это не компромат.

Они выяснили, что начинал Тимофей Кольцов действительно в Калининграде, открыв мастерскую, или, как тогда говорили, «кооператив», по ремонту иномарок. Иномарок, старых, как мир, в Калининграде, как в любом портовом городе, было просто море. С удручающей хозяев регулярностью они ломались, а Тимофей Кольцов с приятелями придумал их чинить и даже наладил поставку запчастей из Германии и Польши. Кооператив платил взятки таможенникам. Детали беспрепятственно следовали через границу, и все были счастливы. Потом скромную мастерскую Тимофея Кольцова сожгли. То ли дань не стал платить, то ли платил, но мало, то ли платил, но не всем. Тимофей Кольцов построил на ее месте новую, лучше прежней, и говорят, что в день открытия вовсе в другом конце города сгорело кооперативное кафе. Говорили также, что это Тимоха отомстил за свое детище, и больше к нему вопросов со стороны местных авторитетов не поступало.

Потом началась эра приватизации, и Тимоха решил купить родной завод, помиравший к тому времени медленной и мучительной смертью. Мастерская уже превратилась в громадный техцентр с автосалоном и заправкой. Машины и бензин они продавали по чудовищно низким ценам, и тогда же пошел слух, что полукриминальный и оборотистый Тимоха наладил какую-то связь с «ЛогоВАЗом». Берет у них машины по бросовым ценам якобы для вывоза за границу, платит взятки пограничникам, оформляющим вывоз, и спокойненько продает машины в городе, как реэкспортные.

«К нам за «Жигулями» очереди стояли, — поделился с Сашей Андреевым бывший охранник техцентра «Балтика», — у соседей они сгнили все, а у нас шли нарасхват. Умен Тимофей Ильич и дело умел организовать. И спокойно все было, ни тебе бандитов, ни тебе милиции. Уж с кем он там делился, не знаю, а уважали его в городе очень. Машину на каждой заправке знали, в каждом ресторане. Жалко, что за большими делами в Москву уехал, редко здесь бывает». — «А говорят, вернется». Саша решил проверить, есть ли у Кольцова хоть один потенциальный избиратель. Бывший охранник посмотрел на Сашу вопросительно: «Совсем вернется?» — «Ну, губернатором станет», — пояснил Саша. Охранник воспрял духом: «А что? Из него губернатор во какой получится! Он моментально порядок наведет, всех работать заставит. У него на заводе знаешь, как вкалывают? Как при немцах. И на верфях тоже.

У меня зять там, мастером участка. Так он говорит, у них перекур по звонку. Звонок зазвенел — все закурили, другой раз зазвенел — все потушили, и опять на стапеля. И попробуй ты на пять минут дольше курить. В книгу занесут, и всем премия к Новому году, а тебе — шиш. У них там в отделе кадров заявлений лежит на десять лет вперед. Работа тяжелая, грязная, на улице, а все хотят или на «Янтарь», или на верфи. А почему? Потому что хозяин — редкий человек. И платит хорошо, отлично платит. Задержки — ни-ни. Ни разу не задержали. Директор себе в последнюю очередь выписывает. Говорят, сам Тимофей Ильич так постановил и сам следит». — «Вы же рассказывали, он бандит какой-то», — не удержался Саша. «Сам ты бандит, — разгневался охранник, поднимаясь с лавочки, на которой они разговаривали. — Может, он чего и нарушал, но, если бы все правители такие бандиты были, у нас бы уж точно давно коммунизм сделался».

Завод этот необыкновенный коммунист приватизировал очень легко. Под соусом какого-то очередного постановления о самоуправлении были назначены и с блеском проведены директорские выборы, на которых Тимофей Ильич победил. Завод, выпускавший турбины для мощных кораблей, остановился еще в начале перестройки и с тех пор работал от случая к случаю, когда находились заказы. Кольцов половину завода тут же сдал в аренду каким-то фирмачам, бравшимся выпускать лодочные моторы. Другую половину Тимофей Ильич запустил через полгода после покупки, и с тех пор завод больше не останавливался ни на день. С бычьим упрямством он искал заказы на турбины и в конце концов нашел их. Он заключил договоры с Литвой и Эстонией, с каки-ми-то совсем далекими развивающимися африканцами, которым нужны были корабли, и с МЧС, которое покупало у него лодки. Африканцы остались турбинами премного довольны и посетовали, что у господина Кольцова нельзя купить корабль целиком. Господин Кольцов, пораскинув мозгами, решил, что он вполне потянет и собственные верфи, которые тут же приватизировали в его пользу. К этому моменту его, по слухам, поддерживали премьер-министр и некоторые вице-премьеры. Из этой поддержки сложилось несколько государственных заказов, облегчивших жизнь судостроительной империи Кольцова в тот период, когда нужно было только вкладывать, не получая никакой отдачи.

Министр МЧС несколько раз приезжал в Калининград по приглашению Тимофея Кольцова и в конце концов заключил с ним договор на строительство учебной базы спасателей под Зеленоградском. Тимофей Ильич выкупил у местной военной части землю, построил базу, оснастил ее вертолетами, катерами, грузовиками и всевозможной техникой, купленной все в той же военной части, где она долгие годы гнила на улице, и нажил на этом деле еще одно состояние, вполне достаточное для того, чтобы платить дотации Калининградской области из собственного кармана.

Из сопредельных держав, очень обеспокоенных собственной гражданской безопасностью, на базу потекли желающие потренироваться. Желающих принимали, обучали, тренировали и брали с них за это немалые денежки. Все были довольны — скандинавы, которым тренироваться здесь было дешевле, чем на базах в Атлантическом океане, МЧС, получающее дополнительные денежные вливания, и даже премьер, который возил на эту базу иностранных гостей.

Но Тимофею Кольцову всего этого оказалось мало. В процессе создания империи откуда-то еще всплыл Уралмаш, в совет директоров которого Тимофей Ильич вошел. Конечно, ему понадобились карманные банки для того, чтобы проводить через них деньги, и он их создал. Потом он стал покупать газеты и телеканалы, финансировать театры и гастроли знаменитостей. Пожалуй, к сегодняшнему дню, когда какие-то неизвестные забрались в номер Саши Андреева и Миши Гордеева, Тимофей Кольцов был самым известным человеком в области и одним из самых известных в России.

Саше казалось, что чем больше он работает, собирая информацию, тем меньше представляет себе, зачем Тимофей Кольцов все это проделал. Саша, весьма неглупый, читающий, циничный, да еще много лет проработавший «в органах» молодой человек, отлично понимал, что никакой «финансовый олигарх» ни за что не будет платить зарплату на своих нефтяных скважинах или заводах, если он вполне может этого не делать. Огромные состояния возникали из воздуха и тут же уходили за границу — на счета в швейцарские банки и в недвижимость в Ницце. Бесконечный дележ мест у кормушки — у бюджетной трубы, у газо- или нефтепровода, у шахты с цветными металлами — вот назначение и основной жизненный смысл олигарха. Зачем тратить силы и деньги, вкладывать их в какое-то производство, раздавать взятки, искать инвесторов и заказчиков, когда можно ничего этого не делать, а приватизировать, например, «Норильский никель» и спокойно торговать сырьем? В высокие чувства людей, подобных Тимофею Кольцову, Саша совсем не верил, значит, было что-то еще, заставлявшее его поступать так, а не иначе. И Саше казалось, что, если он поймет, что именно, задача будет решена и ответ сойдется. Тимофей Кольцов станет понятен и ясен, как друг детства, всю жизнь проживший за соседним забором.

Было и еще кое-что в его биографии, совсем непонятное Саше. Но об этом прежде всего придется посоветоваться с Мишкой, а уж потом с Катериной.

«Надо «хвоста» вычислять, — с тяжелым вздохом решил Саша. — И разбираться, кто это, свои или чужие. А Катьке пока не буду говорить. Переполошится еще. Скажет, провалил ты задание, капитан Андреев!»

Наемный политолог оказался веселым бородатым мужиком с красными рабочими руками, в дорогих джинсах и стильном пиджаке. Демонстрируя лояльность ко всем окружающим и профессионализм, позволивший ему с ходу разглядеть своего главного врага, он тут же пригласил Катерину поужинать и ничуть не расстроился, получив «ответ с отказом», как называл это Приходченко. Политолога звали Слава Панин, и он был вовсе никакой не политолог, а консультант по выборам.

К своему удивлению, Катерина очень быстро нашла с ним общий язык — видно, он и впрямь был профессионал. Кроме того, Приходченко, как и обещал, оставил Катерину главной, сделав наемного консультанта лишь вспомогательной рабочей силой при ее высочестве. Но и консультант мало чем смог помочь. Отношения с окружением Тимофея Кольцова никак не выстраивались.

Прежде всего оказалось, что авторами идеи «выборов с открытым лицом» действительно были Юлия Духова и Миша Терентьев. С кем они советовались — непонятно, и почему именно эта, скажем прямо, совсем не новая идея так увлекла их — тоже неизвестно, но вся работа проводилась, исходя именно из этой, глубоко неправильной идеи. Так считала Катерина, так считал Приходченко, и так, чуть-чуть войдя в курс дела, стал считать консультант Панин. Совещание, на которое созвали и людей Абдрашидзе, и людей Приходченко, прошло в «теплой, дружественной обстановке», ничуть не облегчив задачу выработки каких-то совместных стратегий.

Катерина написала план работы. План осел у Юлии, и на вопросы, видел ли его Абдрашидзе, Юлия отвечала, что все всё увидят, когда придет время. Саша Андреев и Миша Гордеев пропали в Калининграде, а без их данных работать в полную силу было совершенно невозможно.

Катеринины родители улетели в Англию. Бабушка, сидя целый день на даче, изнывала от одиночества и порывалась ехать в Москву, встречаться с «девочками», а Катерина ни за что не хотела отпускать ее одну. У племянницы Саньки резались очередные зубы, и она температурила, а Дарья, сестра, только-только собралась отправить их с нянькой на какое-то теплое море.

Катерина знала, что так бывает в жизни — вдруг все сразу идет наперекосяк. Какие-то унылые мелочи начинают раздражать и представляться совершенно неразрешимой проблемой. С Катериной так бывало редко, но все-таки случалось. Отец в таких случаях мечтал вслух: «Замуж бы тебя отдать», но разговоры о счастье в браке Катерина не поддерживала, и родители — слава богу! — эту тему не развивали.

В довершение всего Тимофей Кольцов вдруг появился в программе «Герой дня» на НТВ и выглядел там так плохо, что расстроенная Катерина едва-едва смогла досмотреть передачу до конца.

Ему противопоказаны долгие студийные беседы. Он выглядит идиотом. Камера искажает его голос, подчеркивает необъятность размеров и неумение говорить. Он слишком долго думает, прежде чем ответить, поэтому кажется, что ему совсем нечего сказать. Он не улыбается, и поэтому кажется, что у него плохие зубы или скверный характер. Он не умеет уходить от ответа, а когда пытается, то делает это с грацией слона. У него прямо-таки на лбу написано: «Я не буду отвечать на этот вопрос».

Все это Катерина записали на листочке и стала звонить Приходченко. Его не было дома, к телефону подошла его жена и долго молчала, прежде чем выдавила из себя, что он повез Кирюху в цирк.

— Вот это цирк, — пробормотала Катерина, набирая следующий номер. Скворцов был на месте. Выслушав Катерину, он пообещал поговорить с Абдрашидзе по поводу согласования и пересмотра пресловутого «плана мероприятий».

— С Абдрашидзе, если уж на то пошло, я сама могу поговорить, — сердито сказала Катерина, ожидавшая от него вовсе не обещания поговорить с Абдрашидзе. — Ты мне лучше скажи, как мы вообще будем с ними работать? Вот ты знал, что у него сегодня выступление на НТВ?

— Нет, — честно признался Саша. — Не знал. Ну и что, собственно? Если бы знал, все равно ничего не изменилось бы. Ты ж понимаешь, все решения принимает Юлия.

— Все решения должен принимать Игорь Абдрашидзе, согласовывая их с Олегом Приходченко. Или никакая PR-служба им ни за каким чертом не нужна. Ну, я завтра с Юлией вашей поговорю по-своему...

— Катька, не смей, — вдруг переполошился Скворцов, — а если и вправду она его подруга жизни, тогда что? Прощай, работа?

— Кстати, так и не выяснили, кто у него подруга жизни? — хладнокровно поинтересовалась Катерина. — Надо выяснить, что так-то, пальцем в небо... Ну, ладно, Саш, а с Юлией я все-таки поговорю.

Разговор этот состоялся не на следующий день, а только в конце недели, когда проводилось очередное «рабочее совещание» и, как всегда, «в пользу бедных». Это отцовское выражение нравилось Катерине все больше и больше.

— Я не понимаю нашей роли во всем этом замечательном деле, — начала Катерина, когда, уже под конец совещания, ей предоставили слово. — Мне кажется, что у нас и роли-то никакой нет. Мы только прессу мониторим, но для этого не нужна PR-служба. Две недели назад мы отправили на согласование наш план. И никакого ответа. Мы даже не знаем, в какой стадии там дела. Может, его заново надо переписывать от начала до конца.

— Я прошу прощения, что перебиваю, — вступила Юлия, ничуть не утратившая дружелюбия и спокойствия, — но скорее всего так и придется сделать. Это наша общая ошибка, мы сразу не договорились... Мероприятия придумываем *мы*, а *вы* организовываете их и освещаете в СМИ.

— По-моему, задача наемной PR-службы состоит совсем не в этом, — сказала Катерина, нажимая на слове «наемная». — Естественно, мы можем и организовывать, и освещать, но если мы участвуем в выборах, нам хотелось бы иметь возможность хоть как-то влиять на результат. А мы ее не имеем. И я не понимаю, почему мы не можем предложить какого-то своего решения проблемы.

Все совещавшиеся вдруг разом замолчали: впервые с тех пор, как они начали некое подобие совместной деятельности, одна из сторон решилась открыто высказать неудовольствие другой. Но Катерину было уже не остановить:

— Почему мы не можем изменить основной выборный лозунг? Почему не можем придумать другой, пока есть время? Почему мы не можем посмотреть речи Тимофея Ильича до выступления и дать какие-то рекомендации? Почему прошел «Герой дня», а мы даже ничего не знали о том, что он должен быть?

— Кстати, совершенно провальная программа, — неожиданно подал голос Слава Панин. — И вопросы не ахти какие, а уж ответы и того хуже. Нельзя давать Кольцова в прямой эфир, это не Жириновский с его живостью. То стаканом кинет, то обзовет нецензурно... Всем весело и хорошо. Тимофея Ильича надо солидно подавать, основательно, например, на каком-нибудь благотворительном вечере с женой под ручку. Или на открытии больницы, или на стадионе. На трибуне, рядом с Лужковым... Но уж точно не в прямом эфире.

— Но кандидат должен быть на телевидении, — возмутился Миша Терентьев, уверенный, что чем больше телевидения, тем солиднее выборы. — Он не может только в больницы ходить.

— Вот мы и должны вместе придумать, куда он должен ходить, — подхватила Катерина. — Миша, вспомните прошлые выборы. Сколько раз там, в штабе, повторяли — в следующий раз ничего не будем делить, только работать, а мы с вами уже месяц все делим и делим непонятно что. Все равно по степени близости к боссу вас никто не переплюнет. Мы только предлагаем: прислушайтесь к нам, мы ведь тоже дело знаем...

Очевидно, в хозяйстве Юлии Духовой такие речи не были приняты, но Катерина предпочитала расставить все точки над i. По комнате прошел сдержанный гул голосов, и Саша Скворцов обреченно вздохнул. «Прозаседаем опять до полуночи, — решил он. — Заседаем, заседаем, а все на том же месте».

Михаил Терентьев уже вовсю горячился:

— Мы считаем, что выработанную концепцию менять не имеет смысла. Раз уж она заявлена, то должна оставаться неизменной. Кроме того, с ней согласился Тимофей Ильич, и начинать по новой все согласования просто глупо!

— Согласования тут ни при чем, — холодно прервала его Юлия, — в интересах дела мы готовы еще десять раз все согласовать, но я что-то не очень понимаю, что именно вы предлагаете изменить?

В интересах дела все согласны на все, подумалось Катерине. И все равно сделано ничего не будет. За существующую концепцию выборов, написанную, очевидно, кем-то из великих специалистов, Юлия заплатила немало кольцовских денежек. А теперь признаться, что зря заплатила? Пусть лучше Приходченко вместе с Абдрашидзе из кожи вон вылезают, вытягивают ситуацию или заваливают ее. Она, Юлия, слава богу, ни в чем таком рискованном принимать участия не будет. Разгневается великий Тимофей и вытурит виноватых, а ей и здесь, под его крылом, вернее, лацканом пиджачным, совсем неплохо. Даже если на выборах он проиграет, все равно останется богатым и знатным, а пресс-секретарь такая должность, что круглый год нужна, выборы или нет...

— Во-первых, мы предлагаем купить телевизионную аппаратуру. Свою, — начала Катерина. — Кстати, в плане мы об этом не писали, мы тогда думали, что у вас она уже есть. Мы сможем нанять съемочную группу и делать все самостоятельно, и снимать, и монтировать, а потом готовое видео раздавать на каналы. Аппаратура — это, конечно, недешевое удовольствие, но выйдет в конце концов дешевле, чем постоянно контролировать, что там наснимали телевизионщики. Иначе будет один сплошной «Герой дня».

Ассистентка Юлии, Наташа, непрерывно и озабоченно заглядывала в лицо начальнице, словно проверяя, не падает ли она в обморок от дерзости этих чужих людей, назойливых, как осенние мухи. Катерину эта трогательная преданность начальству раздражала.

— Еще мы предлагаем сейчас придумать, а в конце лета провести какое-нибудь большое мероприятие, в котором Кольцов будет первым лицом.

— Спустить на воду какой-нибудь тысячный корабль? — осторожно подал голос кто-то из кольцовской пресс-службы.

— Корабль — хорошо, — согласилась Катерина и закурила. — Но мы предлагаем начать в прессе шум по поводу токсичных отходов, которые скапливаются в Калининграде. Можно запустить какую-нибудь «утку» о том, что нынешний губернатор принимает отходы из Германии или Польши. Можно слепить пару-тройку репортажей о неизлечимых болезнях, которые угрожают жителям из-за этих отходов. Тема модная и вполне актуальная. А к осени Тимофей Ильич объявит о том, что он на свои деньги, заботясь о здоровье калининградцев, построил где-то на границе области, у черта на рогах супертехнологичное захоронение, куда не то что человек, но ни зверь, ни птица не забредут и не отравятся.

Вся комната одобрительно зашумела и расслабилась. Большинство собравшихся имели самое точное представление о том, как делаются кампании в прессе, поэтому Катеринино предложение всем понравилось.

— Можно еще подумать, не стоит ли начать пугать людей возможным прекращением ввоза еды из Литвы, Латвии и Польши. И тогда следующей осенью мы сыграем на обещании, что Тимофей Ильич Кольцов ввоз не сократит, а приумножит, или что-то в этом духе.

— Ну, это просто глупость, — сказала Юлия, глядя в органайзер. — Можно даже не начинать.

Скворцов выразительно глянул на Катерину и покачал головой. Катерина состроила ему рожу. Слава Панин, подавшись для убедительности вперед, чуть не грудью лег на полированный стол.

— Если мы хотим привлечь на выборы молодежь, значит, это тоже надо делать уже сейчас.

— Я понимаю! — согласилась Юлия. — Именно поэтому мы начали организовывать фонд Тимофея Кольцова в институтах Калининграда и в военных училищах. Из этого фонда ребятам будут платить именные стипендии.

— Отлично! — с энтузиазмом согласился Панин. — Мы еще предлагаем создать в Интернете банк данных Тимофея Кольцова, куда будут вноситься все вакансии на его предприятиях и сообщаться условия приема. Еще мы предлагаем специальную премию, причем желательно не слишком маленькую, для молодых журналистов, пишущих о море. Или о производстве. А может, о политике. Это надо продумать, но тему выбрать так, чтобы Кольцов каким-нибудь боком в нее попадал. Он сам или его предприятия. Будет здорово — они и про него напишут, и про премию. И будут писать, как заведенные.

У Панина сияли глаза удалым безенчуковским блеском, и вдруг Катерина поняла, что он на самом деле первоклассный консультант. О его энтузиазм можно было зажигать спички.

— Все? — спросила Юлия. На нее панинский энтузиазм не произвел никакого впечатления.

— Еще мы хотим организовать пикет у Госдумы, — объявила Катерина.

— Это еще зачем? — подал голос Михаил Терентьев. Все время он что-то длинно строчил в блокноте и напоминал почему-то журналиста времен Первой мировой войны, какими их запечатлевали на фотографиях: в золотом пенсне, белых гетрах и авиационных очках.

— Ну, это не сейчас, а незадолго до парламентских каникул, — радостно пояснил Слава Панин. — Каких-нибудь студентов или рабочих с лозунгами: «Кольцов, мы вас ждем дома, без вас все пропало!»

— Да, — согласилась Юлия. — Это изумительные идеи, все до единой. Я покажу их Тимофею Ильичу. Будем надеяться, что они ему понравятся. В этом случае вы сейчас же займетесь их разработкой. А пока вернемся к более прозаическим проблемам. Катерина, как с освещением встречи Тимофея Ильича с Джорджем Соросом?

— Выйдут три аналитические статьи с финансовым уклоном и фотографиями, — ответила за Катерину Милочка Кулагина, до сих пор хранившая напряженное молчание. У Милочки все время ссорились родители, поэтому она панически боялась конфликтов и совершенно не выносила никаких препирательств на работе. — Мы ждем еще около девяти статей поменьше в изданиях разного направления и четыре телевизионных репортажа. Так или иначе об этом упомянут все ведущие СМИ.

— Мне не нужно так или иначе! — неожиданно резко заявила Юлия. — Мне нужно, чтобы писали о Кольцове!

Бедная Милочка Кулагина, которую на работе только хвалили, даже если она ошибалась, неловким движением сдернула очки и покраснела. Слава Панин решил, что ее нужно спасать, и чем быстрее, тем лучше, а то Милочка заплачет прямо на глазах у изумленной публики:

— Так или иначе, — подчеркнуто мягко сказал Слава рассерженной Юлии, — о Кольцове напишут. Но, Юлия Павловна, мы все отлично понимаем, что в данной конкретной встрече главная фигура вовсе не Тимофей Ильич. Как говорится, мы знали, на что шли, когда затевали эту встречу, правда?

Фактически он говорил ей, что она полная дура, и предлагал это признать. Между прочим, философски подумала Катерина, это весьма часто встречающаяся ошибка, которую делают даже очень грамотные специалисты, подолгу работающие с одним человеком. Они перестают соотносить значимость этого конкретного человека и значимость происходящих в мире событий. Они перестают понимать, что встреча папы римского с Васей Пупкиным может быть интересна общественности именно из-за папы. И часто на этом прокалываются.

— Концерт Аллы Пугачевой состоится вовремя, несмотря на то, что она сама вроде приболела, — сообщил Терентьев, — но она вчера звонила боссу и сказала, что все пройдет по графику. На концерте босс должен вручить ей цветы. Все помнят? — Терентьев оглядел трудовой коллектив. — Кто за это отвечает?

— Мы отвечаем, — поднял руку Дима Панкратов из пресс-службы Кольцова. Терентьев посмотрел на него из-под очков, и Дима неохотно придвинулся поближе.

— Цветы купим, с охраной согласуем. Все как обычно.

— Еще будет жена мэра, про это кто-нибудь помнит? Или будем, как в прошлый раз, друг у друга спрашивать «а это что за баба»?

По комнате пронесся сдержанный смех. Был грех, в прошлом году они не признали первую леди столицы.

— А про Диану помнят все, кто отвечает за мероприятие? Что нужно встретить, проводить, телевизионщикам показать? Или тоже не знаем, что это за баба?

Диану, жену Тимофея Кольцова, до сих пор еще никто из приходченковской службы не видел. Катерина очень хотела посмотреть на них вдвоем, чтобы понять, можно ли в дальнейшем использовать их как семейную пару или нужно придумывать им какие-то отдельные, но как бы общие программы.

Под конец совещания неожиданно появился Игорь Абдрашидзе, как всегда энергичный, бодрый и красивый.

— Как дела? — спросил он с порога. — Движутся?

— Движутся, Игорь Вахтангович, — засуетилась Юлия. — Мы уже все обсудили. Вы хотели послушать?

— Необязательно, — снисходительно ответил Абдрашидзе. — Я хотел попросить вас после совещания зайти ко мне.

— А нас? — со свойственной ей дурацкой бесцеремонностью влезла Катерина. Но он был ей так нужен, этот Абдрашидзе, и так недоступен. Может, хоть сейчас, благодаря ее наглости, он не сможет отвертеться? Но побывавшего и не в таких боях Абдрашидзе было трудно сбить с толку или удивить какой-то убогой наглостью. Он поглядел на Катерину сверху вниз, как умеют смотреть только грузины, да еще не слишком высокого роста, и сказал, чеканя слова:

— Все, что я хотел выяснить, Катерина Дмитриевна, я уже выяснил у Олега Приходченко. Если у вас есть ко мне вопросы, — он подчеркнул голосом «у вас», явно давая ей понять, что у нее никаких вопросов к нему быть не может, — я готов вас принять. Согласуйте время с Юлией Павловной, и мы побеседуем.

— А сейчас нельзя? — продолжала приставать Катерина. Абдрашидзе даже не удостоил ее ответом. Повернувшись к Юлии, он взял ее под руку и повел к выходу из конференц-зала.

— Один — ноль в нашу пользу, — произнес над ухом голос Терентьева. Он собирал в папку какие-то бумаги со стола и улыбался. Но в его улыбке Катерина разглядела искреннее сочувствие. Может, Юлия и на него сильно давит?

— В пользу-то в пользу, только вот дело никак с мертвой точки не сдвинется, — сказал рядом Слава Панин. — Это ведь кажется только, что еще год впереди. Целых 365 дней. А на самом деле только соберемся поработать, и уже некогда будет, придется спасать положение, авралить, суетиться. Вы подумайте над этим, Миша. Вы-то не пресс-секретарь. Вам должность в случае провала не предусмотрена, верно?

— Верно, — легко согласился Терентьев. — Мне не предусмотрена. Только я тоже себе не враг, чтобы поперек Юлии действовать. Она боссу ближе.

— Ваша двусмысленная улыбка говорит о многом, — Слава сухо улыбнулся. — Но мы грамотные. Мы на провокации не поддаемся. Правильно говорю, Катерина Дмитриевна?

— Правильно, Станислав Алексеевич! — согласилась Катерина. — До свидания, Миш. Приходите к нам в гости. А то все мы да мы...

— Приду, — пообещал Терентьев, и все разошлись в разные стороны.

В лифте Скворцов сказал с досадой:

— Охота тебе непрерывно лезть на рожон. Только против себя их настраиваешь.

— Саша, я почти месяц пытаюсь настроить их в свою пользу. И у меня это не получается. Может, если мне удастся разозлить Абдрашидзе, он обратит на наше великое и бессмысленное противостояние хоть какое-то внимание!

— Или вышибет нас вон и найдет более покладистых.

— Ладно, — заявила Катерина немножко свысока. — Не плачь раньше времени. Прорвемся!

Лифт неслышно остановился, двери разъехались, и вся компания неожиданно попала в центр какого-то молчаливого мужского шествия. Всех троих, и Катерину, и Скворцова, и Панина, быстро и ловко оттеснили к противоположной стене. Один из мужчин быстро зашел в лифт и вышел из него, еще двое остались у дверей, и один переместился к турникету. Происходило что-то непонятное и угрожающее.

— Наш босс приехал, — смеясь глазами, негромко сказал Панин. И, судя по тому, как подался вперед тот охранник, что стоял у турникета, не ошибся. Кто-то еще, пятый или шестой, придерживал Кольцову дверь. Он вошел, ни на кого не глядя, и неожиданно быстро направился к ожидавшему его лифту. Девушка за конторкой черного мрамора в волнении поднялась, когда он проходил мимо. Одна секунда — он зашел в лифт, следом за ним загрузилась охрана, двери закрылись, и никого не стало.

Только что вестибюль был полон, даже искры летели от напряжения, а тут вдруг — спокойствие, безмятежность и покой. Босс прошел, все облегченно выдохнули...

— Ничего себе... — протянул Скворцов.

— А ты говоришь — прорвемся! — задумчиво сказал Катерине Панин. — Попробуй тут прорвись.

— Алло!

— Что-то давненько мы не разговаривали. Куда это вы пропали? Ни слуху ни духу...

— Сказать пока нечего, потому и ни слуху ни духу.

— Может, помощь нужна? Не справляетесь? Ведь все-таки полтора месяца прошло...

— Пока не нужна, когда понадобится — предупрежу. Все на самом деле гораздо труднее, чем предполагалось.

— Кто больше всего мешает?

— Женщина.

— Может, с женщиной помочь?

— Я же говорю, пока рано. Если у нас ничего не получится, тогда поможете.

— Ладно. Наши все волнуются. Время идет, а дело не делается.

— Передайте, что в самое ближайшее время я постараюсь решить все вопросы. О результате сообщу.

— Передам. И мой вам совет: особенно не тяните...

Юлия Духова неслась на машине по Ленинградскому шоссе в сторону Шереметьева. Она всегда ездила быстро, а уж в плохом настроении летала на своем «Фольксвагене», как на истребителе.

Тимофей Кольцов отправлялся сегодня в Женеву, и она должна его проводить. По-хорошему, ей бы поехать с ним, но на этот раз такая возможность даже не рассматривалась. Да и сами проводы были полностью ее идеей. Просто в один прекрасный день она приехала в Шереметьево, прошла в ВИП-зал и оставалась рядом с Тимофеем Ильичом, пока не объявили посадку. Поначалу все окружающие удивлялись: Юлию Павловну, вообще говоря, никто никогда в аэропорт не звал, но Кольцов молчал, и со временем все привыкли к ее присутствию рядом с ним. Она ко многому их приучила.

И ко многому еще приучит.

Она приучила их советоваться с ней по любому поводу — в каком настроении Тимофей Ильич, сейчас к нему зайти или подождать до завтра, почему вчера на приеме он был мрачен, а сегодня уехал так рано? Она приучила их к мысли, что «мы говорим Духова, подразумеваем Кольцов». Она приучила их считать, что она всегда где-то рядом и Тимофей Ильич смотрит на мир ее глазами. И из ее постели.

Мягко говоря, это было маленькое преувеличение. Раза три, за границей, она действительно подлавливала его в состоянии расслабленном и благодушном. Он отсылал охрану, они ужинали в каких-то очень дорогих ресторанах, и вечер заканчивался в его или ее номере. Из этого ничего не следовало, кроме легкой утренней неловкости, которую Юлия изо всех сил старалась погасить, опасаясь, что в следующий раз в постель он ее не возьмет. Зачем ему лишние неудобства? А ей совершенно необходимо спать с ним. Он был неинтересный любовник — не слишком искусный и без фантазии. Поначалу она попыталась изображать огненную страсть, но вовремя сообразила, что надуть его таким образом не удастся. Наткнувшись на его насмешливый и холодный взгляд, она как-то моментально поняла, что все ее игры — томные взоры, нервная дрожь и вскрики экстаза — вызывают в нем равнодушное любопытство, и только. Этот мужик все знал про себя и про окружающих. Знал настолько хорошо, что иногда ей в его обществе становилось дурно — с кем она решила тягаться? С Тимофеем Кольцовым? Конечно, приятно утешать себя тем, что все мужики одинаковы, на какой бы ступени социальной лестницы они ни находились, и умная женщина может использовать их по своему усмотрению, но к Тимофею Ильичу это, пожалуй, не имело никакого отношения. Его можно было использовать только до известного предела, который он сам же и определял. Хорошо, что Юлия быстро это поняла и ни на чем таком не прокололась. Теперь она знала, что должна выжидать, ни к чему его не подталкивая. Захочет спать с ней, будет спать. Не захочет... Ни соблазнить, ни обмануть его нельзя.

Иногда, как сейчас, несясь почти по встречной полосе на своей мощной ухоженной машине, она его ненавидела. Ненавидела свою зависимость — он имел все права, а она никаких. Ненавидела свое подчиненное положение — все его замы были по определению выше ее. Ненавидела, что он заставлял ее ждать его высочайшего расположения, как милости. Он определял правила игры, и за это она тоже его ненавидела.

Конечно, он делал ей маленькие молчаливые уступки. Разрешал себя провожать. Брал с собой за границу. У нее был более или менее свободный доступ в его кабинет. Но что значили эти подачки по сравнению с той абсолютной властью, которой она жаждала! О которой она грезила, которой болела, которая была у нее в крови, как тропическая малярия!

Этот отвратительный, толстый, плохо образованный мужлан с руками грузчика и пролетарской физиономией имел все, к чему стремилась Юлия Духова. Имел — и не хотел делиться. А как хороша, как уместна она была бы в роли императрицы, если бы только она могла заставить его это понять! Сколько всего она вынесла, прежде чем добралась до него, истинного кандидата на престол. Пусть сначала не императорский, пусть княжеский, но престол! В скольких постелях ей пришлось перебывать, через сколько отвратительных рук пройти, прежде чем она оказалась там, где ей нужно! Ее нищее детство, полное унижений, болезней и горестей, словно кислотой сожгло все ее надежды и устремления. Осталось только одно — выбраться на самый верх, чего бы это ни стоило. Она окажется там, где нет места девочкам из коммунальных рабочих квартир, а она будет там — единственная победительница. Она преодолеет все, что возможно и что невозможно преодолеть. Она подождет, пока Кольцов не поймет, что его глупая длинноногая жена — совсем ему не пара. Пока он не увязнет в делах настолько, что и не заметит момент, когда Юлия заберет в свои руки всю власть, и тогда ему ничего не останется, кроме как предложить ей разделить с ним корону и трон. А что и корона, и трон не за горами, Юлия не сомневалась. Нужно только набраться терпения и ждать. Ждать и действовать. Действовать и уничтожать соперников по одному.

Абдрашидзе с его интригами ей не страшен. Неудобен, но не страшен. Ва-банк он не пойдет, напрямую выяснять отношения с Кольцовым, предлагая переориентировать работу пресс-службы, не станет. Конечно, жаль, что так много в последнее время было допущено ошибок: программа на НТВ действительно получилась провальной, Джордж Сорос вовсе не приехал, а благотворительный концерт прошел с гораздо меньшим, чем предполагалось, размахом. В Штатах умер какой-то знатный эмигрант, не то поэт, не то музыкант, и все телевизионные каналы показывали только его похороны. Кому она нужна, эта замшелая знаменитость?!

Нужно заставить Терентьева в конце концов выяснить, почему Абдрашидзе так пропихивает этот свой «Юнион», в чем там дело? А то милейший Игорь уже осмеливается ей замечания делать! Конечно, она подыгрывает ему, изображая скромную подчиненную, но как только она получит необходимую информацию, от Абдрашидзе рожки да ножки останутся. И ограничить, ограничить контакты с этими наглецами и недоумками из «Юниона»!

Медленно и осторожно она начала готовить почву для небольшого скандала. На прошлой неделе она фактически сорвала интервью Кольцова, представив дело так, как будто это произошло по недосмотру агентства. Сейчас она везет ему справки об их совместной деятельности, чтобы он почитал их на досуге в самолете. Капля камень точит. Возможно, вернувшись, он потребует каких-нибудь объяснений от своего дорогого Абдрашидзе, а к этому времени будут готовы новые справки, и к весне Юлия Павловна вновь останется полновластной хозяйкой, и никакие наглые соплячки не посмеют даже смотреть в ее сторону, не то что задавать вопросы!

Поворачивая на международное шоссе, Юлия

хищно и весело улыбалась. Она сотрет в порошок эту бледную дылду в невыразительных английских тряпках. Подумаешь, дочка Нобелевского лауреата! Небось росла, как царевна в тереме, с мамками и няньками. Разве сравнится с Юлией эта размазня, так наивно и глупо уверенная в себе? С такой же идиотской детской самоуверенностью вылезает на скоростную магистраль толстый щенок, которому кажется, что с ним никогда и ничего не стрясется. И погибает.

Юлия знала, что она в сто, нет, в тысячу раз умнее и сильнее этой девицы, которую ненавидела всей душой. Такое с ней бывало: на разных жизненных этапах она выбирала объект для ненависти и уничтожения и не успокаивалась, пока не стирала его в порошок. И это приносило ей покой и удовлетворение. Сейчас таким объектом для Юлии стала Катерина. Профессорская дочка, глупый щенок, выученный в университетах, защитивший диссертацию и не знающий, что такое вонючие подъезды, дикие и жалкие, налитые кровью глаза, единственная куртка на все случаи жизни и драки с новенькими на помойках.

Юлия научит ее жизни. Заставит уползти к мамочке с папочкой зализывать раны и больше никогда не попадаться на пути сильной и могущественной Юлии Духовой.

Когда позвонил Саша Андреев, Катерина выгуливала племянницу Саньку. Сестра и ее муж укатили в Москву, закупить еды и выпить пива в «Джон Буль Пабе». Санька качалась в гамаке уже минут сорок и на все Катеринины попытки изъять ее из гамака отвечала глубокомысленно:

— Еще хочешь.

Катерина покладисто продолжала ее качать и думала о работе. Мобильный телефон в кармане куртки позвонил как раз тогда, когда она дошла до того, что неплохо было бы попросить Славу Панина найти какого-нибудь знакомого имиджмейкера и поговорить с ним про Тимофея Ильича Кольцова. А потом подсунуть эту мысль Абдрашидзе, как будто это он сам придумал.

— Алло! — сказала Катерина, не переставая качать Саньку.

— Алло!

— Саш, это ты?! — радостно завопила Катерина, и племянница посмотрела на нее с любопытством. Голос у Андреева был странный:

— Кать, мы прилетим в воскресенье. Если хочешь, сразу к тебе подъедем.

— Саша, что случилось, почему ты три дня не звонил?

Андреев замялся:

— Собственно, ничего такого не случилось. Одна маленькая неприятность.

— Какая неприятность? — насторожилась Катерина. — Ты давай не темни, Сашка! И не пугай меня! Что еще за неприятность?!

— Приеду — расскажу.

— Нет, ты сейчас расскажи!

— Сейчас не расскажу, Кать.

— Ничего криминального и ужасного? — осторожно спросила Катерина. — Все живы-здоровы?

— Ну, конечно, — уверил ее Саша, — ты, самое главное, не пугайся.

— Город Калининград цел? — на всякий случай уточнила Катерина.

— Город цел. И мы целы. Все нормально. Просто есть некоторые обстоятельства, которые я хотел бы тебе изложить.

— До работы, я правильно понимаю? — спросила Катерина, догадываясь, что есть что-то, чем он хочет поделиться сначала с ней и только потом с Приходченко и Скворцовым.

— Правильно понимаешь, — буркнул Саша. — За что и люблю.

— Ладно, приезжай, — сказала Катерина. — Во сколько тебя ждать?

— После пяти где-то. Спасибо, Кать.

— Пожалуйста. Слава богу, что все живы.

Андреев с Гордеевым прибыли на следующий день, и вид у них обоих был глубоко несчастный. Они долго мялись в прихожей, потом по очереди мыли руки, так старательно, как будто собирались немедленно провести хирургическую операцию. Потом пошли здороваться с бабушкой, которую хорошо знали, и проторчали у нее минут двадцать. Наконец Катерина не выдержала. Она пришла за ними в бабушкину комнату и сказала сердито:

— Или вы сейчас же садитесь и рассказываете мне, в чем дело, или выметайтесь.

Выразительно и тяжко вздыхая, Андреев и Гордеев поплелись за ней на кухню, и, когда наконец все уселись перед кофе и бутербродами, Катерина пребывала в полной уверенности, что на самом деле произошло что-то ужасное.

— Кать, — начал Андреев, — ты, конечно, можешь завтра же нас уволить, но...

У него не хватало мужества признаться в том, что случилось в Калининграде. Ему казалось, что, как только Катерина об этом узнает, он перестанет быть для нее рыцарем в сверкающих доспехах, который может все. Он станет ей неинтересен. Он превратится в обычного, рядового сотрудника, который может справиться с заданием, а может и провалить его. Ну не мог он заставить себя рассказать!..

— Короче, выследили нас, — хмуро сказал Мишка, — и скорее всего Коту Тимофею уже доложили. Вот, собственно, и все дела.

— Как выследили? — не поняла Катерина.

— Да обыкновенно, — ответил Мишка с хмурой досадой. — Надо было вопросы осторожней задавать, а мы не остереглись. Всегда сходило, мы думали, и сейчас сойдет. А город Калининград — не Москва-столица. Кто-то что-то услышал, кто-то кого-то видел, круги по воде пошли, и все, привет.

— Что — привет? — Катерина переводила взгляд с Гордеева на Андреева, который выглядел совсем подавленно.

— Ничего. Поговорили с нами, сначала не слишком вежливо. Потом выяснили, кто мы, пожурили по-отечески и отпустили на все четыре стороны. Идите, говорят. Лучше всего прямо в аэропорт. У Сашки от этих разговоров вон кисть вывихнута...

— А вы? — глупо спросила Катерина.

— А мы и пошли, куда нас послали. Работу бросили. Я думал, Андреев меня по дороге живым сожрет, так переживал, что тебя подвел, а я говорю, хорошо, что ноги унесли...

— Ладно, заткнись! — с неожиданной злобой перебил его Саша. — Кать, это моя вина на самом деле. Надо было сразу уезжать, когда мы слежку обнаружили, а я...

— Слежку? — переспросила Катерина и закурила. — Давайте все сначала и по порядку. Кто за вами следил, кто вас увидел, кто кому сказал? Что за слежка? Что именно доложили Тимофею?

— Что мы информацию о нем собирали. Я ведь так понимаю, что он нам санкций не давал? — Саша начал отвечать на последний вопрос, самый легкий. Он маялся от сознания собственной вины, и Катерине было его жалко. Но посочувствовать она еще успеет. Сейчас ей нужна вся картина. Целиком. — Нас выследила в Светлогорске его служба безопасности. Местная. Отволокли на какую-то дачу, день держали, потом отпустили. Спрашивали, какого черта мы по городу шаримся, чьи такие и какого дьявола нам надо. Звонили в Москву, выясняли. Отобрали дискеты, сволочи.

— Все? — ахнула Катерина.

— Все, — подтвердил Андреев и вдруг улыбнулся: — Кать, но за дискеты ты не переживай, у меня в камере хранения все копии остались. Целы и невредимы. Хоть в этом я их того... обставил.

Некоторое время все молчали. Катерина снова закурила и сказала задумчиво:

— Ладно, подведем итоги. Информация у нас есть, но не полная. Значит, месяц на взморье все-таки не впустую прошел. Мы теперь знаем, что служба безопасности ревностно охраняет его интересы не только в приемной перед кабинетом. Это тоже неплохо, по крайней мере означает, что город он действительно контролирует. Это, можно считать, плюсы. Какие минусы? Неизбежный скандал с Приходченко и с пресс-службой, если они узнают, что мы собирали «черное» досье. Кстати, из того, узнают они или нет, тоже можно сделать выводы. Например, так ли близка к Кольцову Юлия, как хочет казаться? Посмотрим, подумаем...

— Кать, ты не злись особенно, а? — Саша Андреев просительно, как провинившаяся собака, заглянул ей в лицо. — Я просто был уверен, что справлюсь с ситуацией.

— Я не злюсь, — ответила Катерина. — Я не понимаю...

— Чего? — Саша пытался отыскать в ее лице какие-то чувства, направленные на него лично, — обиду, недоумение, разочарование. Но Катерина уже приняла ситуацию такой, как есть, и старалась придумать, как выйти из нее с наименьшими потерями.

— Перед Приходченко я вас прикрою. Скажу, что вы звонили, когда обнаружили слежку, а я велела расследование не прекращать.

— Катерина! — заревели они в два голоса.

— Ничего не Катерина, — возразила она хладнокровно. — Вы же сюда заявились, а не к Олегу на «Сокол». Так что теперь я буду действовать на свое усмотрение. Я ценю ваше благородство, обожаю вас обоих, но я ваше начальство. Ясненько? Давайте посмотрим, что вы привезли. Или хотите, оставляйте мне дискеты, а сами поезжайте по домам. А то вас, наверное, там уже с собаками ищут.

Оба исследователя биографии Тимофея Ильича Кольцова ехать домой наотрез отказались, сказав, что они должны непременно присутствовать при изучении добытых ими фактов.

Все вместе они часа за три просмотрели все файлы. Это было захватывающее чтение. Про Тимофея Кольцова можно книгу написать, из серии «Жизнь замечательных людей». И прав Саша Андреев, сказавший ей однажды по телефону, что в собранных данных вопросов больше, чем ответов.

— Самое интересное, Кать, — отметил все тот же Андреев, когда она дочитала последнюю страницу, — что детство-отрочество-юность вообще никак с официальной биографией не совпадают. Мы тут не успели дописать, но ни в какой 43-й школе он не учился. И в ПТУ тоже. А институтский диплом, который у него в досье записан, он не в восьмидесятом году получил, а в девяносто первом. Знаешь, такое впечатление, что его вообще на свете не было, пока он в шестнадцать лет на завод не пришел. О родителях — ни слуху ни духу. Нет таких и не было. И никто не помнит, откуда он вообще взялся, Тимофей Кольцов. Как с неба свалился.

— Странно, — задумчиво сказала Катерина. — Детство вроде самый безопасный период. Его, как правило, не скрывают. Чего скрывать-то, что в штаны писал регулярно? А у него детства как бы вообще нет...

— То-то и оно. — Саша взял из вазы апельсин и стал чистить. Упоительный, свежий запах перебил сигаретный дым и напомнил Новый год, снег и елку.

— Ты еще про «Гранд Эд» расскажи, — напомнил Мишка.

— Да, — спохватился Саша. Он как-то сразу расслабился, поняв, что Катерина вовсе не собирается отказать ему в доверии и дружбе. Тревога, грызшая его целую неделю напролет, наконец улеглась. Ему моментально захотелось домой, спать и есть.

— Что такое «Гранд Эд»? — спросила Катерина.

— То-то и оно, что непонятно. Вроде они гостиницы строят в Светлогорске и вообще в области. И вроде они какое-то отношение к Тимофею имеют. Правда, мы так и не поняли, какое. Но вокруг них все время какие-то слухи странные ходят.

— Например?

— Например, что они продают за границу детей. Покупают у бомжей и проституток и продают. И непонятно, то ли на усыновление, то ли в публичные дома, то ли для... трансплантаций... Там же все просто с вывозом, порт, граница, все такое...

— О господи, — пробормотала потрясенная Катерина, — только торговли детьми нам не хватало для полного счастья.

— Но это, конечно, никак не проверяется, — подал голос Мишка. — Если все правда, то это такой криминал, что дальше ехать некуда. Хуже наркоты в сто раз. Мы туда не влезем со своими проверками.

— Торговля органами? — сама у себя спросила Катерина. — Фильм ужасов, а не избирательная кампания, честное слово. А точно они имеют к Кольцову отношение?

— Да вроде, — ответил Саша, пожав плечами. За неопределенностью его ответов Катерина всегда умела разглядеть, уверен он в том, что говорит, или нет. Недаром они вместе съели пуд растворимого кофе, как принято выражаться у них на работе. Сейчас она видела — Саша совершенно уверен, что это не пустые слухи. Если так, надо срочно заставить Олега Приходченко выйти из дела. Если только он не знает обо всем в сто раз лучше ее.

Катерина вдруг перепугалась так, что встала из-за компьютера и принялась ходить по комнате. Ребята, как два фокстерьера, следили за ней глазами. Они знали: когда Катерина думает, мешать ей нельзя.

Знал Приходченко или не знал? Правда это или неправда? Торговля детьми — чернейший из всех возможных криминалов. Слухи? Слухи не рождаются на пустом месте. Что-то всегда за ними стоит, подпитывает и удобряет почву, на которой они растут. Как можно это проверить, не вызывая подозрений? Если ребят засекли в Светлогорске, знает ли Кольцов о том, что они выкопали несколько очень ароматных «трупов»? И если знает, может, им стоит, пока не поздно, отправиться путешествовать на байдарках по Зауралью? Все безопасней, чем оставаться в Москве.

Катерина выпроводила ребят и снова села за компьютер. Бабушка давно «задала корму скотине», как назывался собачье-кошачий ужин, выкурила вечернюю сигарету, время от времени жалуясь в пространство на Катеринин эгоизм и равнодушие к ней, бабушке, и отправилась спать, а внучка все размышляла.

Если Олег в курсе криминальных дел Тимофея Кольцова, значит, нужно как можно скорее уносить ноги. А если нет, значит, нужно уносить ноги вместе с Олегом. Или нет никаких криминальных дел, и ее информаторы ошиблись? Чего-то недопоняли, чего-то недослышали и ошиблись? Тимофей Ильич человек такого уровня, который вряд ли станет таким способом добывать себе деньги. С ним президент за ручку здоровается, а премьер на даче шашлычок вкушает, а тут... Или эта часть бизнеса осталась с давних, не столь богатых и знатных времен? И занимаются ею теперь совсем другие люди, прикрываются светлым именем, но и только. А Кот Тимофей свой процентик имеет. Ему-то что? Главное, деньги в бизнесе...

Сказать Приходченко или не сказать? Катерина ходила по ковру, стараясь наступать точно на линию. Сказать или не сказать? Как все проверить?

Был только один путь, и использовать его Катерине ужасно. Может быть, это неправильный путь, но стоило попробовать. По-другому не получится, уверяла она себя. Проверить можно только так. Она должна точно знать, что ей делать. В конце концов, она отвечает и за Сашу, и за Мишу, и за всех своих, кто так или иначе мог оказаться втянутым в это дело, а в России убивают и за менее интересную информацию.

Ей стала холодно, заныло сердце. «Невралгия» — так определяла ее сердечные боли Марья Дмитриевна. Потирая холодной рукой грудь, Катерина все ходила и ходила взад-вперед по ковру.

— Ты не заболела?! — крикнула сверху бдительная бабушка.

— Нет! — крикнула в ответ Катерина. Лучше б уж она заболела.

Она понимала, что ни в каком бизнесе невозможны стопроцентно доверительные отношения. Олег Приходченко мог скрывать от нее все, что угодно, но она должна точно знать, что стоит за всей этой историей с непонятной фирмой «Гранд Эд». Она должна знать, чему она подвергает свою жизнь и жизнь своих сотрудников, принесших рапорт о своих злоключениях прямиком на порог ее дома, как нашкодивший кот приносит задушенную птицу.

Она взяла телефонную трубку и твердыми шагами бесповоротно решившегося человека пошла в самую дальнюю комнату, подальше от бабушки, от собак, кота и всего остального, что могло поколебать ее решимость. Набрав номер и услышав короткий быстрый ответ, она сказала четко:

— Пожалуйста, соедините меня с Георгием Ивановичем. Скажите, дочь профессора Солнцева.

Она разговаривала минут двадцать, и в конце концов ей было обещано, что через три дня она получит ответы на все свои вопросы.

Олег Приходченко не стал звонить из дома, опасаясь, что его могут подслушать. Накануне он увез Кирюху к матери, и, когда жена вернулась и не обнаружила сына, Олегу пришлось что-то выдумывать про зимний лагерь, в который он якобы его отпустил. Скандал по поводу того, что он разрешает сыну бесовские увеселения, Олег вынес достаточно спокойно. Дня на три он застрахован от возможных неприятностей, а потом мальчишку придется или возвращать домой, или искать ему новое место пребывания. У матери оставлять нельзя. Жена найдет моментально, и тогда быть беде.

Гриша Иванников с утра повез Кирюху в школу — у них на сегодня намечен утренник, и Кирюха не добрался бы на автобусе с карнавальным костюмом и пирогом, который вчера до ночи выпекала мать. Поэтому в машине Олег находился один, и можно было позвонить, и разговаривать всю дорогу до офиса. А это, значит, минут двадцать.

Он разговаривал, и на эти жалкие несколько минут ему становилось легче жить. Раньше он не знал, что так бывает, циничный, умный, спокойный и успешный Олег Приходченко. Он и предположить не мог, что жизнь сыграет с ним такую чудовищную шутку. Даже религиозное помешательство жены он воспринял спокойней, чем эту внезапно упавшую на него, как ловчая сеть для птиц, острую и безысходную любовь.

Он знал, что это навсегда. Что он уже никуда не денется. Он умрет с этим изматывающим, похожим на постоянную боль чувством.

Так неожиданно и так быстро все случилось...

Жена не смогла прийти в себя после родов. Что-то переклинило у нее в голове, и для Олега начался бесконечный, удушающий, невообразимый домашний ад. Лет десять он ее лечил. Возил к психотерапевтам, гипнотизерам, шарлатанам, святым, колдунам, светилам и звездам. Она лечилась в Швейцарии, в Штатах, в Германии, во Франции и еще черт знает где.

Все напрасно.

«Она должна захотеть этого сама, — философски заметил один из светил. — А она совсем не хочет. Ей очень нравится там, где она сейчас пребывает. Может быть, вы мало обращали на нее внимания раньше, и теперь она просто добирает то, что ей было когда-то необходимо? Ведь теперь-то вы только и делаете, что ухаживаете за ней».

Он ухаживал за ней. Он уже почти ненавидел ее, проклинал себя и ухаживал. Его теща, естественно, была уверена, что во всем виноват он сам, и ничем не помогала. Она же привела в их дом того проповедника.

С тех пор жизнь окончательно встала на дыбы. Вдвоем, безумная дочь и полубезумная от горя мать, они ударились в религию. Их обработали очень быстро — Приходченко всегда был богат, у него всегда были квартиры, дачи, машины и деньги, и его семья представляла лакомую добычу.

Он вышвыривал «братьев и сестер» из квартиры сам и вызывал милицию. Он подавал на секту в суд и нанимал Кирюхе нянек, единственной функцией которых было звонить ему на работу, если мать и бабка опять потащат его в Марьину Рощу, где квартировала вся эта шваль. Няньки, боявшиеся двух религиозных фанатичек, увольнялись каждую неделю, и скоро их стало негде взять.

Он не мог развестись.

Жена говорила, что если он совершит это богопротивное дело, то она убьет себя и Кирюху, чтобы ее сын не жил во грехе. Олег ей верил. У нее появилась вдруг чудовищная сила — «братья и сестры» старались не напрасно. Она швыряла в Олега стулья и телевизор, «сатанинское око». Однажды ночью залила его постель невесть откуда добытой кислотой. Олег перехватил ее руку только в самый последний момент. Прибежала теща, поселившаяся с ними после знакомства с проповедником, уговорила дочь «не брать грех на душу», не связываться с «наместником сатаны».

Вдвоем с матерью они представляли реальную угрозу жизни его сына, и он не мог рисковать. Он был уверен, что, даже если он спрячет парня, они выследят его и сотворят что-нибудь непоправимое.

Кирюха ничего не понимал. Не понимал, зачем нужно с утра до ночи молиться, ходить в какие-то чужие, страшные квартиры и там опять молиться. Он боялся общих столов, за которыми надо было есть, он боялся чужих теток и дядек, плохо пахнущих и странно одетых. Он не понимал разговоров о скором «пришествии антихриста» и не понимал, почему мама и бабушка ненавидят отца.

Кирюха из-за всех этих непонятностей полюбил отца так остро и сильно, что стал даже стесняться этого. Он не мог спать, пока папа не приехал домой и не зашел к нему. Он, как маленький, стал бояться темноты, и папа не смеялся над ним, а приходил и убивал всех спрятавшихся под кроватью чудовищ. Он любил все, что было так или иначе связано с отцом. Когда ему становилось совсем уж страшно с мамой и бабушкой, когда приходили чужие люди и подолгу разговаривали с ним непонятно о чем, он отпрашивался в туалет, забегал в отцовскую спальню, распахивал гардероб и смотрел на его вещи. И боялся уже не так сильно. Однажды мама подстерегла его у гардероба и отлупила ремнем, но зато папа на следующий день отправил его к бабе Нине, у которой он блаженствовал, там не имелось икон и было много игрушек — у Кирюхи тоже раньше было много игрушек, но мама все их выбросила, сказав, что это «грех». С бабой Ниной ему становилось хорошо и весело, только она часто плакала, глядя на Кирюху, а однажды пришли мама с бабушкой и что-то кричали под дверью, баба Нина звонила папе, папа приехал и увез их.

Олег ничем не мог помочь своему сыну. Не мог найти слов, чтобы объяснить ему ситуацию. Не мог как следует защитить. Не мог увезти за границу — его денег не хватило бы, чтобы безбедно прожить там жизнь. И — самое скверное — год от года становилось все труднее. Кирюха взрослел, безумие жены прогрессировало. Надежды не было никакой.

И вот, когда Олегу стало совсем плохо, пришла эта любовь, чтобы доконать его окончательно. И тогда же он понял, что все, что он вынес до этого, — ничего не значащая ерунда по сравнению с тем, что ему еще предстоит вынести.

Он не жалел себя. Он сильный молодой мужик, и он может справиться со всем на свете. Кроме этой любви.

Она высасывала из него остатки сил. Она предвещала катастрофу. Она заставляла мечтать о том, чего не может быть никогда, а он не должен позволять себе это. Он должен вырастить сына, сохранив ему рассудок и жизнь.

И все-таки он звонил. И приезжал, вырывая у действительности, в которой существовал, жалкие клочки времени. И тратил на любовь силы, которые, по-хорошему, должен был бы потратить на сына...

Придерживая плечом нагревшуюся телефонную трубку, он припарковался у своего офиса.

— Пока, — сказал он в телефон. — Я еще позвоню. А может, и заеду.

Поднимаясь в лифте, он с благодарностью думал о ней. Все-таки не каждая женщина способна любить мужчину с таким «наследством», как у него. А она любила. И стойко выносила его редкие приезды и бесконечные звонки домой, и нервное напряжение, в котором он постоянно пребывал...

Выйдя из лифта, Приходченко сразу услышал Катеринин веселый и деловой голос.

— Слава богу, очухалась! — сказал он, заглядывая в ее кабинет. — А то я думал — все, мы пропали. Катька захандрила окончательно.

— Олеженька! — радостно завопила она, крутанулась в кресле и вскочила на ноги. — Если бы ты знал, как я рада тебя видеть и как хороша жизнь!

— Это точно, — улыбнулся Приходченко, поставив на пол портфель и стягивая с плеч пальто. — Что это ты так разрезвилась?

— Да так, — ответила Катерина, подходя к нему и явно намереваясь броситься на шею.

— Ну, давай, — разрешил Приходченко, и они со всего размаху обнялись.

— А я новую идею придумала! — гордо сообщила Катерина, отстраняясь. — Излагать?

— Излагай! — разрешил Олег. — Только кофе налей, а то усну сейчас.

Он был рад, что Катерина вновь весела и деловита. Неделю назад, когда выяснилось, что Андреев с Гордеевым попали в Калининграде в неприятную историю со службой безопасности Тимофея Кольцова, Катерина впала в какое-то странное, тревожно-задумчивое состояние. Перестала общаться, не задавала вопросов и явно пряталась от Олега по углам.

Олег, получивший нагоняй от Абдрашидзе за несанкционированное расследование, был уверен, что Катерина ждет от него такого же нагоняя и потому испытывает беспокойство. Но он только проинформировал сотрудников о недовольстве в стане Кота Тимофея и этим ограничился. Однако тревожное Катеринино состояние не проходило.

Он попробовал с ней поговорить, но она лишь отдала ему дискеты, привезенные Андреевым и Гордеевым, а самих Сашу с Мишей услала в Тверь за очередной информацией о местном пивном заводе. Напряжение в ней как будто нарастало, и она по-настоящему пришла в себя, пожалуй, только сегодня утром.

Она торопливо налила ему кофе из кофеварки и устроилась напротив, блестя глазами.

— В информации наших гавриков сказано,

что Тимофей Кольцов никогда не допускал появления на своей территории чего?

— Чего? — переспросил Приходченко.

— Наркотиков! — выпалила Катерина с торжествующим видом.

— Ну и что? — не понял Приходченко.

— Я предлагаю нашей избирательной кампании новый лозунг, — торжественно объявила Катерина. — Я избавлю наш город от наркотиков. То есть не я, конечно, а Кот Тимофей.

— Кать, ты с ума сошла. Кто это полезет в избавители от наркоты? Калининград — портовый город, там небось наркота — основной источник дохода у половины населения. А ты хочешь, чтобы он на всю Россию-матушку кричал, что он этот источник прикроет?

— А может, он и закричит. Он вообще странный мужик, этот Тимофей Кольцов, и чем больше я про него узнаю, тем больше убеждаюсь, что он очень странный...

— А что ты про него знаешь, Катерина, кроме того, что известно всем нам? — насторожился Приходченко. Ему не хотелось в один прекрасный день удостовериться, что его подчиненные вновь забрались на чужую территорию и шарили там в поисках очередных сведений для Катерины. Достаточно того, что он едва оправдался перед Абдрашидзе. Теперь он был почти счастлив, что Катерина когда-то оказалась права, и «к телу» они не имели никакого доступа. Если бы он был, Олегу пришлось бы скорее всего объясняться с самим Котом Тимофеем. А недовольство Кольцова и недовольство Абдрашидзе даже сравнивать нельзя.

Катерина задумчиво покрутила в руках чашку. Посмотрела на Приходченко.

— Я тебе могу рассказать, что именно я знаю. Но я хочу сначала договориться.

— Отпущение грехов покупаешь? — усмехнулся Приходченко. Что там она еще раскопала, эта ненормальная девка, бесценный сотрудник, ни в чем не знающий удержу? Что следующим номером угрожает профессиональному имиджу Олега Приходченко? С кем придется ссориться и мириться на сей раз? С региональным управлением по борьбе с организованной преступностью? С бандой Пыльного или Шмыльного, к которым Катерине пришла фантазия обратиться с очередным вопросом?

— Покупаю, Олег, — очень серьезно сказала Катерина. — Я думала, что ты хочешь нас подставить. Каюсь. Грешна.

— Ты что, больная? — спросил он с принужденной улыбкой. Он и не знал, что высказанное близким человеком глупое, еще непонятное для него подозрение может так сильно на него подействовать. Так вот чем объясняются ее депрессия и паника. Она решила, что он втянул агентство в какие-то криминальные дела!

— Правда, прости, Олег, — попросила она все так же серьезно. — Единственный вопрос, на который я тебе не отвечу, это каким образом я подтвердила информацию. Не спрашивай, не скажу.

— Да наплевать мне, каким образом ты подтвердила информацию! — вдруг заорал Приходченко и стукнул чашкой по столу. — Говори быстрей, в чем дело, и не морочь мне голову, у меня совещание через час!

Через полчаса секретарша Ирочка отменила все встречи Приходченко на первую половину дня, а сам начальник, даже не зайдя в свой кабинет, уехал на Ильинку. Вместе с Катериной они решили, что о крохотной калининградской фирме «Гранд Эд» никто, кроме них, знать не должен. Катерина пообещала проинструктировать на этот счет Андреева с Гордеевым.

— Таким образом мы считаем, что вполне возможно предложить Тимофею Ильичу новый лозунг для предвыборной кампании. Вернее, даже не лозунг, а направление. Если он на это согласится, то, может быть, даже не понадобится второй тур. Он победит в первом.

Абдрашидзе поднял голову от привезенных Приходченко бумаг и посмотрел задумчиво.

— Не знаю, Олег. Согласится-то он, может, и согласится, но это довольно опасное направление. Да и я, честно сказать, не знаю, в каких он отношениях с местной наркотической мафией. Вернее, я не могу даже представить себе, кто сильнее. А это явное объявление войны. Да еще какой.

— Ну так поговори с ним! — Приходченко подтянул к себе папку и перелистнул несколько страниц. — Тебя ведь не столько направление смущает, сколько то, что ты, получается, идешь на открытый конфликт с Духовой, верно? Ваши на наших, так?

— Так, — согласился Абдрашидзе неохотно.

— Но ты же меня для этого и нанимал, —

мягко напомнил Приходченко. — Чтобы свалить твою Юлию. Мы же еще осенью решили, что начинаем конфликтовать с пресс-службой, а ты начинаешь капать Тимофею на мозги. С Катериниными идеями и служебным рвением это все проходит. Кольцов постепенно осознает, кто друг, а кто враг, ты избавляешься от Юлии, а мы триумфально заканчиваем кампанию. Все счастливы. Вы получаете свою область в полное распоряжение, а мы — доступ в высокие политические круги. Все правильно?

— Не нужно мне напоминать, я и так помню, — резко сказал Абдрашидзе. Грузинский акцент вдруг проступил в его речи, стал почти комическим, как в анекдоте. — Она контролирует тут каждое движение, кажется, чем дальше, тем больше. Когда мы договаривались, все было немножко не так. А теперь я не понимаю, может, Тимофею это очень подходит.

— Ну, давай все отменим, — предложил Приходченко, вдруг устав от непрерывной дискуссии. Порой трусость приближенных к сильным мира сего поражала его до глубины души. — Но я тебе хочу сказать, как специалист специалисту, что кампанию она провалит и на тебя же повесит всех собак. Зачем ей губернаторство? То есть, может, оно ей самолюбие и греет, но она-то ничего не потеряет. Он как был богат и всесилен, так и останется, а ей, по-моему, больше ничего не надо. Мои все из кожи вон лезут, а вы никак не раскачаетесь — телевизионную аппаратуру так и не купили, студентов не обогрели и не приласкали, пресса вся только и пишет про кризис неплатежей, а у Тимофея на заводах денежки исправно дают, об этом кто-нибудь знает? Все у Юлии оседает и пропадает, как в болоте. У нее на все один ответ — я доложу Абдрашидзе. Ну и что? Может, разойдемся в разные стороны, и пошли они к Аллаху, эти выборы...

— Ладно, Олег, — заявил Абдрашидзе злым голосом. — Не учи меня жить, не вчера родился. Я ведь тоже понимаю, что тебе выгоднее чужими руками жар загребать. А что у меня они до локтя обуглятся, тебе наплевать.

Они помолчали, очень недовольные друг другом. Не стоит на него давить, решил Приходченко. В конце концов Юлия — проблема Абдрашидзе, а не его. Хорошо, что легко отделались, когда в Калининграде Гордеева с Андреевым заловили.

За стеклянной стеной кабинета, выходящей во внутренний дворик, мягко и беззвучно валил снег. Машины, приехавшие утром, стояли засыпанные по брюхо. Нахохлившаяся зимняя ворона перелетела с елки на елку, обвалила целый сугроб. «Вот и праздники подходят, — тоскливо подумал Приходченко. — У Кирюхи утренник сегодня. Куда его на каникулы девать? Дома оставлять нельзя, замучают они его».

— Ладно, Олег, — сказал Абдрашидзе, и Приходченко, сделав усилие, вернулся к тому, о чем они говорили. — Я попробую ему показать ваши бумаги. Не ждать же, действительно, до лета. Но только после праздников. Слышишь? Какая ранняя зима в вашей чертовой Москве! Теперь пока весны дождешься, с ума сойдешь...

Прямо с очередного благотворительного бала, на который он зачем-то должен был давать деньги, Тимофей Кольцов вернулся на работу. Жену водитель повез на дачу, таким образом получалось, что Тимофей совершенно свободен дня на три. Не нужно разговаривать — «делиться», так называла эти разговоры ни о чем Диана, — отвечать на вопросы, навещать по вечерам ее половину квартиры. «Живем, как мусульмане, — усмехнулся Тимофей неожиданно. — Женская половина дома, мужская...»

Он с удовольствием думал о том, что обязательная часть общественной жизни на сегодня выполнена и он наконец-то займется делами. Сколько времени впустую прошло, он уехал на этот бал в восемь часов! Да еще обязательно надо со всеми выпить, а его дьявол моментально пронюхивал, что он выпил, и заявлялся в его сны, как к себе домой. Тимофей завидовал всем этим богатым бездельникам только в одном — они могли расслабляться сколько хотели, а он не мог. Его на каждом шагу караулил его личный дьявол, и избавление от него было только одно — работа. До черных точек в глазах, до тяжелого стука усталой крови в затылке, до разжавшихся пальцев, не способных держать телефон. И ни с кем не «делиться», приехать домой, упасть в сладостное беспамятство — до утра. Обычно ему удавалось жить именно так, как нужно для того, чтобы дьявол не наведывался к нему каждую ночь. Теперь, с этими выборами, стало сложнее. Появилось множество отвлекающих, раздражающих «парадных» дел, которые он должен был делать. И появилось множество людей, говоривших ему, что именно он должен делать. Раньше такое было невозможно, и нынешнее положение дел его раздражало.

Он давно разучился жить по указке. Он сам прекрасно знал, что должен делать. Он хотел активных, сильных, лучше всего боевых, беспроигрышных действий. Как выстрел с крейсера «Аврора» — раз, и вся мировая история повернула вспять.

У Тимофея были свои представления об исторических событиях. Он всегда очень удачно прилаживал под себя исторические аналогии из школьного учебника.

Ему мешала мышиная возня вокруг него. Он ощущал эти непрерывные танцы, в сто раз усилившиеся с тех пор, как он принял решение баллотироваться в губернаторы. Замы валили друг на друга ошибки, кто-то кого-то подсиживал, кто-то кого-то подставлял, кто-то даже пытался им управлять, вроде дурочки Духовой. И он, Тимофей Кольцов, не мог уехать на завод, не согласовав с ней отъезд, потому что именно она составляла расписание его общественной жизни, которая вдруг стала занимать слишком много места. Завод ему был важнее, чем любая общественная жизнь, пусть даже ужин со Сванидзе, а Юлия утверждала обратное. Он давал себя убедить, сознавая, что, наверное, журналисты тоже для чего-то нужны, раз существуют в природе. Не то чтобы Тимофей Ильич Кольцов недооценивал прессу, просто он был уверен, что прессой должен заниматься тот, кто что-то в ней понимает, а сам он должен заниматься делом. Надо так надо, он готов отвечать на идиотские вопросы журналистов, ничего не понимающих ни в реальной жизни, ни в реальной политике. Он готов просидеть вечер в театральной ложе рядом с женой, сверкающей как немецкая рождественская елка, и даже не заснуть. Но лучше бы ничего этого не было. Лучше бы «общественное лицо» Тимофея Кольцова существовало само по себе, а он и его империя — сами по себе.

Выборы были задуманы им как очередное спасение от дьявола. Может, если работать еще больше, дьявол сдастся и отпустит его на свободу окончательно. Он как-то не учел — наверное, впервые в жизни, — что политика — это на редкость бездарное времяпрепровождение и бесконечные разговоры, из которых и складывается то, что те же самодовольные журналисты называют имиджем. А в разговорах Тимофей как раз и не был силен. Лучше бы всего как крейсер «Аврора», один раз ахнул, и хватит...

Смеясь над собой, Тимофей потянулся за кожаной папкой, лежащей на дальнем конце стола. Он не мог вспомнить, откуда она взялась и что в ней за бумаги.

— Дим! — крикнул он в распахнутую дверь, открывая тяжелую кожаную крышку. На пороге кабинета тут же возник охранник. По причине позднего времени галстук у него был распущен, рукава белоснежной рубашки закатаны. Работая по вечерам, они позволяли друг другу такие вольности и чувствовали себя заговорщиками. Тимофей дружил со своей охраной.

— Да, Тимофей Ильич!

— Брось на компьютере играть, свари кофейку, — попросил Тимофей рассеянно. Бумаги из этой папки выглядели совсем незнакомыми. Раньше он их точно никогда не видел.

— Я не играю, Тимофей Ильич, — возразил Дима. — Я Елене Львовне ксерокс починил.

Тимофей поднял глаза от бумаг, и охранник моментально ретировался. Он знал правила и выполнял их беспрекословно.

Второй охранник, сидевший перед еле слышным телевизором, поднял на Диму глаза.

— Ну, что он?

— Кофе попросил. Читает что-то. Боюсь, сегодня долго просидим.

— Да это и так понятно было, что долго, — сказал многоопытный Леша, снимая ноги со стула. — Он сегодня в восемь уехал, считай, четыре часа недобрал. Вот и прибавляй. Сейчас сколько?

— Лучше я не буду прибавлять. — Дима засыпал в кофеварку «Кафэ Нуар». — Разве может человек столько работать, сколько босс? По двадцать часов?

— А чего ему не работать? — спросил Леша, потягиваясь и вновь пристраивая ноги на соседний стул. — Он небось не за так, он на себя работает. Вон какую империю соорудил. И еще больше соорудит, если не взорвут в один прекрасный день вместе с нами.

— Пошел в... — Дима не любил таких разговоров. В конце концов, все знают, на что идут. И босс не зря тратит денежки на ежегодные визиты своих телохранителей на тренировочные базы в Израиле. Нормальная работа. Не хуже и не лучше других. И, самое главное, босс — настоящий мужик.

Кофе забулькал в хитрой японской кофеварке. Одуряющий, почти наркотический запах волнами пошел по приемной, добрался до открытой двери в кабинет.

— Скоро дадите? — спросил Тимофей. Он, кажется, и голоса не повышал, а Дима возник на пороге ровно через десять секунд — услышал, поторопился. Прихлебывая густой, как гуталин, кофе, Тимофей читал «забытые» на его столе бумаги с живейшим интересом. Он даже не вспомнил про текущие дела, которые собирался переделать за вечер.

Неизвестный автор предлагал ему совсем новую концепцию выборов. Как раз такую, как ему представлялось. Абсолютно реальный список абсолютно реальных, а главное, коротких дел — долгожданный выстрел крейсера «Авроры», за которым последует всеобщее благоденствие. Он освободится от ежедневной пытки, называемой общественной жизнью, народ поверит в своего героя, а город избавится от заразы. И всего-то и надо — ха! — задушить в Калининграде наркоту.

Тимофей читал план мероприятий, смутно догадываясь, что сочинила его та девица, что напала в приемной на бедного Диму. Это на нее похоже. Ничего не боится, в криминале никак не разбирается, но на рожон лезет. Наверное, папа с мамой лупили редко. Самое интересное, что ничего нереального в нем не было, в этом плане. Он объявит войну наркобизнесу в одном, отдельно взятом портовом городе, под шумок свистнет кому надо, организует небольшую — или большую, надо будет посмотреть по степени заинтересованности — местную войну. Своим поможет, чем сможет. Сможет он многое, поэтому кто победит, понятно уже сейчас. Чужим пообещает спокойный отход и выделит место, где они должны заниматься своими делами. А потом додавит по одиночке.

Это была замечательная идея — повоевать. Как он сам не догадался? А главное, не надо ничего выдумывать, газеты и так будут писать только про него. Даже если криминальную войну и свяжут с его заявлением об избавлении от наркотиков города Калининграда, все равно победителей не судят. Ну повопят малость, что он связан с криминалом. Доказать это никак невозможно.

И самое главное, это гораздо интереснее, чем посещать благотворительные обеды! И похоже на настоящее дело. Наркотики Тимофей Кольцов не любил, бизнес, с ними связанный, — презирал. Плохо одно — могут убить. В Москве — вряд ли, а там — запросто. Придется подстраховаться и поостеречься. Но это все решаемо...

Тимофей даже засмеялся и одним глотком допил остывший кофе. Какая замечательная идея — война с наркотиками. Вполне благородная и — главное — бьющая без промаха. Какой обыватель не мечтает, чтобы наконец «покончили с этой заразой»! Если сразу после его заявления переполошится Наиль, главный в городе по наркоте, он скажет, что это все предвыборный треп. В конце концов это никак не проверяется — покончено уже с наркотиками или еще нет. А ребятки старинного друга Сереги, с которым вместе когда-то начинали, только и ждут команды. Им территорией и доходами делиться резона нет, и наркота не всем по душе. Одному Сереге не справиться, потому он и не вылезает, но ради такого дела он, Тимофей, его поддержит!

Вряд ли тот, кто писал этот план, имел в виду нечто подобное. Это была просто довольно ловкая схема, как сыграть на наболевшей проблеме. Но Тимофею играть давно уже надоело. Он вполне мог повоевать, победить и осчастливить население целой области. Это как раз в его духе. Что там предлагает нынешний губернатор, чтобы его переизбрали? Тимофей заглянул в конец, где были собраны высказывания его основного конкурента. Ага, зарплаты, рабочие места... это все у нас и так есть. Социальные гарантии... никто толком не знает, что это такое. Стабильность и порядок... вот это то, что нужно. Нынешнему губернатору стабильность и порядок не по плечу. Хлипок и веса нужного не имеет. Наркотикам войну ему тоже не с руки объявлять — у него сын по уши в «зелье» увяз, даже папаня родной не вытянет, хорошо, если прикрыть сможет при случае...

И автор этой маленькой пьесы, судя по всему, вполне в курсе губернаторских семейных проблем. Вырезки из газет подобраны почти за год, и все на одну тему.

Ай да девка. Войну ему придумала...

Фыркнув носом, Тимофей потянулся к телефону и набрал номер. Ответили сразу же, как будто ждали. Тимофей глянул на часы — без двадцати два. Самое время для звонка от шефа.

— Игорь Вахтангович, я прочел бумаги, которые вы для меня оставили, и хотел бы обсудить их с вами. Приезжайте завтра часам к девяти... Духову тоже приводите. И этого вашего протеже, Приходченко.

И повесил трубку, не попрощавшись. Ему даже в голову не приходило, что, начиная разговор, нужно здороваться, а заканчивая — прощаться.

Катерина включила телевизор, как раз когда заканчивались новости и начиналась какая-то очередная аналитическая программа, которую она почти никогда не смотрела.

Наступившее после президентских выборов благодушное затишье было похоже на топкое болото, застланное рогожкой. Вроде на первый взгляд и не болото, а наступить страшно. Журналисты из пальца высасывали сенсации. Политики вяло перебрехивались, как соседские собаки, знающие друг друга всю жизнь и лающие «по службе». Государь-батюшка погрузился в летаргию, а ближние бояре с ужасом ждали, что он сотворит, очнувшись. Мог сотворить все, что угодно.

По всему по этому телевизор в данный конкретный исторический момент Катерину раздражал. Смотрела она только то, что так или иначе могло быть связано с работой, то есть — с Кольцовым. Сегодня он опять что-то комментировал в прямом эфире. Его пресс-службе мало показалось «Героя дня». Захотелось еще чего-нибудь в этом духе.

Зазвонил телефон. Катерина, оттолкнувшись от угловой стойки с компьютером, за которой она сидела, подъехала к нему на стуле. «Тарзан, первая серия» — называл ее способ передвижения по кабинету Приходченко.

— Кать, начинается, — сказала в трубку секретарша Ирочка. — Ты смотришь?

— Спасибо, Ириш, смотрю, — ответила Катерина и прибавила звук.

Так и есть. Один к одному «Герой дня». Те же паузы, та же мрачная обрюзгшая физиономия, желтая от грима, те же неопределенные вопросы тетеньки-ведущей.

— Черт побери, — пробормотала Катерина, не в силах смотреть на то, как старательно ее клиент губит остатки собственного имиджа. Она повернулась к телевизору спиной и стала яростно печатать, чтоб хоть не видеть, а только слышать. Тимофей Кольцов бухтел что-то с экрана своим неподражаемым голосом, который так искажал микрофон, довольно долго. Катерина продолжала мрачно печатать, как вдруг ее ухо выделило что-то смутно знакомое. Она прислушалась и выглянула из-за компьютера, недоверчиво глядя на экран.

— Я иду на выборы с четкой задачей, — говорил Тимофей Кольцов, уставившись тяжелым взглядом в камеру. — И уверен, что я ее выполню. Мой родной город будет жить без наркотиков. Может, эта задача не по плечу мне одному, но, объединившись, мы, калининградцы, с ней справимся. Я не призываю никого выходить на улицы и ловить торговцев наркотиками или ввязываться в дела, которые должны делать правоохранительные органы. Я просто обещаю, что в моей области, — он подчеркнул слово «моей», — наркотиков не будет. А люди имеют право решать, поддержат они меня или нет.

Не веря своим ушам, Катерина в волнении вытащила из шикарного настольного прибора разрезной нож для бумаг и уронила его. Тимофей Кольцов говорил почти слово в слово то, что она написала в очередном предложении, которое Приходченко еще недели три назад отдал Абдрашидзе. Предложение кануло в Лету, повторив судьбу десятка других.

— Вы не боитесь криминальных структур, которые могут отреагировать на ваше выступление? — кокетливо спросила ведущая. Слушала она только себя, гостя — не слушала. «Вот дура», — подумала Катерина сердито.

— Я ничего не боюсь, — Кольцов улыбнулся короткой людоедской улыбкой. — Я верю в человеческий разум и в то, что меня поддержат. Я верю, что люди придут и проголосуют за избавление от наркотиков...

— Это уже агитация, Тимофей Ильич, — заметила ведущая с радостной улыбкой.

Но Кольцов не дал ей прервать себя:

— Это не агитация! — возразил он с досадой, и Катерина прибавила громкость. Заговорив о своей предвыборной программе, он вдруг обрел уверенность, перестал бухтеть и стал похож на бизнесмена и политика, а не на «условно-освобожденного». — Агитация у нас еще впереди. Я просто обещаю сделать все от меня зависящее, чтобы, отпуская детей в школы или в институты, люди не боялись, что оттуда они придут уже наркоманами!

Все это звучало довольно коряво, но производило именно то впечатление, которое и требовалось. Что-то вроде «говорить я не мастак, но дело свое знаю»... Жаль, что время заканчивалось, Катерина готова была слушать еще. Ведущая быстро попрощалась, заиграли фанфары, пролетели титры. Катерина откинулась в кресле, сообразив, что все время сидела, подавшись вперед. По коридору к ее двери приближались шаги. Кто-то почти бежал со стороны приемной Приходченко. Дверь распахнулась, и Катерина увидела Славу Панина, а за ним Сашу Андреева и — вдалеке — подбегавшую Ирочку. На столе затрезвонил телефон, и в кармане шубы, висевшей в шкафу, заверещал мобильный.

— Да! — сказала Катерина. Слава выудил из шубы ее мобильный и пробормотал в него:

— Одну секундочку, пожалуйста.

— Катерина Дмитриевна, это из приемной Кольцова, — вежливо сказали в трубке. — Тимофей Ильич только что позвонил из «Останкино» и попросил вас подъехать на Ильинку.

— Когда? — ошарашенно спросила Катерина.

— В течение получаса. Сумеете добраться?

— Да, конечно, — быстро согласилась Катерина и выхватила у Славы мобильный.

— Бери Панина, и чешите на Ильинку, — сказал из трубки Приходченко. — Эфир видела?

— Видела, Олег, — жалобно проговорила Катерина. — А что это означает, может, ты объяснишь? Страшно просто так ехать...

— Это означает, что ты развязала небольшую криминальную войну в одном из регионов нашей необъятной родины, — охотно пояснил Приходченко.

— Олег, я же совсем не то имела в виду! — закричала Катерина.

— А вот это ты ему будешь объяснять. Он как раз жаждет послушать...

— Мы считаем, что, используя одну из самых острых проблем Калининграда и процветающую торговлю наркотиками, мы сумеем воздействовать на избирателей именно так, как нам требуется. Мы совместим начало предвыборной агитации с показом по местному и Центральному телевидению нескольких откровенных «страшилок» о наркотиках и наркоманах. Затем, как предлагает Станислав Панин, мы начнем агитацию на дискотеках и в молодежных клубах. Кстати, в городе есть неформальный молодежный вожак, которого следовало бы купить, — Катерина перевела дух. Все молчали и слушали ее, все, включая Кота Тимофея, который, в отличие от прошлого раза, сейчас изучением своего внутреннего мира не занимался, а неотрывно смотрел на Катерину ничего не выражающим темным взглядом. Ей было очень страшно.

Она набрала воздуха, чтобы так же без запинки продолжить, когда Кольцов вдруг спросил без выражения:

— Откуда информация?

— Какая? — не поняла Катерина. Ей очень

мешал его взгляд. И его присутствие. Оказалось, быть храброй в присутствии Тимофея Кольцова очень нелегко.

— О молодежном лидере, — пояснил он без выражения. Катерина залилась нервным румянцем. Как всегда, до глаз и ушей. Если он намекает на Сашу Андреева и его провалившуюся попытку стать лейтенантом Коломбо, то она сейчас сама провалится от стыда через все перекрытия трех этажей и угодит прямиком на мраморную конторку в вестибюле. То-то радости будет Юлии Духовой.

Катерина глянула в сторону Приходченко, но он сидел молча, безучастно постукивал карандашом и спасать ее не собирался. Понимая, что неприлично тянет с ответом, она посмотрела на Кольцова и сказала, стараясь быть как можно более убедительной:

— Информацию мы получили от наших сотрудников, работавших на вашей территории. Они сообщили, что...

— От тех ваших сотрудников, которые собирали сведения обо мне? — безжалостно уточнил Кольцов.

— Да.

— Понятно.

«Он совершенно сбил меня с мысли, — поняла Катерина несколько секунд спустя. — Я не знаю, о чем говорить». Выручил Слава Панин:

— Имеет смысл подключить к кампании какую-нибудь знаменитость. Например, Олега Газманова. Он родом из Калининграда, его там все обожают. И кого-нибудь из киношников, кто регулярно бывает на фестивалях и хорошо известен людям.

— Михалкова? — не слишком уверенно спросил Терентьев.

— Можно и Михалкова, — согласился Слава, а Катерина вдруг подумала: «Хорошо, что Михалков нас не слышит...»

— Ближе к ноябрю, я думаю, можно усилить работу среди моряков, — сказал Приходченко хмуро. Он вообще выглядел странно — как будто у него всю ночь накануне болели зубы. Кольцов повернул голову в его сторону, показывая, что слушает. — Мы подняли статистику по рыболовным траулерам, арестованным за долги в иностранных портах. Если бы вы могли заплатить хотя бы за один, допустим, за тот, который собирали на вашем заводе, пусть двадцать лет назад, мы подняли бы на ноги всю прессу не только местную, но и центральную. Это был бы беспрецедентный шаг, и вы одним махом получили бы голоса не только рыбаков, но и членов их семей.

— Сколько арестовано кораблей, собранных на нашем заводе?

— Два.

— Я заплачу за оба. Или сколько их будет к осени. Юлия Павловна, запишите. Дальше?

— Мы предлагаем летом провести мощную акцию под лозунгом «Заботясь о будущем». Объявим конкурс на лучшее предложение по утилизации отслуживших кораблей. — Катерина посмотрела на руки Тимофея Кольцова, очень загорелые в ослепительно белых манжетах рубашки. В лицо ему смотреть она не решалась, а по сторонам не могла — тут же натыкалась на светлый от ярости взгляд Юлии. — А один из них можно переоборудовать под детский центр с настоящим корабельным интерьером внутри или ресторан, что менее интересно. Еще мы предлагаем вам проспонсировать День военно-морского флота...

— Мы считаем, — перебил ее Слава Панин, — что такие мероприятия гораздо более подходят вам по имиджу, чем... благотворительные балы, Тимофей Ильич. Конечно, их тоже необходимо проводить, — трепетный взгляд в сторону Юлии и Абдрашидзе, — особенно когда понадобится привлечь на свою сторону местный бизнес, но в общем и целом, на наш взгляд, лучше, чтобы это было что-то более народное и абсолютно конкретное.

— Я очень люблю все народное и абсолютно конкретное, — произнес Кольцов, и Катерина с изумлением поняла, что он шутит!

Слава тоже посмотрел удивленно, и Катерина перехватила инициативу. От волнения они вели этот разговор, как партию в пинг-понг, перебрасывая шарик друг другу.

— Таким образом, совместив все действия по четырем направлениям, которые мы назвали условно «Репутация, доверие, надежность и забота», и прибавив сюда обещание избавить город от наркотиков, мы получим предсказуемую, положительную реакцию избирателей. По нашим сегодняшним оценкам, мы вполне сможем победить в первом туре.

— Надеюсь. — Кольцов медленно обвел взглядом всех собравшихся, давая понять, что он заканчивает встречу. — Игорь Вахтангович, проинформируйте коллег о нашем графике. Я улетаю в Калининград послезавтра. Надеюсь, что к этому времени будет готов не общий, а абсолютно конкретный план, тем более мы все так любим конкретные планы. Вы, — он в упор посмотрел на Катерину, — проинформируете меня о нем в самолете. Благодарю вас, господа.

В золотисто-бежевой приемной вышедшая последней Юлия Духова сказала Катерине с беззаботной улыбкой:

— Все это полная чушь то, что вы наговорили. И, уверяю вас, к завтрашнему дню будет принято другое решение. Так что мой вам совет — не радуйтесь особенно.

— Да я и не радуюсь, — пробормотала Катерина.

— Мы получили информацию. Спасибо. У вас все получилось.

— Еще бы. Я контролирую ситуацию, как и обещал.

— Девушка не догадывается?

— И не догадается. Все будет в порядке. Дня через три я буду знать весь график, поминутно. Вам останется только принимать контрмеры.

— И примем. Может, «жучок» все-таки поставить?

— Может, и поставить. Я не смогу быть рядом каждую минуту. Да это и подозрительно в конце концов.

— Хорошо, встретитесь с Павлом и все обсудите насчет «жучка». Деньги мы перевели.

— О.К. И не звоните мне, лучше я...
— Побаиваетесь все же?
— Да ведь не вы же головой рискуете!

Тимофей стоял на самом краю и думал. Под ним и перед ним дышало и ревело невидимое в темноте громадное холодное море. Он выстроил этот пирс специально, чтобы приходить сюда, когда вздумается, и слушать море.

Тимофей Кольцов не был романтиком и поэтом, но море завораживало и пугало его. Он относился к нему как к живому организму. В его присутствии он мог думать и принимать решения лучше, чем в присутствии своих компетентных и профессиональных замов. Море было таким же, как он сам, — расчетливо неуправляемым, не подчиняющимся никакому контролю, создающим всего лишь иллюзию близости к людям.

Люди могли использовать его только в той степени, которую оно допускало, и Тимофей тоже. Они оба не боялись выходить из берегов и заглатывать слабых и не готовых к борьбе.

Он никогда не мог толком объяснить себе своего отношения к морю, но когда пытался, выходило что-то в этом роде.

Ночная Балтика обдавала его соленым и влажным ветром. Белая пена исступленно бросалась на бетонные стойки пирса и ни с чем откатывалась назад.

Тимофей думал.

Охрана на пирс за ним не пошла — темный силуэт, похожий на одногорбого верблюда, маячил почти у подъемника. Ребятам было неуютно на ночном февральском ветру, они сбились в кучу и маялись, ожидая, когда у шефа пройдет очередной приступ любви к морским прогулкам.

Но шеф не торопился.

За три дня он провел восемь совещаний, уволил заместителя директора «Янтаря» по хозяйственной части, который стал воровать слишком активно, а директор уволить его не мог, потому что тот — родной племянник мэра. Племянника Тимофей выгнал, с мэром объяснился вполне по-дружески. До сих пор Тимофей был нужен мэру гораздо больше, чем мэр Тимофею, и такое положение дел необходимо сохранить во что бы то ни стало, что Тимофей и сделал.

Ему всегда нравилось вникать в подробные мелочи управления. Они позволяли оставаться в курсе всех дел и не давали расслабиться окружению.

Барин в любой момент мог нагрянуть и потребовать от управляющих детальных отчетов. В гневе его превосходительство был крутенек, и управляющим ничего не оставалось, как вылезать из кожи вон, стараясь не прогневать батюшку.

Тимофей усмехнулся, вспоминая, где это он понабрался подобной чепухи про его превосходительство и батюшку-барина. Где-то когда-то прочел, хотя где и когда — не помнил. И что это было — тоже не помнил. Литература не интересовала его. Впрочем, его ничто не интересовало, кроме одного — заставить окружающих делать то, что нужно ему, Тимофею Кольцову. Ему нравилось это чувство, оно опьяняло его гораздо лучше водки, пить которую ему не позволял его дьявол.

Хоть какая-то от него польза. Неизвестно, в какой канаве Тимофей закончил бы жизнь, если бы мог пить. Вероятно, в самой ближайшей к тому районному суду, в котором судили Михалыча.

Тимофей сильно вздрогнул и стиснул в кулаке зажигалку. Зажигалка негромко хрустнула, ломаясь, и металлическая ее основа больно впилась ему в ладонь.

Не думать. Как это вышло, что он об этом подумал? Не сметь. Не давать себе ни малейшего шанса.

Что там у нас с делами?

Он поужинал с начальником порта, встретил и проводил норвежцев. Компания «Викинг Си Фудс» собиралась купить у него два траулера, и дело застопорилось. Очевидно, он слишком мало заплатил тому, кто лоббировал контракт, и это нужно срочно исправить.

Он отказал в деньгах театру и подписал сумасшедшую смету на зоопарк.

Он знал в зоопарке каждую дырку в заборе и каждый закоулок между клетками. Конечно, у него никогда не было такой роскоши, как десять копеек, чтобы купить себе билет, и поэтому он перебирался по мостику через крошечную вонючую речку, в которую в зоопарке валили все звериные отходы, а на той стороне сетка была прорвана, и никто никогда ее не чинил. Он попадал в зоопарк как-то сбоку, далеко от основных нарядных дорожек, где гуляли семьями праздные идиоты, приперевшиеся, чтобы пялиться на диковинное зверье.

Тимофей ненавидел эти семьи и этих идиотов. Они еще покупали своим деткам воздушные шары и мороженое и катали их в тележках, которые везли нарядные пони. Однажды он перерезал пони уздечку, пока ленивый кучер что-то выяснял у толстой кассирши. Тимофей из-за дерева наблюдал, как изумление кучера сменяется тяжким недоумением, а потом яростью и он хлещет ни в чем не повинного пони и матерится, грозясь «убить этого ублюдка», а детки вокруг радостно хохочут, как будто в цирке.

Потом он все-таки поймал Тимофея и раза четыре ударил, пока его не спасла Маша.

Эта Маша, непонятно почему, жалела Тимофея. Хотя жалеть его было трудно — он ненавидел все вокруг. Он ненавидел такой лютой отчаянной болезненной ненавистью, что крушил все, что попадалось у него на пути, — стекла, заборы, машины. Он воровал то, что ему нравилось, а то, что не удавалось украсть, он изничтожал и портил.

Сколько ему тогда было? Лет девять, пожалуй... Впрочем, точный свой возраст он так и не установил.

Да, Маша... Она была то ли студентка, то ли практикантка и работала с медведями. По какому-то молчаливому уговору она позволяла Тимофею приходить, когда вздумается, и смотреть, как она кормит взрослых медведей и маленьких медвежат, как чистит вонючие клетки, выгнав их в соседний вольер. Однажды Тимофей принес ей воды, когда медвежонок опрокинул полное ведро, и с тех пор она разрешила ему помогать.

Он забывал обо всем на свете рядом с этой Машей. Он страстно желал сделать что-нибудь такое невиданное, огромное, чтобы она была не просто удивлена, а потрясена и обескуражена. Но на ум ему приходило разве что сломать замки на клетках и выпустить всех зверей, но он понимал, что звери сожрут друг друга, а Маше это вряд ли понравится...

На длинной рогатой палке она переводила медвежат на площадку молодняка, а Тимофей шел рядом и нес мешок с хлебом и морковкой и страшно гордился собой. Все вокруг провожали их глазами и показывали пальцами, а Тимофей важно шагал так, как будто имел на это право, как будто он не сам по себе, хулиган и мелкий воришка, а с ними, с этой удивительной храброй девушкой и ее медведями. Он помогает их переводить, ему доверили важное и почти опасное дело, и ни одна контролерша не посмеет подойти и спросить у него билет, потому что он — с Машей. Он переводит медведей. Он несет их пакет, не смотрит по сторонам, потому что он при деле, и они сейчас поведут следующего медвежонка. Смотрите все — Тимофей открывает щеколду, медвежонок смешно косолапит внутрь, Маша запирает клетку, и они вдвоем возвращаются за следующим медвежонком.

Он был бы счастлив, если бы Маша водила их неделю. Или год. Но медведей шлялось всего четверо. И они очень быстро кончились.

Как-то она поняла, что он все время хочет

есть. И стала подкармливать его бутербродами с колбасой. У Тимофея была сумасшедшая гордость, но он ел потому, что голод совсем одолел, а колбаса казалась необыкновенным, божественным наслаждением. Никогда в жизни потом он не ел такой колбасы. Она делала вид, что не видит, когда он таскал у медведей толстую кормовую морковь и тяжелые, серые, влажные куски слежавшегося сахара.

Однажды она купила ему мороженое, чем оскорбила его ужасно. Поесть — да, поесть не очень стыдно, когда от голода подводит худой грязный живот. Но мороженое! То, что по воскресеньям покупают эти занудливые идиоты своим противным детям с велосипедами и самокатами! Такого унижения Тимофей перенести не мог. Он не желал этого мороженого, он приходил сюда вовсе не за подачками. Если она хочет, он будет с ней дружить, а подачек ему не надо.

Они быстро помирились, и как-то так вышло, что сразу же после примирения съели это мороженое, разделив пополам.

Потом она вышла замуж и уехала.

«Я не могу взять тебя с собой, — так она сказала. — Ты понимаешь? Я очень бы хотела, но не могу. У тебя же, наверное, есть родители, да?»

При ней он не мог заплакать. Еще бы! Черный от внезапно свалившегося на него горя, он ушел, решив больше не приходить никогда, но через три дня явился снова в надежде, что весь этот ужас про ее отъезд — неправда.

Чужая тетка в теплом ватнике чистила клетки и покрикивала на медвежат. Маша никогда ни на кого не кричала. Пакет с морковью и хлебом — его пакет! — лежал совсем не так, как клали его они с Машей. Подросшие за лето медвежата играли на камнях и даже не заметили Тимофея, прижавшегося к сетке.

В зоопарке почти никого не было — холодно, осень, и будний день. Он обошел все клетки, проверил всех зверей. Все было в порядке. Слонов на зиму устраивали в теплом павильоне. Там тоже имелись знакомые — сторож Дима и ветеринар Кузьмич, но Тимофея оттуда быстро прогнали, и, устав бродить, он лег под одним из громадных деревьев, которые на табличке при входе таинственно и непонятно назывались реликтовыми.

Сначала он просто лежал, как собака, на куче остро пахнущих, жестких и странных листьев, потом стал тихонечко подвывать, засовывая между колен замерзшие грязные руки.

Все кончилось. Больше в его жизни ничего не будет. Лучше бы он умер, не дожидаясь этой холодной осени, в которой так остро и сладко пахнут опавшие с реликтовых деревьев листья и подросшие медвежата не узнают его.

Он остался совсем один. Маши больше не будет. И лета больше не будет. Будут осень, дождь, ранние сумерки, а к весне медвежата совсем вырастут и больше не узнают его. Никогда.

Маленький Тимофей долго жалел себя, лежа на куче опавших листьев и глядя в далекое равнодушное небо. Потом встал и ушел из зоопарка. Навсегда.

Чего-чего, а силы воли маленькому Тимофею было не занимать.

Он вдруг увидел перед собой темную воду и бетонные сваи пирса и понял, что плачет. Щеки замерзли от слез — ветер, холодный и крепкий, нес из Норвегии стужу.

Что со мной?! Я никогда не разрешал себе думать об этом. Я не разрешаю себе думать об этом и сейчас. Да что же со мной?!

Он торопливо вытер глаза и повернулся в сторону берега. Ребята стояли близко друг к другу, Тимофей видел огоньки их сигарет. Леша как-то сказал, что они стали курить, чтобы было не так долго ждать его с совещаний, встреч, свиданий. И с пирса.

Все в порядке. Никто ничего не видел. Никто ничего никогда не узнает. Это точно.

Он уговаривал себя и верил. Уговаривал, и дрожь проходила. Уговаривал, чтобы можно было продолжать жить.

Он швырнул в море остатки зажигалки и зашагал к берегу, недоумевая, почему вдруг вспомнилось все это? Дьявол приходил только по ночам, днем он появлялся редко и исчезал очень быстро.

Почему вдруг сейчас?

Может, все дело в девице, смущавшей покой Тимофея вот уже четыре дня. Он хмыкнул и засунул в карман замерзшую правую руку. Охрана, завидев шефа, радостно пристроилась сзади. На собственной Тимофеевой территории они никогда особенно не напрягались, зная, что мимо наружной охраны даже муха не пролетит, не то что местный калининградский террорист. Они, бедолаги, надеялись, что он сейчас на подъемничек —

и домой. Работать, работать и работать, как завещал всем новоявленным бизнесменам великий революционный вождь и учитель. Но Тимофей пошел вокруг — по аллее, а потом по лестнице, вверх, к дому, еще не видному над обрывом.

Что же такое в этой девице, что волновало его? Никогда в жизни он не позволял себе волноваться ни из-за одной женщины.

Он едва помнил, как женился. На Людмиле — потому, что время пришло и все женились. На Диане — потому, что по статусу нужно было иметь жену, юную и красивую, как греческая богиня. Что о нем думали его жены, как относились к своей роли, которую обе они исполняли в разное время и с разным успехом, он не знал и знать не желал. Ему было не до них.

Первая пришлась как раз на пору становления, когда бизнесу было отдано все, и душа, и тело. Вторая — в момент проявления небывалых амбиций и попыток победить дьявола. У Тимофея не было ни времени, ни сил, ни желания заниматься новой женой. Она появилась, и слава богу, протокол соблюден, роли распределены, а остальное его не касалось.

Время от времени стрясались у него более или менее случайные ночи с более или менее случайными женщинами, большинство из которых он вряд ли бы вспомнил на следующий день по имени.

Юлию Духову помнил.

Она его забавляла. Как и всех остальных окружавших его мужчин и женщин, он видел ее насквозь. Видел ее брезгливость и неприязнь к нему, ее попытки устроить его жизнь так, как это представлялось ей выгодным, ее затеи, ее амбиции, ее усилия приподняться над всеми.

С сочувствием человека, побывавшего в одинаковой с ней переделке, он позволял ей многое из того, чего не позволял никому. В конце концов оскорбительно нищее и несправедливое детство роднило их. Она тоже тщательно скрывала часть своей биографии, и Тимофей ей в этом не препятствовал, вполне понимая ее чувства.

Неизвестно, сколько бы так продолжалось, не возжелай она слишком многого и не начни действовать во вред ему, Тимофею Кольцову. Этого он при всем сочувствии допустить никак не мог, и поэтому Юлия уже три дня занимала замечательную, спокойную и, главное, очень далекую должность представителя по коммерческим вопросам холдинга «Судостроительные верфи Тимофея Кольцова» в Женеве. Тимофей радовался, что смог так хорошо все устроить. Выгнать Юлию на улицу он вряд ли сумел бы.

Теперь нужно было разобраться с Катериной Солнцевой.

Тимофея эта девица от души раздражала. В этом тоже было нечто новое — обычно люди оставляли его равнодушным. Раздражаться на них было делом глупым и непродуктивным. Тимофей не мог позволить себе никчемные эмоции. А Катерина представляла одни сплошные эмоции. В ней всего было немного «слишком» — слишком высокий рост, слишком веселые глаза и слишком белые зубы.

Вчера он слышал, как она хохотала с его охраной, громко и весело. Охрана уже души в ней не чаяла, хотя началось все с того, что она дураком выставила бедного Димку, у которого, как и у Тимофея, отсутствовало чувство юмора. Почему-то мужики все ей очень быстро простили. Почему?

Она не была красавицей в принятом смысле этого слова. Что-то в ней было, конечно. Пожалуй, доброжелательность. И какая-то детская заинтересованность во всем, что ее окружало.

Не руководительница процветающего агентства, равный и уважаемый партнер, а студентка-третьекурсница.

Студентов Тимофей не любил.

Конечно, соображала она хорошо. Тимофей ни на минуту не обольщался насчет ее ухоженных и холеных начальников. Кое-что они могли, ее начальники, но в делах, требующих минимальной творческой мысли, привыкли полагаться на нее, это ясно.

Зачем он думает о ней, когда нужно подумать о завтрашней встрече с другом детства Серегой Лазаревым, вместе с которым они выиграют затеянную той же Катериной войну?!

«Надо же, расследование провела», — развеселился Тимофей.

Думать о ком-то просто так тоже было внове, и никакого удовольствия не доставляло. Тимофей не знал, как ему следует относиться к этому бессмысленному процессу.

Столь же бессмысленным было и приглашение всех «выборщиков» пожить на его даче, а не в гостинице. Он не любил человеческое общество вообще, а в непосредственной близости от себя тем более. Он не мог спокойно думать, когда его окружали люди, а для императора возможность спокойно подумать о насущном и необходимом означала процветание империи. Зачем он припер в свой дом четверых совершенно чужих людей, несравнимых с ним по положению?

Тимофей всегда был честным с самим собой, поэтому знал — из-за Катерины.

Конечно, в его доме на взморье, громадном, как замок немецкого феодала, могли жить человек пятьдесят, никогда не встречаясь друг с другом. В доме имелось достаточно флигелей, башен, мезонинов, литых чугунных и парадных мраморных лестниц, разнородных окон и даже флюгеров. Он заплатил бешеные деньги за один только эскиз этого дома, сделанный знаменитым английским архитектором на куске плотного картона.

И все-таки это было странно — делить с кем-то свой дом. Приезжая по вечерам, он каждый раз недоумевал, видя свет в окнах.

Вчера вечером Тимофей неожиданно обнаружил свет в глубине парка и, секунду подумав, пошел к крытому теннисному павильону, сиявшему в темноте февральского вечера громадами окон и застекленной крышей.

Этот павильон, одна из многочисленных затей архитектора, вроде подъемника и вертолетной площадки, годами стоял пустым. В него даже заходили редко. Сам Тимофей ни в какой теннис, конечно, не играл. Его окружение, люди не слишком молодые и слишком провинциальные, модными штучками тоже не увлекались, поэтому электрическое сияние в обычно пустующем павильоне удивило Тимофея.

Прямоугольники света выхватывали из ночи мокрые стволы сосен, асфальт аллеи и жухлую прошлогоднюю траву с островками снега. Внизу, под обрывом, ревело невидимое холодное море.

Даже отсюда было слышно, как ударяется о ракетку мяч и восторженно вопит Катерина Солнцева, специалист по связям с общественностью.

Тимофею пришлось сделать над собой усилие, чтобы не заглянуть в окно, но войти тянуло неудержимо. Поддаваясь себе, он вошел и, стянув с плеч кашемировое английское пальто, пристроился на жесткой скамейке. Охрана удовлетворенно сопела сзади — всем нравилось рассматривать Катерину в шортах и короткой, мокрой насквозь майке.

— Добрый вечер! — радостно закричал, заметив их, объект наблюдений. — Будете играть, Тимофей Ильич?

Прямо перед Тимофеем мелькали ее ноги. Обычные бледные, зимние женские ноги. У Дианы ноги были длиннее и красивее. Но Тимофей смотрел на Катины, и это доставляло ему удовольствие.

Катерина, запыхавшаяся, красная, с выбившимся из-под бейсболки клоком влажных волос, играла размашисто, сильно, совсем не женственно, со стоном, почти криком на ударе. Подавая, она прогибала сильную спину под мокрой майкой и била по мячу так, что звенели струны на дивной красоты ракетке.

На Тимофея она не обращала никакого внимания, в отличие от своего партнера, Александра Скворцова, который вдруг сбился, засуетился и стал играть так, что, принимая его удары, Катерина стонала протяжно:

— Ну, Сашка-а-а!

Она бегала по площадке, как молодая лошадь в манеже, скорее порывисто, чем грациозно, и все это, включая непонятные выкрики «меньше» и «больше», в которых Тимофей ни черта не умел разбираться, напомнило ему Уимблдон прошлым летом, где он находился по делам. Он добросовестно отсидел в ВИП-ложе и полуфиналы, и финал, чувствуя себя при этом так же неуместно и глупо, как и сейчас.

Все это было не его — аристократический, надменный английский спорт для богатых, атмосфера избранной тусовки, незнакомые правила, длинноногие загорелые дамы, богатые не благодаря пронырливости мужей, а от рождения. Конечно, он не зря терял время на этом дурацком Уимблдоне. Все, что ему нужно, он получил, но воспоминание осталось раздражающее.

Катерина со Скворцовым закончили партию, и она пошла к скамейке, на которой лежали какие-то непонятные теннисные причиндалы, такие яркие и притягательные, что их хотелось потрогать. Она попила из смешного носатого поильника, похожего на соску для новорожденных, выплеснула остатки воды себе за майку и блаженно зажмурилась. Скворцов бродил в отдалении, собирая мячи. Катерина накинула на плечи полотенце, крепко вытерла его краем мокрое лицо, сдула с лица надоевшую ей прядь волос и, подходя, улыбнулась Тимофею.

Он смотрел на нее во все глаза.

— Господи, как хорошо, что есть возможность поиграть, — сказала она с радостной улыбкой и пристроилась на скамейку рядом с ним. — В Москве в спорткомплекс не наездишься, а здесь — в любой момент. Вы будете играть, Тимофей Ильич?

Она не была фамильярна. Она просто разговаривала с ним, как с обычным, нормальным человеком, с которым приятно время от времени просто так поболтать. Или как с радушным хозяином, которого гость благодарит за прекрасные условия.

Но дело в том, что с Тимофеем Кольцовым никто не болтал просто так. И благодарить его за гостеприимство было невозможно — они отстояли слишком далеко друг от друга в общественном положении. Тем не менее она с успехом проделала все это, поставив Тимофея в тупик. Он не знал, что ей ответить.

— Вы так здорово играете, — с искренним восхищением выразил Леша мнение Тимофеевой охраны, пользуясь тем, что шеф молчит. — Просто замечательно.

— Спасибо, — улыбнулась Катерина. Восхищение мужиков ей польстило. — Я давно не тренировалась, с полгода, наверное. У меня родители хорошо играют.

Конечно, подумал Тимофей со скрежетом раздражения. Родители. Профессорская дочка, еще бы!

— А вы не играете, Тимофей Ильич?

Вот пристала! Что тебе нужно? Вспомни, кто перед тобой!

Он тяжело поднялся со скамейки и, ни на кого не глядя, пошел к выходу. У двери он оглянулся и с мрачным удовлетворением увидел ее смущенное лицо. Стиснув в кулаках концы махрового полотенца, она растерянно смотрела ему вслед.

— Нет, я не играю, Катерина Дмитриевна, — сказал он, не повышая голоса, но все слышали, потому что в павильоне сразу стало очень тихо, лишь бахало под обрывом море. — Я не умею. — И вышел, радуясь, как строптивый подросток, что последнее слово все же осталось за ним.

Зачем он все это проделал? Поднимаясь по деревянной лестнице к сиявшему ему навстречу дому, Тимофей не мог ответить себе на свой же вопрос. Что-то странное творилось у него в голове. Что-то такое, с чем он никогда не сталкивался раньше и потому не мог найти этому определение.

Она мне нравится, вот что, — решил наконец Тимофей. Почему-то она мне нравится, хоть и не в моем вкусе, и раздражает, и вообще... профессорская дочка, чистюля и недотрога. Вряд ли с ней может быть интересно такому все повидавшему мужику, как он. С ней просто нужно переспать.

Это очень просто — женщины никогда не отказывали ему. Он твердо знал, что лично он тут совсем ни при чем. Для них имеют значение только власть и деньги. И того, и другого у него было в избытке, следовательно, он представлял для них большой интерес. Он переспит и с этой длинноногой теннисисткой с манерами английской герцогини и улыбкой лукавого подростка. От него не убудет, а от наваждения он избавится.

Точно, он с ней переспит.

От этой мысли Тимофею вдруг стало легко и радостно, как от предвкушения удачной сделки. Он придумает, как предложить ей секс. Можно позвать с собой в Париж. Или изобрести что-нибудь поновее? Впрочем, скорее всего изобретать у него не будет возможности и придется довольствоваться обстоятельствами.

Ну что ж, жизнь показала, что Тимофей Кольцов виртуозно умеет использовать разные обстоятельства.

В Москве было гораздо холоднее, чем в Прибалтике. Это Катерина поняла, едва сойдя с трапа. Ветер, задувавший в шубу, был ледяным, совсем не похожим на соленые, плотные и влажные ветра Калининграда. И снег по колено. Там, в этой почти Европе, снег уже вовсе стаял, заезжие немцы и поляки ходили в коротких легкомысленных куртках и кроссовках. Катерина, ненавидевшая зиму, расслабилась и напрочь позабыла про московский мороз.

Ветер рвал волосы на голове, злобно бросался снегом с крыши приземистого зальчика ожидания в Чкаловском. Хуже всего было то, что неизвестно куда запропала машина, которую Приходченко обещал за ней выслать.

Совершенно уверенная, что машина на месте — не мог же Олег забыть! — Катерина с легким сердцем отправила Скворцова. Его замерзший шофер, очевидно, устав от ожидания, приплясывал вокруг своего «БМВ». Они сразу же уехали, прихватив Славу Панина. Ему было по дороге с Сашей, довольно далеко, в сторону, противоположную той, куда нужно было Катерине.

Как-то очень быстро разъехались остальные машины, встречавшие свиту Кольцова. Сам он еще не выходил из самолета — с ним прилетел лидер одной из думских фракций, очевидно, бывший у Кольцова на содержании и лоббировавший в Думе его интересы, и они скорее всего еще что-то договаривали друг другу.

Всю дорогу Тимофей не выходил из первого, самого шикарного салона, а вся свита, и Катерина в том числе, разместилась во втором согласно табели о рангах и штатному расписанию. Все эти китайские церемонии с рассаживанием по должностям были Катерине хорошо известны еще со времен президентских выборов и умеренно развлекали ее демократическую душу.

Катерина зашла в одноэтажное здание, где можно посидеть, ожидая вылета, где имелись туалет и телефон. В этот час там было сумрачно и пусто, на звук открываемой двери из боковой комнатушки выглянул вялый охранник, оглядел Катерину с головы до ног и скрылся. Ночевать в компании этого охранника и каких-нибудь полуночных пилотов Катерине совсем не хотелось. Нужно позвонить, выяснить, что произошло и где ее машина.

Прежде всего она позвонила Приходченко домой, а потом на мобильный. Ни там, ни там никто не подходил к телефону. Это было странно — дома у Олега всегда кто-то присутствовал — или полоумная супруга, или ее не менее полоумная мамаша, или Кирюха. Но раздумывать о том, что стряслось дома у шефа, она станет потом, а пока нужно срочно выбираться из Чкаловского.

На всякий случай она позвонила на пейджер Гриши Иванникова, Олегова водителя. Но на Гришу надежды мало — если Олег не предупреждал его заранее, Гриша быстренько смывался за город по очередным очень срочным делам и потом объяснял начальству, что приехать оттуда по вызову не было никакой возможности. Все об этом знали и Гришу прощали. Конечно, кому хочется тратить выходной на прихоти начальства?

Мобильный Скворцова тоже не отвечал, и Катерина вспомнила, что еще утром Сашка жаловался, что у него вроде стали очень быстро садиться батарейки. Они еще обсуждали, какую батарейку лучше купить.

Обсудить-то они обсудили, но телефон вежливым женским голосом вещал на всех доступных и недоступных пониманию языках, что «абонент не отвечает», и Катерина поняла, что не знает, что делать дальше.

Конечно, оставалось несколько совсем пожарных вариантов — позвонить Дарье и попросить ее приехать или прислать мужа Митю. Но это совсем другой конец Москвы, и пока Митя доедет, потом отвезет Катерину, потом вернется к себе, как раз рассветет, и можно будет смело выезжать на работу.

Еще можно позвонить Саше Андрееву, он тоже приедет и заберет ее, без вопросов. Но тут Катерину останавливали более высокие материи — становиться причиной семейной ссоры ей совсем не хотелось, и так об их связи с Андреевым трубит вся контора. А как еще может расценить нормальная жена звонок от начальницы в воскресенье вечером, после которого любимый муж срывается из дома и несется к черту на рога?

Нет, это совсем не годится. Лучше уж ночевать в компании чкаловского охранника, который еще ничего не подозревает об ожидающем его счастье. Усмехнувшись, Катерина сунула телефон в карман и затопала по наметенному в тамбур снегу на улицу.

Ветер рванул полы ее щегольской европейской шубенки, годной только для того, чтобы добежать от машины до теплого подъезда, взметнул волосы, обжег холодом глаза. Кое-как Катерина прикурила и спряталась за угол, где хоть не так дуло, и, отворачиваясь от ветра, подумала, что, пожалуй, нужно срочно вызывать такси. Бог знает, когда оно придет и сколько это будет стоить — вызов и дорога из Чкаловского в Немчиновку, — но других вариантов не намечалось.

Внезапно у мирно дремавших прямо перед ее носом джипов началось какое-то оживление, зажегся в салонах свет, замигали притушенные фары, кто-то неузнаваемый пробежал в расширявшемся снопе света прямо к самолету, все еще стоявшему на полосе.

Заинтересовавшись происходящим, Катерина выглянула из своего укрытия и обнаружила, что по летному полю прямо к ней идет Тимофей Кольцов в развевающемся распахнутом пальто, огромный и черный, похожий на гигантскую летучую мышь.

«Интересно, куда он дел своего думца?» — лихорадочно подумала Катерина, задвигаясь обратно в тень.

Она боялась, что он увидит ее, и тогда придется объясняться. А еще хуже — в тысячу раз хуже! — если увидит и даже не повернет в ее сторону головы.

Господи, как она его боялась, этого человека! Его низкого тяжелого голоса, его беспощадных и пустых глаз, его чудовищной проницательности. В его присутствии ей все время казалось, что с ней не все в порядке, хотелось осмотреть себя — застегнуты ли пуговицы, вымыты ли руки.

Катерина храбрилась только перед другими, наедине с собой она даже вспомнить не могла, что говорила и делала, когда он на нее смотрел. Она отлично понимала, что Тимофей Кольцов скорее всего вообще не подозревает о ее существовании, вспоминая только, когда она попадается ему под ноги с очередной программой предвыборных мероприятий, и, следовательно, бояться ей нечего. Ему нет до нее никакого дела.

И все же она чувствовала себя, как, должно быть, чувствовали приближенные «отца народов» товарища Сталина, которых увозили с инфарктами из его приемной.

Дмитрий Степанович, отец, сказал ей, когда

однажды она пожаловалась, что в присутствии Тимофея Кольцова теряет всякое ощущение себя: «Так трястись не просто вредно для дела, но еще и очень унизительно. Всегда лучше вести себя как-то попроще. В рамочках».

Катерина и хотела бы «в рамочках», но ничего не могла с собой поделать.

Но недаром она была свободолюбива и любознательна.

Тимофей Кольцов вызывал в ней эмоции куда более сложные, чем просто страх. Она мечтала хоть чем-нибудь его зацепить, расшевелить, рассмешить и посмотреть, что получится, тем более она знала о нем нечто такое, чего не знал никто, и это знание не давало ей покоя. Оно не вписывалось в уже созданную и вполне приемлемую схему этого человека, а потому раздражало и без того чудовищное Катеринино любопытство.

Что его огорчает, кроме смены правительства? Что его радует, кроме кредита МВФ? А может, ни кредит, ни правительственный кризис ничего для него не значат? О чем он говорит с женой, приезжая по вечерам домой? Что врет ей, когда встречается с любовницей? О чем думает в машине, слушая группу «Любэ»?

Сочетание любопытства с паникой, в которую он ее повергал, образовывало странную волнующую смесь, и Катерине не хотелось, чтобы эта смесь лишний раз поднималась со дна души и замутняла разум. Соображать ей требовалось как никогда хорошо.

Поэтому она бросила недокуренную сигарету и отступила еще глубже, к самой стене. Пусть бы он уехал. Она вернулась бы в теплый тамбур зала ожидания и вызвала наконец такси.

И, конечно, он не уехал.

Он заметил ее, прячущуюся в тени, сразу. И несколько мгновений колебался, принимая решение. Почему-то Катерина явственно ощутила его колебание и момент, когда он это решение принял.

Дверь джипа уже распахнулась ему навстречу, водитель поставил ногу на газ, охрана готова была вскочить во вторую машину, когда Тимофей Ильич Кольцов вдруг повернулся в сторону неясной тени, куда не доставал мертвенно-синий свет фонаря, и спросил, не повышая голоса:

— Почему вы не уехали?

— Машина не пришла, — ответила из темноты Катерина. Ей внезапно стало жарко и страшно. И неудобно перед ребятами из охраны. Бог знает что они могли подумать.

Вздохнув, она сделала шаг вперед, оказавшись на свету. Тимофей Ильич пристально на нее смотрел, и она внутренне содрогнулась, испытывая уже хорошо знакомую неловкость — все ли с ней в порядке, не слишком ли покраснел замерзший нос и достаточно ли приличная у нее шуба? И тут же она разозлилась на себя. Какое ей дело до того, как ее воспринимает великий Тимофей Кольцов?! Пусть воспринимает как хочет, это вовсе не ее проблемы.

— Садитесь, я подвезу вас, — монотонно и равнодушно, как будто выполняя скучную обязанность, велел он.

Она поставила его в неловкое положение,

вдруг поняла Катерина с опозданием. Не предложить помощь он не может, раз уж он вообще с ней заговорил. Отправить охрану везти ее он тоже не может — охрана должна сопровождать его. Но это немыслимо, чтобы он вез ее!

Люди его положения не подвозят из аэропорта девиц, оказавшихся без машины. Ей попадет от Приходченко, от Абдрашидзе, да это просто невозможно, черт возьми!

Нужно быстро и решительно отказаться, приказала себе Катерина.

— Спасибо, Тимофей Ильич, — пробормотала она застывшими от неловкости губами. — Я доберусь на такси. Спасибо.

Ей было плохо видно его лицо — ночь, снег, в очках отражались блики света от фонаря. Но ей вдруг показалось, что она разглядела усмешку.

— Я не понял, — сказал он после секундной паузы, — вы намерены со мной спорить?

И все стало предельно ясно. Нельзя отказываться, когда предлагает Тимофей Кольцов. Даже пытаться глупо и смешно. Нужно выполнять, и чем быстрее, тем лучше.

Потом, на досуге, она сможет все обдумать и выругать себя за излишнее любопытство, которое не позволило ей потихонечку шмыгнуть внутрь зала ожидания, подальше от греха и Тимофея Кольцова. И проанализировать чувства, более сложные, чем любопытство. А пока, чем дольше она мнется в нерешительности, тем нелепее выглядит ситуация, тем дольше она задерживает Великого и Ужасного и затягивает весь пикантный эпизод с ее доставкой.

— Спасибо, Тимофей Ильич, — пробормотала Катерина фальшивым голосом и полезла в джип, волоча за собой сумку.

— Оставьте вещи, Катерина Дмитриевна, — посоветовал Кольцов. — Ребята положат в багажник.

Совершенно красная от стыда и внезапно навалившейся жары, она плюхнулась на кожаное сиденье, отпустив наконец сумку, которую тут же подхватил кто-то из охранников. Тимофей Кольцов величественно поместился в кресло напротив. Дверь мягко чмокнула, закрываясь. На переднее сиденье вскочил охранник Леша, и кортеж двинулся к выезду с аэродрома.

— Вам куда? — спросил Тимофей, не глядя на Катерину.

— В Немчиновку, — пробормотала она с виноватой улыбкой. — Далеко, правда?

Не отвечая ей, Тимофей Ильич сказал водителю:

— В Немчиновку, Андрей.

— Понял, Тимофей Ильич, — отозвался водитель, круто закладывая влево на выезде из ворот.

В окно Катерина увидала стоящих навытяжку гаишников. На шедшем сзади «Хаммере» включили мигалку. Ее истерические сине-красные всполохи разливались по сугробам.

Выехав на магистраль, водитель «притопил» газ так, что Катерину вдавило в кресло, и оба джипа рванулись в сторону Москвы, как пара диких ночных волков.

Почти всю дорогу Тимофей разговаривал по телефону. Он всегда начинал работать, едва выйдя из самолета. Впрочем, в самолете он тоже работал. Ничье присутствие, кроме, может, премьера или еще каких-нибудь нужных людей, не могло ему помешать. А уж тем более присутствие Катерины Солнцевой, которая не была премьером.

Он даже сказал ей, соблюдая максимально возможный для него уровень вежливости:

— Я должен позвонить.

На это заявление она торопливо кивнула, и минут на двадцать он о ее существовании забыл. Выслушивая доклады и решая вопросы, требовавшие незамедлительного решения, он иногда взглядывал на сидевшую напротив девушку. У нее было растерянное и подавленное лицо, как будто с ней только что произошло что-то ужасное, и Тимофея это задевало. Что, черт возьми, такого в том, что он предложил ей поехать с ним? У нее был лучший выход из положения? Почему она сидит, забившись в угол и сгорбившись, как привокзальный нищий на лавочке?

Понятно, конечно, что не каждый день ее подвозит до дома Тимофей Кольцов, и ей должно быть неловко. Но ее неловкость, которую он так ясно чувствовал, как будто она была его собственной, раздражала его.

Убедившись, что он занимается своими делами, Катерина украдкой огляделась. «Лендровер» оказался просторным и уютным, как небольшая квартира после евроремонта — мягкий свет, персиковая кожа кресел, деревянная обивка дверей. Здесь присутствовало все, что в той или иной степени могло продемонстрировать богатство и власть.

Тщательно изучив обрывочные сведения о Тимофее Кольцове — человеке, Катерина голову могла дать на отсечение, что он даже не замечает окружающего его очень дорогого комфорта. Она пристально и усердно наблюдала за ним все время, что они жили в его доме, когда ей представлялась такая возможность.

Он был неизменно равнодушен к своему шикарному дому, архитектурному чуду, возвышавшемуся над морем, как древний феодальный замок, и к своим супердорогим и суперскоростным машинам, приземистым и мощным, как изготовившиеся к атаке звери. И одежда его, наверное, тоже очень дорогая, была предельно простой — белые рубашки, темные костюмы, консервативные галстуки.

Однажды вечером Тимофей Кольцов прошел мимо нее в парке, возвращаясь с моря, к которому, по слухам, ходил каждый день. Он был в пуховике, делавшем его похожим на полярника, и сильно вылинявших голубых джинсах. Катерина не сразу поняла, что это он, а узнав, долго смотрела ему вслед. Этот кое-как застегнутый пуховик, и джинсы, и тяжелые ботинки на толстой подошве будто говорили, что существует два совершенно разных Тимофея Кольцова, и между ними — пропасть. Тимофей Кольцов в джинсах заинтриговал ее ужасно.

Катерина улыбнулась своим мыслям. «Хоботов, — сказала она себе, — ты тайный эротоман!»

Иногда она любила процитировать что-нибудь из фильма.

Быстро взглянув на Кольцова и обнаружив, что он продолжает разговаривать, вернее, даже слушать то, что говорят ему в трубку мобильного телефона, Катерина принялась вспоминать, что было сделано за четыре дня в Калининграде.

Она написала кучу материалов, которые пригодятся ей в Москве при подготовке его выступлений. Поприсутствовала на двух встречах кольцовского «актива» и группы поддержки, состоящей из местных знаменитостей.

Самое главное — они с Сашей Скворцовым два раза разговаривали с Тимофеем Ильичом, и оба раза Катерина старательно объясняла ему, что непосредственно войну можно вовсе не открывать. Достаточно о ней писать и показывать по телевизору так, чтобы все верили — Тимофей Кольцов борется с наркотиками изо всех сил. Стоит на страже. Выполняет обещания. Делает большое дело.

Тимофей Ильич то ли слушал, то ли не слушал, хотя Катерина знала, что в искусстве блефа ему нет равных. Так она и не поняла, намерен он всерьез воевать или ему вполне хватит объявить о войне погромче. Ее знаменитое чутье подсказывало ей, что просто объявлением дело не ограничится.

Последний из срочных разговоров Тимофей закончил, когда они уже были в центре города. Его спутница сидела тихо, как настороженная мышь, и внимательно смотрела в окно. Интересно, что она хотела там высмотреть, чего не видела раньше?

— А как вы придумали эту штуку с наркотиками? — спросил Тимофей неожиданно. Он любил этот прием — спросить внезапно и совсем не то, чего ожидает собеседник. И посмотреть на реакцию. По реакции все будет сразу понятно.

Катерина резко повернулась к нему. Наверное, не ожидала, что он заговорит, и испугалась. Впервые в жизни ему вдруг стало досадно, что его все боятся. Какого дьявола?

Но мелькнувшая на ее лице тень страха моментально сменилась улыбкой, как будто он спросил ее о чем-то приятном.

— Просто мы подумали и решили, что вам это очень подходит. Конкретное, четкое, действенное обещание. Которое все поймут и которое всем понравится.

— А почему наркотики? Я произвожу впечатление борца с наркотиками?

Это была не то чтобы ирония, но нечто очень к ней близкое, и Катерина осторожно покосилась на Кольцова, стараясь угадать, правильно ли она поняла подтекст.

— Да, Тимофей Ильич, — поколебавшись, сказала она. — Я знала, что вы не терпите наркоты. Ребята мне сообщили, которые собирали на вас досье.

— Я хотел бы знать, что еще рассказали вам обо мне ваши люди, — бесстрастно произнес он.

Вот в чем дело. Его интересует, не сообщил ли ей Саша Андреев что-нибудь сверх информации на отобранных у него дискетах и что осталось неизвестным службе безопасности Кольцова. Надо быть очень осторожной. И внимательной. Но Катерине вдруг неудержимо захотелось прояснить ситуацию раз и навсегда. Прояснить так, как она сделала бы это, будь Кольцов нормальным человеком, понимающим нормальные человеческие слова.

— Тимофей Ильич, — решилась Катерина, напряженно улыбаясь, — вы можете немедленно меня уволить, но я хочу вам сказать, что вовсе не стремилась за спиной у вас и Олега Приходченко собирать на вас компромат.

— Если бы я так думал, я бы вас уволил еще два месяца назад, — произнес Тимофей Ильич холодно. — Как только ваши детективы билеты на самолет взяли.

— Да, я понимаю, что вам, наверное, все наши расследования смешны, — Катерина внезапно разозлилась. Она не любила его покровительственный, всезнайский тон, будь он сто раз Тимофеем Кольцовым. — Но у нас это принятая практика. Мы стараемся обезопасить себя и наших клиентов от разных неприятных неожиданностей на более поздней стадии нашей взаимной любви, когда подчас поправить ничего невозможно.

— И многих вы... обезопасили?

Все-таки это ирония, поняла Катерина. У него такое чувство юмора. Своеобразное. Он вовсе не собирается ни на чем таком ее подлавливать. Или собирается?

— Тимофей Ильич, — произнесла она. От старания быть убедительной даже улетучились злость и страх. Этот человек заставлял ее испытывать одновременно несколько разных чувств. Интересно, они все такие, олигархи? — Я не знаю, как мне вас убедить, что мы играли и играем на вашей стороне. Только на вашей. И досье, хотя это слишком громкое название, ребята собирали в основном из газет да еще спрашивали тех, кто знал вас когда-то: вахтеров, монтеров, лифтеров...

— Мою бывшую жену, — подсказал Тимофей, — ее мамашу. Сторожа со стоянки. Соседей по общежитию. Крупье в казино в Светлогорске.

Он коротко взглянул на Катерину и приказал:

— Закройте рот.

Она захлопнула непроизвольно открывшийся рот, дико взглянула на него и вдруг, откинувшись на спинку кресла, принялась хохотать так, что с переднего сиденья на нее оглянулся охранник Леша.

Тимофей ничего не понял — что это с ней? Но ему понравилось, что она засмеялась. В этом было даже некоторое проявление характера — в его присутствии никогда никто не смеялся. Тем более громко.

— Тимофей Ильич, извините меня, ради бога, — забормотала Катерина, немножко отсмеявшись, — просто это удивительно, что вы все знаете. Я сразу очень пугаюсь, когда вы спрашиваете меня про... расследование. Я и так чуть от сердечного приступа не умерла, когда узнала, что ребята там попали в засаду. А вы, оказывается, знаете даже, с кем они разговаривали...

— Конечно, — ответил Тимофей, все еще недоумевая, что так ее развеселило. — Я стараюсь всегда быть в курсе всех дел. Особенно когда это касается меня.

Он произнес это с привычной отстраненной холодностью и без всякой иронии. Катерина моментально струхнула и отвела глаза, поглубже вжимаясь в кресло. Кортеж уже въезжал в Немчиновку.

— Сейчас второй поворот направо и прямо до озера. А потом вверх, и мы приехали, — сказала Катерина водителю. — Спасибо вам, Тимофей Ильич. Бог знает, сколько бы я еще там прокуковала, в Чкаловском.

Тимофей коротко кивнул, и больше они не разговаривали. Машина затормозила у родного забора, и Катерина испытала мгновенное, ни с чем не сравнимое облегчение, как будто кончилось многотрудное и неприятное дело. Неловко пробираясь мимо Кольцова к двери, она еще раз пробормотала благодарственные слова и очутилась наконец на воле.

Леша вынес ее сумку и аккуратно поставил у калитки. Джип натужно заревел, разворачиваясь в рыхлом снегу, и поехал. Тормозные огни мигнули перед поворотом. Катерине стало грустно.

Она открыла калитку и пошла по освещенной дорожке к дому. Дом сиял огнями, бабушка ждала ее.

— Бабуль! — крикнула Катерина, вваливаясь с сумкой в дверь. — Я дома!

К марту стало ясно, что все идет наперекосяк. Ситуация вокруг выборов в Калининграде обострилась и накалилась до такой степени, что из-за нее полусонная пресса позабыла даже мэра Владивостока, который весь год развлекал общественность то отменой выборов, то разгоном местной думы, то водружением самого себя обратно на престол после разгневанных президентских указов.

Война с наркотиками шла полным ходом.

Воевал Тимофей Ильич всерьез и основательно, как строил корабли. Говорили, что местные бандитские группировки перестреляли на улицах города половину своего личного состава, в результате чего произошел новый передел сфер влияния. Основной поток зелья пошел теперь через Литву и Белоруссию. Аналитический отдел «Юниона», скрупулезно собиравший и обрабатывавший данные, отметил увеличение числа телевизионных и газетных репортажей о конфискации крупных партий наркотиков именно на белорусско-литовской границе.

Естественно, у Катерины не было достоверной и полной информации о ходе военных действий, но сводки аналитического отдела говорили о многом. О войне она старалась не думать, хотя по ночам ее стали мучить тяжелые бредовые сны. Вовсе не это она имела в виду, когда развлекалась, сочиняя Тимофею Кольцову план победы на выборах.

Впрочем, основная цель была достигнута. Газеты, захлебываясь, писали о криминальной войне в Калининградской области, и о привычном бессилии местных властей, о бомбах, заложенных в «Мерседесы», и о «лицах кавказской национальности», которых видели неподалеку от места взрыва.

«Бедные лица кавказской национальности, — думала Катерина, читая газеты, — всегда и все их видят, и все время в разных неподходящих местах».

Журналисты, числившиеся среди «своих», отрабатывали денежки, повествуя миру о бесстрашии Тимофея Кольцова, одно заявление которого вызвало такую панику у местных авторитетов, что они ударились в стрельбу и с тех пор никак не могут остановиться — все стреляют и стреляют.

В прямой эфир Тимофей Ильич перестал наведываться без подготовки. Телевизионную аппаратуру купили, соорудив две монтажные — в Москве и в Калининграде. Диана Карпинская, бывшая «мисс Мода», а нынче «миссис Тимофей Кольцов», с головокружительным успехом пронеслась по всем программам, начиная от «Женских историй» и заканчивая Макаревичем и его кухней. Приходченко везде с ней ездил и утверждал, что она необыкновенная умница, в чем Катерина сильно сомневалась.

Газеты, телевидение и радио вещали о войне Тимофея Кольцова, жене Тимофея Кольцова, заводе Тимофея Кольцова и городе Тимофея Кольцова.

Непонятно было только одно — почему молчит «тот берег», как называл основного противника Слава Панин.

А «тот берег» упорно молчал, и очень скоро, когда прошел угар первых побед в рейтингах, купленных и объективных, стало ясно, что молчит он неспроста. Полное бездействие выборной команды основного противника пугало Катерину с каждым днем все больше и больше.

— Не суетись раньше времени, — говорил ей Приходченко, — мы еще о них услышим.

Они услышали даже раньше, чем предполагали.

Тимофей Кольцов победил, как побеждал всегда и во всем. Катерине об этом поведал Приходченко, которого, в свою очередь, ввел в курс дела Абдрашидзе.

— Все, они закончили, — сказал он Олегу. — Говорю, чтобы ты знал и внес изменения в свою тактику. Конечно, не всех задавили, но насколько я знаю босса, он не успокоится, пока остальных на кладбище не переселит. Теперь все дело за вами, надо до осени кричать погромче, что Тимофей сделал это великое дело — и тогда все будет О.К.

— И что, если его не выберут, все начнется сначала, — подсказал Олег, — это ясно.

— Жди теперь какой-нибудь пакости от Головина. — Это был действующий губернатор. — Он сам ничего не может и не хочет, кроме того, чтобы область немцам продать, но гадости делает виртуозно. Специалист.

— На него работает команда Грини Островового, — заметил Приходченко с улыбкой, — а чего стоит Гриня, тебе хорошо известно.

Гриня Островой был своего рода знаменитостью. В среде журналистов и пиарщиков о нам ходили легенды. Он считался специалистом по «черным» выборам и славился тем, что может «вытащить» самого непроходного кандидата. Основная его тактика заключалась в поливании грязью соперника, и чем гуще была грязь, тем лучше считалась тактика. Она вполне хорошо сработала на нескольких региональных выборах, и, хотя

Гриню ненавидели и боялись, услуги его ценились очень дорого и без работы он не сидел.

Самого последнего соперника своего кандидата, вполне мирного и процветающего уездного губернатора, Гриня «свалил» тем, что в последний предвыборный день, когда агитация уже была запрещена, начал агитировать на улицах за него же. Избирательная комиссия моментально нарушение пресекла, вычеркнув бедолагу-губернатора из списка соискателей хлебного места. Губернатор, проснувшись утром в день выборов и не обнаружив себя в списке, пришел в полное неистовство, потребовал объяснений и получил их. В Центризбиркоме ему посоветовали обратиться в суд, и, пока губернатор пребывал в тяжелом недоумении, пока потрясал кулаком и собирал союзников, дело сделалось само собой — город достался на разграбление молодой, отчаянной и веселой компании, которая за полгода не оставила в нем камня на камне, зато возвела три новых казино и усовершенствовала старое.

И Приходченко, и Солнцева хорошо знали Гриню и ждали, что он вот-вот как-нибудь проявится, но Гриня не спешил, тянул и заставлял их нервничать.

Зато когда начал действовать, Катерина решила — пусть бы еще потянул. Тогда последние дни перед неминуемой гибелью она прожила бы достойно и с размахом.

Казалось, что все их многомесячные усилия прошли прахом. Каким-то необъяснимым образом Гриня как будто был в курсе всех их планов и всегда оказывался на один шаг впереди.

За март у Катерины слетели три интервью по Центральному телевидению и два по местному.

Конкурс на лучшее предложение по утилизации кораблей Головин объявил дня за три до того, как должен был объявить Кольцов.

В почтовые ящики калининградцев подбросили листовки с планом сокращений рабочих мест на верфях Кольцова и продажи немцам всего производства.

Головин, выступая перед работниками городской прокуратуры, похвалил их за блестяще проведенную операцию по борьбе с наркотиками, чем вызвал у законников недоумение, граничащее с испугом. Но губернатор настаивал — и в прессе, и по телевидению, и на собраниях всевозможных активов, и в конце концов все поверили, что с наркотиками боролась городская прокуратура под непосредственным руководством губернатора.

Премьер-министр включил Головина в делегацию, отправляющуюся в Давос на всемирный экономический форум.

Местные газеты написали, что дворец Кольцова на взморье построен на месте, где планировалось построить санаторий для чернобыльцев, и даже туманно намекнули, что на чернобыльские же деньги.

Тимофей с бычьим упрямством продолжал игнорировать соперников и воплощать в жизнь свою собственную программу, но это становилось все труднее. Чтобы не выглядеть недостойно, следовало оправдываться, а опускаться до свалки и склоки было решительно невозможно.

Катерина похудела, осунулась и стала плохо спать.

— Я не понимаю, что происходит, — пожаловалась она матери, когда ярким мартовским днем они курили вдвоем на крылечке. — У меня развивается паранойя. Мне все время кажется, что за нами откуда-то следят. Я постоянно ловлю себя на том, что хочу предложить Олегу проверить офис — может, у нас «жучки»?

— А может, и стоит проверить, — задумчиво сказала Марья Дмитриевна. — Политика — дело нешуточное и не слишком приятное.

— Понимаешь, у меня такое чувство, что они просто используют мои собственные наработки, понимаешь? Хотя вполне возможно, что все эти наработки лежат на поверхности и очевидны для всех, но только...

— Что только?

— Только мне кажется, что это переходит все допустимые границы простых совпадений. И мне не верится, что кто-то из команды Тимофея может его сдавать. Он, по-моему, в людях разбирается хорошо и беспощаден, как анаконда. Вряд ли кто-то осмелится...

Марья Дмитриевна искоса взглянула на дочь. Катерина волновалась, чесала ладонь. Когда она нервничала, у нее начинался застарелый детский нейродермит. Вот уже три дня она чесала ладонь непрерывно.

— А Олег что?

— И Олег нервничает, конечно. Но, понимаешь, у нас же нет постоянного контакта с Котом Тимофеем, так, чтобы мы могли что-то ему намекнуть. Мы в основном с Абдрашидзе работаем, а у него с Олегом «особые отношения», — Катерина закатила глаза. — По-моему, он нас нанял, чтобы Духову свалить, и с Приходченко они о-очень давние друзья, только скрывали, чтобы раньше времени панику в Юлиных рядах не посеять... Абдрашидзе считает, что это промахи Приходченко, а Приходченко считает, что мои.

— Может, так и есть? — осторожно спросила Марья Дмитриевна.

— Может, и есть, — раздраженно ответила Катерина, — и тогда меня надо уволить с работы. Кстати, я в понедельник опять улетаю в Калининград.

— Ты же только оттуда!

— Мам, я хочу сообщить тебе новость. До сентября текущего года я буду жить в основном там. Сейчас полечу дней на десять, пока Кот Тимофей в Давосе, придумаю ему какие-нибудь интервью...

— Да, — подвела итог Марья Дмитриевна, поднимаясь с нагретого весенним солнцем крылечка, — работа у тебя — не позавидуешь... Лучше бы наукой занималась.

— Для науки я слишком умна и своеобразна! — провозгласила Катерина. — И работа у меня хорошая. Это вам, маман, самое место в университете, а мы попроще, на нас с Дашкой природа отдыхает.

— Кончай курить, природа, — усмехнулась Марья Дмитриевна. — Уже пора бросать.

— Скоро брошу, — пообещала Катерина. — Вот победит Тимофей — и брошу.

Тимофей вернулся из весеннего тепла Швейцарии в закованную зимой и морозом Москву в середине марта. Он был не слишком доволен поездкой — время потерял, а дел никаких не сделал. Кроме того, оставленные в Москве «на хозяйстве» замы передрались между собой, что случалось с ними крайне редко. Каждый из них был себе не враг и зря Тимофея Ильича заботами не обременял.

Кроме того, газеты раскопали какую-то старую историю о связи одного из его замов с сидящим ныне в Матросской Тишине банкиром Вольдисом. Это уж было совсем лишнее, особенно когда предвыборные дела Тимофея пошли не слишком хорошо. Что-то где-то буксовало и требовало его постоянного присутствия, а он вынужден был лететь в Давос и проводить там драгоценное время, так и не дождавшись нужной аудиенции.

Жена в последнюю неделю досаждала ему звонками и просилась приехать «поговорить». Может, и зря он отказался — работы особой нет, вполне можно пообщаться. Культурно, по-семейному, как называл это Тимофей Кольцов. А теперь она пристанет с общением, когда будет точно не до нее...

Очень сердитый, потому что без него в этот раз все действительно пошло не так, как нужно, он приехал домой в двенадцатом часу ночи.

Еще договаривая по мобильному, он зашел в квартиру и махнул рукой охране, отпуская ее. На ночь с ним оставалось наружное наблюдение и несколько камер в подъезде и около него.

В коридоре он споткнулся о какие-то чемоданы и, выругавшись, заорал:

— Дина!

Не дожидаясь ответа, он прошел в свою спальню. На ходу он стащил пиджак и через голову стянул не развязанный галстук. Ему очень хотелось в горячую ванну и спать. Он знал, что заснет без всяких сновидений — устал так, что у него чуть-чуть дрожали руки.

Он уже нацепил свои любимые джинсы, когда Диана с порога негромко позвала:

— Тимофей.

— Привет, — ответил он, не оборачиваясь и застегивая неудобные «болты» на штанах. — Там какие-то чемоданы валяются.

— Это мои, — все так же тихо сказала Диана.

— Ты уезжаешь? — Он швырнул в плетеную корзину сегодняшнюю рубашку и распахнул дверь гардероба.

— Я ухожу от тебя, Тимофей. Это мои вещи.

Он повесил в шкаф костюм. Он всегда вешал его на место. Достал с полки толстый белый свитер. Надел и повернулся к жене.

— Когда ты это решила?

— Давно, — криво усмехнувшись, ответила она. — Я все хотела с тобой поговорить. Но ведь это невозможно. Поэтому я просто ставлю тебя в известность. Я ухожу.

Тимофей сел на безупречно застеленную горничной кровать и потер лицо. Он плохо соображал от усталости.

— Я должен тебя останавливать? — осведомился он с холодной отчужденностью. Этот тон всегда хорошо срабатывал, когда он не знал, как себя вести. А он совсем не знал, как должен вести себя муж, которого бросают. И ничего не испытывал, кроме утомления.

Трусливая мысль о том, что, если он будет ее останавливать, она ударится в слезы и начнет выяснять отношения, промелькнула где-то в сознании, и, вдруг осознав это, он испытал давно забытое и поэтому еще более острое чувство стыда.

Диана вошла в спальню и села на кровать рядом с Тимофеем. Они долго молчали, а потом она спросила:

— Издательство продашь?

Журнал, который она издавала, был ей нужен и важен, Тимофей это знал. Когда-то, пока он еще не был так занят, они даже по вечерам обсуждали друг с другом свои проблемы. Он — бизнеса, она — издательства.

Конечно, это Тимофей нашел ей дело, когда она изнывала от тоски и одиночества, перестав выступать. Диана оказалась неплохим издателем. По крайней мере, журнал уже несколько лет выходил и пользовался популярностью.

— Что будешь делать, если продам? — спросил Тимофей. Ему вовсе не хотелось запугивать ее, но почему-то показалось важным узнать, на что она готова.

— Буду искать другую работу, — ответила она, не глядя на него. — Может, где и возьмут.

— Может, и возьмут, — согласился Тимофей.

В их сидении на кровати были обреченность, и безысходность, и невозможность ничего изменить, хотя больше всего на свете Тимофею хотелось, чтобы эти слова они еще не произнесли. Тогда можно было бы повернуть назад. Вернуться во вчерашний спокойный день.

Он очень ценил собственное спокойствие. Он не мог тратить нервы на всякие мелочи вроде жены. Морщась, как от зубной боли, он сказал:

— Твое издательство мне ни за каким чертом не нужно. Хочешь, давай я тебе его подарю. Или продам за символические деньги. Жить где будешь?

— Я купила квартиру, — очевидно, жена решила быть предельно честной в этом прощальном разговоре. Или хотела чему-то его научить? Заставить сожалеть и каяться? — Я купила квартиру на Делегатской еще месяц назад. Там все готово, можно жить. Ты не думай, я не буду делить с тобой счета в банках и недвижимость в Англии.

— Почему, ты можешь попробовать, — он даже усмехнулся. — За последствия я не отвечаю, а попробовать можешь.

— Брось, Тимофей, — устало сказала Диана. — Мы все друг про друга знаем. Давай разойдемся по-хорошему. И спасибо тебе за издательство. Впрочем, тебе оно действительно не нужно.

Она поднялась и вышла из комнаты. Тимофей слышал ее тихие шаги сначала в коридоре, а потом в холле. Ему очень хотелось лечь, и было почему-то противно, как будто он сделал что-то стыдное. Или вправду сделал?

Он пошел за женой в освещенную глубину квартиры. Она уже обулась и застегивала перед зеркалом норковую шубу, в которой выглядела юной и прекрасной, как греческая богиня.

— Ты ничего не хочешь мне объяснить? — спросил Тимофей.

— Нет, — ответила Диана, рассматривая себя в зеркале. — Ты и сам все знаешь. Жить с тобой рядом нельзя. Ты не просто женат на работе. Это еще полбеды, учитывая, какие деньги ты делаешь. Но ты самый бессердечный, железобетонный, непробиваемый, равнодушный ублюдок из всех, каких я знала. А знала я многих, поверь мне. Я не желаю похоронить себя в куче твоих денег. Мне вполне хватит доходов моего издательства. Квартира у меня есть. А замки в Швейцарии интересуют меня гораздо меньше, чем ты думал.

— Особенно учитывая, что один из них записан на твое имя, — подсказал Тимофей. Он засунул в карманы ледяные руки. «Заболеваю, что ли?» — вяло подумал он.

— Особенно учитывая это, — легко согласилась Диана. — Спасибо, что напомнил, я забыла. Но десяток их мне не нужен. Я не хочу в старости утешать себя тем, что жила в одном доме с самым богатым человеком в России. И даже когда-то спала с ним в одной спальне. Мне на это глубоко... — И тут Диана произнесла замысловатое и длинное ругательство.

Она виртуозно ругалась матом, будучи «мисс Мода», и потом долго отвыкала, превращаясь в светскую леди. Очевидно, не такой равнодушной она была, какой хотела казаться.

— Я желаю тебе успехов, — помолчав после длинной тирады, продолжила она. — Я желаю тебе победить на всех существующих в природе выборах. Я желаю тебе купить еще десяток-другой заводов и фабрик. Х... знает, может, ты и впрямь восстановишь былое промышленное могущество отечества. Но без меня, Тимофей. Твоя пресс-служба придумает, чем объяснить наш разрыв. Привет Юлечке. Ты все еще с ней спишь? Впрочем, это только сначала я обижалась, а потом перестала. Не бери в голову, я просто так сказала, чтобы тебя позлить.

Диана подхватила самый маленький чемодан и пошла к двери.

— Прости меня, Тимофей, — сказала она. — Я всего лишь женщина. Я не могу жить с тобой.

— У тебя есть кто-то? — поинтересовался он неизвестно зачем. Ему это было совершенно все равно.

— Есть, — ответила она, и лицо ее озарилось улыбкой. — Есть.

— И он лучше меня? — уточнил Тимофей.

— Он человек, — печально ответила Диана. — А ты нет. Вот в чем дело. Консьерж спустит вниз остальные чемоданы. Пока, Тимофей. В сентябре я поеду в Калининград и за тебя проголосую.

— Спасибо, — ответил он сухо. — Пока.

Он пошел на кухню и достал из пустого холодильника бутылку джина. И налил себе полстакана. Потом долил до целого и выпил залпом, не чувствуя никакого вкуса. Налил второй.

Он вдруг подумал, что ему некому даже пожаловаться, что от него ушла жена, и он теперь один. Впрочем, он всегда был один, с женой или без. Он был один с того самого момента, когда лег под реликтовое дерево в зоопарке и думал, что в его жизни больше ничего не будет.

Он выпил второй стакан и, дотянувшись до телефона, неизвестно зачем набрал номер старого друга Сереги в Калининграде.

Трубку долго никто не брал, а когда взяли, Тимофей услышал развеселый пьяный Серегин голос, отдаленный шум веселья и женский визг.

— Это я, — сказал Тимофей, жалея, что поддался порыву и позвонил. — Как у вас дела?

— Ты, Тимофей? — изумился Серега и, кажется, даже протрезвел малость. — Ты чего? Случилось что?

— Все в порядке. Как у вас?

— Да отлично все, гуляем. Наиля проводили и с тех пор гуляем. Памятник ему соорудили из черного мрамора, ему бы понравился. А ты чего звонишь, а?

— От меня ушла жена, — сообщил Тимофей скучным голосом и налил себе третий стакан.

Серега хохотнул и незамысловато сформулировал, куда следует отправляться Тимофеевой жене.

— Мы тебе новую найдем, — кричал он в трубку. Известие о том, что Тимофей звонит всего лишь из-за каких-то бабьих выкрутасов, принесло ему заметное облегчение. Он боялся, что Тимофей разгневан, и прогневал его именно он, Серега. — Приезжай, у нас знаешь какие крали? В тыщу раз лучше твоей селедки! Мы тебе такую девочку подыщем, закачаешься!

У Тимофея шумело в голове от выпитого на

голодный желудок спиртного и Серегиных воплей.

Зря он позвонил. Не нужно было звонить. С чего это ему пришло в голову? Слюнтяйство ему вроде не свойственно...

Он положил трубку, не дослушав жеребиного Серегиного ржания, и допил оставшийся в бутылке джин. Покачиваясь, дошел до спальни и сел на то место, где полчаса назад сидела Диана. Бывшая жена.

Тимофей снял очки и прикрыл воспаленные глаза. Он не спал... Сколько? Сутки? Или больше? Прошлую ночь после банкета он работал. Неужели это было только вчера? Потом летел. Прилетел и сидит теперь на кровати в собственной спальне, пьяный и жалкий, как самый последний нищий на Казанском вокзале.

Когда он напился в последний раз? Десять лет назад? Двадцать? Он не помнил, но почему-то ему казалось очень важным это вспомнить. А свадьба? Он не мог вспомнить собственную свадьбу, ни одну, ни вторую. Куда он летал в свадебное путешествие, и летал ли? Где он познакомился с Дианой? Кажется, в каком-то модном клубе, где высматривал очередного партнера...

Все так хорошо шло, и зачем ей понадобилось выводить его из равновесия?

Они редко виделись друг с другом и поэтому прекрасно ладили между собой. А главное, у нее было столько денег, сколько человек с нормальным воображением и представить себе не мог. Тимофей ведь с самого начала знал, что покупает себе жену и что это не дешевая жена, а одна из самых дорогих. И он, не скупясь, платил ей столько, сколько она пожелает, и вот теперь она... Ушла? От всех его денег?

Тимофей застонал и взялся руками за голову, в которой гудел набат. Что-то неладное с ним происходило. Какая-то мерзость поднималась изнутри, и его затошнило от этой мерзости, от самого себя.

Он открыл глаза и увидел своего дьявола, пристроившегося рядом.

— Пошел прочь, — сказал Тимофей. — Я тебя не боюсь. Я сам себе хозяин, и ты ничего со мной не сделаешь!

Дьявол усмехнулся гадкой усмешкой и придвинулся ближе. Тимофей чувствовал исходящий от него запах.

— Ты мой, — заявил дьявол. — Ты всегда был моим и останешься моим. Ты ничего не можешь, жалкий слабый мальчишка. Что ты о себе возомнил? Кому ты нужен? Твоих жалких денег не хватит, чтобы откупиться от меня. Ты останешься со мной до тех пор, пока все не осточертеет тебе окончательно, и тогда мы вместе отправимся туда, откуда я родом. Ты не избавишься от меня.

— Я тебя уничтожу, — пообещал Тимофей, слабый от гудящего в голове набата и от того, что дьявол наваливался на него, мешая дышать.

— Ты уничтожишь меня только вместе с собой, — скалясь, пообещал дьявол и накрыл Тимофея с головой, — на, смотри! Вспоминай, кто ты на самом деле! Тебе не уйти от этого, тебе не уйти от себя. Ты никому не нужен и не будешь нужен никогда. И сейчас я намного ближе к тебе, чем был двадцать лет назад.

— Я не верю, — пробормотал Тимофей, цепляясь горячими потными руками за остатки реальности. — Я не верю тебе.

Но дьявола его сопротивление только развеселило.

— Смотри, — приказал он, скалясь. — Смотри!

Тимофей не мог сопротивляться. У него не было сил. Почему-то они все кончились.

Подчиняясь, он открыл глаза и увидел то, что ему показывал дьявол.

Катерина рисовала лошадь. Приходченко мрачно курил, то и дело взглядывая на часы. Слава Панин щелкал автоматической ручкой, чем до невозможности раздражал окружающих, но никто не делал ему замечаний. Саша Скворцов сидел, неподвижно уставившись в одну точку.

— Что мы имеем? — подытожил Абдрашидзе бурную склоку, только что завершившуюся в его кабинете. — Мы имеем полный провал по всем направлениям, даже по тем, которые провалить было в принципе невозможно.

— Это не провал, — вступила Катерина, чувствуя, что основной гнев Абдрашидзе направлен именно на нее. — Я уже говорила, Игорь Вахтангович, что это не провал, а какое-то роковое стечение обстоятельств.

— Я не верю в роковые стечения обстоятельств, — холодно парировал Абдрашидзе. —

Я верю в профессионализм и в успех, при наличии такового. Мы растеряли все преимущество. Нас все время опережают на последнем шаге.

— Но мы же...

Абдрашидзе перебил собравшуюся возражать Катерину:

— Я слышал вашу точку зрения. Вы считаете, что дело в шпионаже. Не могу сказать, что я вам верю, но мы обязательно проверим все каналы, по которым может утекать информация. В том числе и вашу службу.

— Да ради бога, — пробормотала уязвленная Катерина. — Мы своих не продаем. Мы стоим на конфиденциальности и умении соблюсти интересы клиентов...

— Ладно, Кать, — морщась, вступил Приходченко. — Мы все хорошо осведомлены о твоем патриотизме. Лишний раз нам его доказывать не надо. Давай ты уже изложишь Игорю свое предложение, а он передаст его боссу.

— Мы написали, чтобы лишний раз воздух не сотрясать и время зря не тратить, — подал голос Слава Панин. — Вот папка.

Приходченко переглянулся с Абдрашидзе и поднялся с кресла. Сегодня любимые сотрудники раздражали его так, что ему приходилось стискивать зубы, чтобы не начать метать в них предметы.

— Что за номера? — спросил он, тяжело глядя на Катерину. — У тебя что, от мании величия крыша съехала совсем? Мы теперь будем общаться письменно, как в кино про шпионов? Или я чего-то не понимаю? Ты подозреваешь в государственной измене кого-то из нас?

— Олег, я никого не подозреваю, — побледнев, ответила Катерина и тоже поднялась, комкая в руках рисунок с лошадью. — Я хочу принять минимальные меры предосторожности. Я хочу максимально ограничить доступ к информации. Я хочу, чтобы каждый знал только тот кусок, который необходимо знать, чтобы работать, и все. Не больше и не меньше. Пойми ты, что так дальше продолжаться не может!

Приходченко тяжело задышал, и Абдрашидзе окликнул его предостерегающе:

— Олег!

— Кать, ты и вправду сдурела, — заявил Скворцов. — Ты себе-то доверяешь?

— Я не могу больше так работать, — вдруг заорала Катерина и хлопнула ладонью по столу. Слава Панин быстро налил ей воды из графина. — Я не могу думать, зная, что все становится непостижимым образом известно той стороне! Это просто мистика какая-то. И не нужно делать вид, что все здесь присутствующие кротки и наивны, как агнцы божьи. Подозревать противно, я понимаю. Поэтому все оставляют это приятное занятие мне. Никто не высказывается, все помалкивают, и каждый думает про другого. Давайте правда общаться в письменном виде. Каждый пишет записки и получает на них ответы, как в кино про шпионов. Другие предложения есть?

Прокричавшись, она села на место и попила воды из стакана.

Все молчали, стараясь не смотреть друг на друга.

— Мне знакомый парень из «Вестей» сказал, что Гриня готовит широкомасштабное наступление, — сказал Терентьев и снял свои двухсотдолларовые очки. — Надо адекватные меры принимать, как говорит наш друг премьер-министр.

— Мы знаем, — огрызнулся Приходченко. — Только мы теперь не можем рассказать друг другу, что это будут за меры. Солнцева не разрешает.

— Я все всем разрешаю, Олег, — заявила Катерина. Она вдруг очень устала. — Хотите, продолжайте развлекать «тот берег» рассказами о том, что мы будем делать в ближайшем будущем. А я пойду поработаю.

Она поднялась, одним движением засунула в портфель все свои бумаги и пошла к выходу из кабинета.

— Вернись, Катерина, — велел Приходченко.

— И не подумаю даже. — Она взялась за ручку двери и остановилась, оглядев все высокое собрание. — Не надо утешать себя тем, что у меня «бабские штучки». Как говорит наш любимый шеф Михайло Иванович, лучше переспать, чем недоесть. В том смысле, что пусть у меня будет трижды паранойя, дарить Грине Островому свои собственные идеи я не собираюсь. Лучше я перестрахуюсь, чем недосмотрю. Так что читайте и присылайте отзывы в письменном виде!

Дверь за ней резко закрылась. Оставшиеся мужчины переглянулись.

— Мне не хотелось бы, чтобы девушка оказалась права, — сказал наконец Игорь Абдрашидзе с сильным грузинским акцентом. — Совсем не хотелось бы...

— Вы что, спятили? Разве можно работать так топорно?

— У вас что-то стряслось, правильно я понимаю?

— Да ничего у меня не стряслось, кроме того, что девушка подозревает всех. Что, в самом деле, за глупость? С чего вам пришло в голову, что, если вы обладаете информацией, ее можно использовать так примитивно?

— Вы не понимаете. Мы делаем это именно для того, чтобы они перестали доверять друг другу. Утечка слишком очевидна. Теперь остается просто поссорить их между собой. И с шефом. Пока они будут разбираться, поезд уже уйдет.

— Или служба безопасности вычислит утечку.

— Если и вычислит, то только девушку. Не бойтесь.

— Мне жить охота. Я голову подставляю, не вы.

— Так ведь не даром подставляете, верно?

— Короче, я настаиваю, чтобы информация использовалась не так топорно и открыто. Иначе вся затея потеряет смысл задолго до конца.

— Ладно-ладно. Не трусьте. Пожелания учтем...

Адекватные меры, которые предлагали принять Солнцева и Панин, были просты до чрезвычайности.

Они предлагали собрать воедино всю грязь, которая напечатана в последнее время о Тимофее Кольцове, и напечатать ее заново.

Поначалу Абдрашидзе решил, что лучшая творческая единица Приходченко и впрямь спятила, пока не прочитал макет, который прилагался к проекту.

Прочитав, он стал хохотать и с грузинской непосредственностью хлопать себя по бокам.

Расположенные в предложенном порядке, разоблачительные цитаты полностью противоречили друг другу и читались как анекдот. К каждой цитате прилагалась ссылка на издание и дата выхода.

— Ай да девка! — хохоча, сказал сам себе Абдрашидзе и махнул рукой секретарше, заглянувшей проверить, все ли в порядке с шефом. — Огонь-девка!

Больше того, «огонь-девка» предлагала напечатать еще и хвалебные цитаты о Головине, которые тоже прилагались.

Неизвестно, сколько прессы было перелопачено, прежде чем нашлись эти убогие, корявые, в худших традициях семидесятых хвалебные песнопения.

Были тут и «мудрость руководителя», и «человеческое тепло», и «всенародная любовь», и «забота о людях». Далее шли статистические данные о безработице, невыплате зарплат и пособий, об окладах депутатов местной думы, о количестве купленных и записанных на детей квартир. Все как полагается.

Не зря Приходченко трясется над этой девкой, решил Абдрашидзе, закрывая папку. Способная девка. Огонь, одним словом, хотя на вид бледная и вялая. Беззубая.

Даже идиот, прочитав такую публикацию, поймет, как грязно оболгали Тимофея Кольцова, благороднейшего из героев, который готов на все ради людей, которых он знает и любит. Он дает им работу и зарплату, а не вывозит награбленное народное добро за границу. Он готов насмерть стоять, защищая простых людей от произвола чиновников и бюрократов. Такой спуску никому не даст, а это народ любит. Подчиняться всегда приятнее и проще, чем тащить на себе ответственность...

Абдрашидзе набрал номер и сказал в трубку, довольно посмеиваясь:

— Эта баба — просто блеск. Беру все свои слова обратно.

В Немчиновке жарили шашлыки. Их жарили почти каждый выходной — под настроение и просто так.

Сегодняшние шашлыки означали открытие летнего сезона, хотя до лета было еще очень далеко и снег только-только сошел, оставив после себя стоячие студеные лужи и голую неприбранную землю, которую неуверенно пробивала вылезающая стрелами нежно-зеленая трава.

Собаки, взбесившиеся от весны и упоительного мясного духа, задавали круги вокруг дома, разбрызгивая грязь и сметая все на своем пути. Сначала они уронили в лужу маленькую Саньку, потом столкнули с дорожки бабушку и снесли корявую палку, подпиравшую старую яблоню. После этого Дмитрий Степанович Кузьму привязал, а

Вольфганга загнал в дом, откуда тот моментально завыл, образовав хор Пятницкого с оскорбленным до глубины души Кузьмой.

— Мам, — закричала с крыльца Даша, — куда ты полотенца переложила? У меня Санька описалась, я ее мою!

— О господи, — пробормотала Марья Дмитриевна. — Подожди, я иду! —крикнула она дочери и зашлепала по лужам к крыльцу.

— Как хорошо, что весна, — сказал зять Митя, нанизывая на шампур мясо. — До чего зиму ненавижу, вы не поверите, Дмитрий Степанович...

— Поверю, Митя, почему же... У нас вон Катька такая же, теплолюбивое растение.

— Вы про меня? — крикнула из гамака Катерина. — Опять сплетничаете?

— Больше нам делать нечего, — отозвался отец, — только сплетничать и только о тебе.

— А что? — не отставала Катерина. — Обо мне уж и посплетничать нельзя?

Ей так хорошо лежалось под соснами в гамаке, который сегодня только первый день вытащили из сарая, где он зимовал. Было в этом бездумном лежании предчувствие лета, и ставшая большой редкостью в последнее время беззаботность, и удовольствие, что все дома — наконец-то вернулись из дальних странствий, — и сама Катерина никуда в данный момент не спешит, и можно полдня не думать о работе и просто раскачиваться в гамаке под аккомпанемент воплей большого семейства и треск горящих в костре сучьев. Такой знакомый и такой забытый за зиму звук...

Вышла Марья Дмитриевна, держа в одной

руке Саньку, а в другой вытертый древний овчинный тулуп, на котором очень любил спать кот Василий. Тулупом она прикрыла Катерину, а Саньку повела за дом, где на клумбе с южной стороны вылезли первые крокусы.

Катерина, моментально пригревшись под пахнувшим зверем тулупом, прикрыла глаза, мечтая провести так всю оставшуюся жизнь.

— Ленишься? — спросила рядом сестра.

— Ленюсь, — согласилась Катерина, не открывая глаз. — А ты?

— Я только Саньку сдала маме на попечение. Хорошо тебе, у тебя детей нет, ленись сколько хочешь.

Так и не открыв глаз, Катерина подняла брови, и они засмеялись.

— Расскажи что-нибудь про свою сумасшедшую работу, — попросила Даша. — Тебя как послушаешь, так думаешь, боже, как хорошо мы живем, к политике никакого отношения не имеем.

— Это точно, — со вздохом согласилась Катерина, — к ней лучше отношения не иметь, хотя, конечно, это интересная штука — политика. Ну ее к дьяволу, Даш. Давай лучше так посидим.

— Давай посидим, — покладисто согласилась сестра.

Они слушали весну — негромкие голоса мужчин у костра, стук топора на соседнем участке, торопливый звук непрерывно капавшей с крыши воды, Санькин заливистый смех за домом и тяжкие вздохи глубоко оскорбленных собак.

Сизый прозрачный день был странно тихим,

как будто ждал чего-то и обещал — завтра придет настоящее тепло, и все вокруг взорвется сумасшедшими птичьими голосами, звуками весенних работ на оттаявших участках, торопливым гомоном и шумом. А пока — рано. Пока только предчувствие весны, волшебных, необратимых, могущественных перемен...

— Я думала, что не доживу до весны. Скончаюсь во цвете лет, так и не доведя до логического конца дела по возведению на престол Тимофея Кольцова, — задумчиво сказала Катерина, глядя в синее отмытое небо.

— Ничего, поживешь еще, — отозвалась сестра. — Как там дела у Олега? Все плохо?

— Гораздо хуже, чем просто плохо, — морщась, ответила Катерина. — Увозить надо Кирюху. А кто с ним поедет? Баба Нина невыездная, ты знаешь. Олег не может, ему нужно деньги зарабатывать. А парень, по-моему, тоже скоро спятит...

— О господи, за что такая напасть мужику...

— Вот именно...

— Кать, а говорят, этот ваш Кольцов жену бросил, правда?

— Все разное говорят — кто утверждает, что он бросил, кто — что она бросила. В любом случае у нас не Америка. У нас кандидаты за аморалку не слетают, только если их в самый решительный момент на пленку снимают, а потом по телевизору показывают. Но Коту Тимофею это, по-моему, не угрожает. Он по девочкам не ходит.

— А по кому ходит? По мальчикам?

— Да ну тебя, Дашка, — вдруг оскорбилась за Тимофея Катерина. — Он все больше по заводам ходит. И по верфям своим. А мальчики и девочки могут расслабиться и отдыхать.

— Много ты знаешь! — поддразнила ее Даша. — Или он тебе распорядок дня докладывает?

— Ничего он мне не докладывает, — сердито ответила Катерина. — Но работает он как ненормальный, это я точно знаю. От одного темпа его перемещений можно заболеть. Он за неделю бывает на Урале, в Калининграде и в Штатах.

Даша засмеялась:

— Ты его защищаешь, как на митинге. Успокойся, Кэт, я ни в чем не хочу его обвинять!

— Вот то-то же, — пробормотала Катерина, не понимая, из-за чего она так взбеленилась. Почему-то ей стало неловко. — Пап, скоро у вас? Может, уже тарелки подавать?

По семейной традиции в любое время года шашлык ели на улице, сидя за огромным, как аэродром, дубовым столом под яблонями, и все, что шло как дополнение к шашлыку, — горячую картошку, зелень и вино — подавали именно туда.

— Нэ торопись, жэнщина, — с акцентом настоящего шашлычника отозвался от мангала отец, и Митя засмеялся. — А вам известно, как готовить настоящий шашлык, Митя?

— Сейчас он ему расскажет, — сказала Даша, улыбаясь.

Они знали эту притчу наизусть. Отец излагал ее каждый раз, когда жарил шашлык, но все делали вид, что слышат ее впервые — такая была традиция. Только бабушка безапелляционно заявила, когда Дмитрий Степанович дошел до самого патетического места — «дай женщине, и она все испортит»:

— Если мне не изменяет память, Дима, вы рассказываете одно и то же уже тридцать лет.

Но отца трудно было сбить с толку.

— Зато от души! — заявил он громогласно. — Мясо на углях, будет готово через десять минут!

Это означало, что нужно быстро собрать все на стол, потому что отец терпеть не мог, когда его драгоценный шашлык остывал, а семья вместо того, чтобы оценить его усилия, металась по кухне.

— Пошли соберем все? — предложила Даша, поднимаясь.

— Пошли, — согласилась Катерина.

С огромным блюдом, полным зелени, в руках, она осторожно спускалась с крыльца, когда вдруг громоподобным, как из бочки, лаем зашелся Кузьма и с террасы ему ответил визгливый от негодования вопль запертого там Вольфганга.

— Приехал кто-то, Дмитрий Степанович! — крикнул Митя, переворачивая и меняя местами шампуры. — Я не вижу кто и отойти не могу!

Санька побежала по дорожке к калитке, за ней Марья Дмитриевна, придерживая ее за капюшон, чтобы не свалилась в воду. Откуда-то издалека отец пробасил:

— Добрый день, вы к нам?

Катерина, водрузив наконец на стол блюдо, пригнулась, чтобы разглядеть что-нибудь между деревьями, и увидела у калитки целую группу совсем незнакомых людей, довольно многочисленную.

— Кто это, Кэт? — спросила с крыльца Даша.

— Понятия не имею, — ответила Катерина, приближаясь к ней и вглядываясь.

Какой-то огромный мужик в распахнутой куртке шел по дорожке прямо к дому, и, не веря себе, Катерина вдруг узнала в нем Тимофея Кольцова.

— Кто это? — в изумлении повторила Даша, когда Тимофей остановился, не дойдя до сестер нескольких шагов, и сказал низким, тяжелым и странным голосом:

— Меня зовут Тимофей Кольцов. С Катериной Дмитриевной мы знакомы.

— Проходите, пожалуйста, — растерянно говорила у ворот мать, — Саша, не лезь в лужу! И машины можно загнать на участок...

— Спасибо, — так же растерянно отвечал невидимый за деревьями охранник Леша. — Как Тимофей Ильич распорядится...

— А что тут распоряжаться, — послышался голос отца, — заезжайте, да и все. Сейчас я ворота открою. Маша, возьми Саньку, она уже на дороге...

— Кто там? — подходя, спросила бабушка. — Это к кому?

— Это ко мне, бабушка, — задушенным голосом сказала Катерина. — Что-то случилось, Тимофей Ильич?

Кольцов подошел поближе, глядя в растерянные лица двух девушек, стоящих рядом на высоком крылечке старого дома. Он чувствовал себя полным идиотом. Куда его понесло?!

— Наверное, это была плохая идея, Катерина

Дмитриевна, — произнес он медленно. — Да, плохая. Я, пожалуй, поеду.

Девушки на крылечке переглянулись, словно общаясь на каком-то совсем недоступном ему языке, и он почувствовал себя еще хуже.

Кивнув, он стал отступать назад, когда Катерина вдруг сбежала со ступенек ему навстречу:

— Это замечательная идея, Тимофей Ильич. Мы как раз шашлык жарим. Я вас сейчас со всеми познакомлю.

Он моментально расслабился, что было видно невооруженным глазом.

— Я только предупрежу ребят, — сказал он и зашагал к машине.

— Что это значит? — негромко спросила так и оставшаяся стоять на крыльце Даша. Ее муж, забыв о шашлыках, неотрывно, как маленький, смотрел на Кольцова.

— Я думаю, что это значит все, что ты подумала, и даже немножко больше, — дрожащим голосом отозвалась Катерина. Повернувшись, она пристально взглянула сестре в глаза. — Пойду спасать его от семьи. О господи, там же бабушка...

Тимофей возвращался в Москву поздним вечером, все еще недоумевая, зачем он поехал на дачу к Катерине Солнцевой.

Конечно, он нашел формальный повод.

Ему понадобилось сообщить ей, что он улетает в Калининград не в понедельник, как предполагалось, а в воскресенье. Ее телефона у него не было, помощника искать он не желал — с каких это пор? — Абдрашидзе уехал на телевидение, и мобильный у него не отвечал. Так что все объективные причины были налицо.

Но Тимофей никогда не лгал самому себе.

Он поехал потому, что его тянуло увидеться с ней. Не в офисе, не на встрече с избирателями, не мельком в коридоре «Останкино», куда он приезжал записываться, а она его там встречала.

Он не мог себе объяснить, почему ему этого хочется. Да особенно и не пытался.

Он встретится с ней, может, поговорит — о чем?! — отвезет в ресторан или сразу в свою пустую квартиру.

После ухода Дианы распустившийся дьявол стал наведываться к нему каждую ночь, как когда-то давно. Тимофей презирал себя за слабость, понимая, что его кошмары никак не связаны с отсутствием жены — когда они жили вместе, он виделся с ней очень редко, не каждый день.

Но пережитое в ночь ее ухода не давало ему покоя. Его собственное сознание играло с ним злые шутки.

Он не желал думать о том, что тогда сказал ему дьявол, и все-таки думал. Склонный к самому жесткому препарированию самого себя, Тимофей понимал, что как никогда близко подошел к грани, отделявшей его от безумия.

Дьявол вылез из преисподней окончательно и все время караулил его поблизости. Уже не спасала работа — дьявол не боялся ее. И утомление не действовало — дьяволу наплевать было на утомление. Он ждал своего часа. Когда Тимофей сдастся ему окончательно.

И тогда Кольцову стало казаться, что Катерина ему поможет.

Чем-то она напоминала ему Машу из зоопарка. Ту самую Машу, из-за которой маленький Тимофей выжил тридцать лет назад.

Частью сознания он понимал, что это просто навязчивая идея психически неуравновешенного человека. Катерина не имела совсем никакого отношения к его кошмарам и не могла его от них избавить.

Но зато другая часть умоляла его попробовать — вдруг поможет? Вдруг он изгонит дьявола из своей жизни?

Что-то было в ней такое, что убеждало его в этом. Какая-то брызжущая через край доброжелательность и доверчивость ребенка, выросшего в полной безопасности, уверенного в себе и в окружающем мире.

Он хотел воспользоваться этим. Посмотреть, как выглядит вблизи чувство безопасности и защищенности. Он хотел оценить его и построить себе такое же. Если понадобится, то отобрать у нее — ему оно нужнее.

Как-то в одну минуту, после ухода Дианы, он понял, что деньги так и не дали ему вожделенного покоя. Ни черта он не научился управлять своим сознанием, хотя окружающими управлял виртуозно.

Он хотел попробовать использовать Катерину. Вдруг она объяснит ему, что нужно делать, чтобы успокоить свой разбушевавшийся мозг.

Он поперся к ней, прямо-таки кожей чувствуя изумление охраны. Это тоже была большая новость — как правило, окружающих его людей и их жалких эмоций он не замечал вовсе.

Он совсем не ожидал встретить там столько народу. Впрочем, он сам не знал, чего ожидал.

Он не узнал ее, стоящую на крыльце с прижатыми к груди руками — в толстой куртке, джинсах и свитере. Рядом была еще одна, точно такая же девушка, может, чуть помладше. Смотрела она с изумлением.

Охрана у ворот изнывала от неловкости и неопределенности ситуации — они не могли понять, зачем босс притащился сюда, на этот участок, где еще не везде сошел снег и валялись забытые с осени грязные пластмассовые игрушки, где на громадном дощатом столе под корявыми старыми яблонями, покрытом яркой скатертью с подсолнухами, сияли белоснежные салфетки и фарфоровые тарелки с пастушками, а на пенечке в отдалении ждал своего часа самовар, отсвечивая медным начищенным боком, где на мангале жарились шашлыки, а люди были как с другой планеты.

С первого раза он не смог запомнить, кого из них как зовут. Может, потому, что пристально следил за Катериной и одновременно — за собой, как бы примеряя на себя совершенно новую ситуацию. Понял только, что пара постарше — это ее родители, помладше — сестра и ее муж, а ковыряющаяся в луже обезьянка — их дочь. Еще была бабушка с манерами вдовствующей императрицы. Каковы императрицы на самом деле,

Тимофей не знал, но представлялись они ему именно такими.

После первых минут чудовищного смятения его усадили за стол, и все порывались усадить и водителей с охраной. Тимофей категорически возражал, и это был первый случай за несколько последних десятилетий, когда его никто не слушал. Он изумился до того, что на некоторое время потерял дар речи и только следил за тем, как Катеринин отец пытается зазвать ребят за стол, а они не идут, и кончилось все тем, что им отнесли по шампуру прямо к машинам.

Он забыл, как зовут Катеринину сестру, и решил потихоньку спросить кого-нибудь об этом, но тут к нему привязалась бабушка-императрица с вопросом о внешней задолженности России. Попутно она поделилась с Тимофеем сведениями об этом вопросе, почерпнутыми у какой-то чрезвычайно осведомленной Веры Владимировны.

Тимофей смотрел на нее во все глаза, но заговорить не решался. Потом он все-таки робко спросил, как зовут вторую сестру.

— Даша, конечно! — воскликнула императрица с непонятным ему энтузиазмом. — Как ее еще могут звать? Если старшая Катерина Дмитриевна, то младшая может быть только Дарьей Дмитриевной!

Из чего следовало, что младшая может быть только Дарьей Дмитриевной, Тимофей не понял. Начиная раздражаться, он смотрел на бабушку, ожидая пояснений, и тут ему на помощь пришла Катеринина мать.

Наклоняясь, чтобы поставить перед ним тарелку с картошкой, она сказала весело:

— Это Алексей Толстой, помните? «Хождение по мукам». Две девочки, Катя и Даша. Катерина Дмитриевна и Дарья Дмитриевна.

Не помнил он никаких «хождений» Алексея Толстого! Был какой-то Толстой, он написал про то, как тетка под поезд угодила, или что-то в этом роде. А на него смотрели так, как будто он обязан это знать, а он не знал.

Молодой мужик, муж этой самой Даши и отец обезьянки, смотрел на Тимофея как на экзотическую гориллу в зоопарке — с интересом и некоторым недоверием: что-то она выкинет, если отвернуться? Это тоже выводило Тимофея из себя, он не привык к подобным разглядываниям. Он вообще не привык ни к чему, кроме безоговорочного подчинения и душевного трепета, которые испытывали нормальные люди в его присутствии. Но перед ним были не нормальные люди!

Он видел, что они растеряны и немножко недоумевают, каким ветром могло занести к ним в дом человека из параллельного мира. Но когда все наконец выпили вина — Тимофей пил томатный сок — и расслабились, то Тимофею стало ясно, что его присутствие принято как несколько неожиданное, но вполне обычное явление.

И на это он тоже обозлился. Его невозможно воспринимать как нечто само собой разумеющееся. В этой стране он почти что бог. Он может купить все их дома и участки, а потом подарить им обратно и даже не заметить этого. Он в первой десятке, нет, пятерке, самых влиятельных, самых богатых, самых, самых... Но за этим дощатым столом с подсолнухами никому, казалось, нет до этого никакого дела. Все разговаривали с ним как с самым обычным заезжим гостем, которого не ждали, но приезду рады не столько из-за него самого, сколько по традиции гостеприимства.

Уехала Даша с семейством — опять целое представление: открывали ворота, выгоняли машины, меняли их местами, перекликались с охраной и водителями: «Еще назад! Правее, правее, еще чуть-чуть!» Тимофей зачем-то принял приглашение остаться на чай. Чай пили на громадной террасе, состоявшей, казалось, только из окон. Уютная лампа на длинном стебле освещала стол, разгоняла по углам весенние сумерки. Под ногами крутились подвижная черная такса и чудовищных размеров флегматичный кот, время от времени делавший попытки взгромоздиться к Тимофею на колени. Тимофей эти попытки пресекал, как ему казалось, совсем незаметно, пока бабушка-императрица не воскликнула:

— Что вы делаете, молодой человек! — И забрала кота к себе.

Все это было странно, настолько странно, что Тимофей так ни о чем и не поговорил с Катериной. Хотя о чем он мог с ней поговорить? Он не знал, что ответить себе на этот вопрос. Он силился вспомнить, о чем думал, когда принимал решение поехать к ней на дачу, — и не мог.

Прощаясь у забора, он спохватился и все же пробормотал что-то об изменении срока поездки, и Катерина тоже что-то невнятно пробормотала ему в ответ. Он даже не был уверен, что она поняла, что именно он ей говорил. Ее родители и бабушка стояли у ворот, провожая Тимофеев кортеж в Москву, и все это, включая проводы, было нелепо, чуждо ему и настолько не для него, что ему казалось — все эти люди путают его с кем-то другим, кому на самом деле предназначено их внимание.

— Домой, Тимофей Ильич? — спросил водитель, и Тимофею показалось, что он тоже недоумевает, зачем босс затеял все это представление.

— В офис, — грубо ответил Тимофей. — Успеете еще выспаться.

Очень недовольный собой, он набрал номер директора по развитию своей компании и устроил ему разнос, который тот запомнил до конца дней своих.

Вылет из Москвы четыре раза откладывался, потому что опаздывал Тимофей Ильич, и самолет взлетел только в девятом часу. Кольцов приехал за две минуты до взлета, туча тучей и, ни на кого не глядя и ни с кем не здороваясь, прошествовал в первый салон. Вся свита, на этот раз очень немногочисленная, понимая, что «батяня» сильно не в духе, угрюмо притихла, опасаясь высочайшего гнева. Больше других его опасалась Катерина. Ей казалось — и не без оснований, — что его мрачное расположение духа вызвано вчерашним совершенно неожиданным визитом в лоно ее семьи.

Всю ночь она не спала, как школьница после первого свидания, изобретая различные причины, по которым Тимофею вздумалось заехать к ней в субботний день на шашлык. Дело еще усугубила Дарья, позвонившая в двенадцатом часу и потребовавшая объяснений. Едва Катерина от нее отвязалась, как пришел отец с аналогичным вопросом. Этого Катерина вынести совсем не могла.

— Если вы от меня не отстанете, я до утра запрусь в сортире! — заорала она и захлопнула дверь своей комнаты перед изумленным отцовским носом.

— Кать, ты что, совсем с ума сошла? — спросил отец, но ломиться не стал и ушел обиженный.

Утром оба родителя встали ее проводить и смотрели как-то жалостливо. Что они себе насочиняли, Катерина определить не могла, но их многозначительные переглядывания раздражали ее ужасно. Поэтому на вполне невинный вопрос Марьи Дмитриевны, надолго ли она улетает в этот раз, Катерина разразилась воплями о том, что ей надоел их постоянный контроль. Родители грустно промолчали, и дочери стало стыдно.

Уже обувшись, она прошлепала в кухню и выложила перед ними два билета на концерт Ванессы Мэй.

— Аттракцион неслыханной щедрости! — объявила она и с чувством поцеловала обоих.

— Давай, уезжай, — с грустной улыбкой сказала Марья Дмитриевна, и мир был кое-как восстановлен.

Скворцов, улетавший в Калининград вместе с Катериной, к вылету опаздывал, как опаздывал всегда и везде. Катерина нервничала, Гриша

Иванников торопился, на выезде из Москвы его остановили за превышение скорости, и под паршивое настроение Катерина вместе с Гришей ввязались в бурную склоку с гаишниками. «Изрядно ощипанные, но не побежденные», как определила их состояние Катерина, они примчались в Чкаловское, и тут выяснилось, что Тимофей Ильич вылет отложил. В первый раз. За ним последовало еще три, и, когда самолет наконец взлетел, гнев и боевой задор уже перегорели, уступив место вялому неудовольствию.

Перед самой посадкой к Катерине, дремавшей рядом с Сашей Скворцовым, подошел охранник Леша и сказал негромко:

— У Тимофея Ильича изменились планы.

Катерина села в кресле прямее, стараясь проснуться. У нее это не очень получалось.

— Он не останется в городе, поедет сразу на дачу. Распорядился, что вы едете с ним. У него утром мероприятие в Светлогорске.

Саша вопросительно взглянул на Катерину.

— Встреча с министром культуры, — позевывая, уточнила она. — Он как раз проездом из Германии.

— А мы зачем? — заражаясь ее зевотой, Саша тоже зевнул, не разжимая челюстей. Устали они ужасно. Тяжелый год. И конца-края ему не видно.

— Как всегда, — пожала плечами Катерина. — Спасибо, Леш. Все ясно. Мы в гостиницу не едем, а вы нас забираете с собой.

Немногословный Леша кивнул и пошел по проходу в сторону первого салона.

— А я так надеялась выспаться. Думала, только бы долететь — и спать, — сказала Катерина, глядя ему вслед. — А тут на тебе...

— Хозяин — барин, Кать, — ответил Саша. — Мало ли что ему в голову взбрело. Может, он хочет обсудить что-нибудь.

«Знаю я, что он хочет обсудить, — подумала Катерина в смятении, — вчерашний визит. Еще придерется к чему-нибудь и выгонит...»

Она лукавила сама с собой. Все было гораздо серьезней. И сложнее.

В каком-то американском романе она прочитала однажды, что в то время, когда мужчина еще мучительно раздумывает, какой бы предлог ему изобрести для знакомства, женщина при первом взгляде на него уже твердо знает все про их будущую совместную жизнь, включая имена, которыми они назовут детей и внуков. Это было забавно и потому запомнилось Катерине.

Впервые взглянув на Тимофея Кольцова, она уже знала, что, захоти он, и она отдаст ему все, что имеет, включая свою бессмертную душу. И он сможет сделать с ней что угодно, как только это поймет.

Это было какое-то внутреннее, почти неосознанное знание, лежавшее очень глубоко, гораздо глубже простых и обычных человеческих чувств вроде уважения, сочувствия или страха. В этом была некая определенная свыше и неизбежная данность, как, например, то, что у нее две руки, но только одна голова. Она ничего не могла изменить в этом — как не могла приставить себе еще одну голову. Она знала — все будет так, как захочет мрачный, неразговорчивый, непонятный человек по имени Тимофей Кольцов. Буря минует ее, только если он пройдет мимо, не оглянувшись. Но он уже оглянулся.

Буря собиралась на горизонте, там, где край неба сливается с землей и все-таки ей противоречит.

Еще можно отступить, уйти без потерь и жить дальше, презирая себя за трусость и похваливая за осторожность.

Но он уже принял решение, этот человек, от которого зависело все. Катерина знала это так же твердо, как если бы он сказал ей об этом. Ей оставалось только ждать, зачарованно глядя, как надвигается на нее закрученный в тугую спираль, кипящий и клокочущий, полный зловещих и неясных образов ураган...

— Кать! — позвал ее Скворцов. — Катя-я! Ау-у! Следующая остановка — город Вашингтон, мы на этой выходим!

Спохватившись, Катерина подскочила в кресле и виновато поглядела на Сашу, как будто он мог подслушать ее тайные мысли. Но Саша мысли читать не умел, он сосредоточенно вытаскивал из ящика над головой Катеринин портплед и свой чемодан.

Зевая от холода и желания спать, Катерина потащилась к двум джипам, встречавшим Тимофея Ильича, точно таким же, как в Москве. Тимофей Ильич был человек, верный привычкам.

— Добрый вечер, Коля, — поздоровалась она с водителем и опустила портплед на бетон. — Не соскучились без нас?

— Скучали, Катерина Дмитриевна, — ответил водитель с улыбкой. — Что-то вы без ракетки?

— А я в такой спешке собиралась, что все позабыла. Кроме того, мы не знали, где будем, в Калининграде или на даче. — Она прикурила и протянула водителю пачку. Со стороны зала ожидания к ним подошел знакомый гаишник. Тоже закурил.

— Надолго к нам Тимофей Ильич?

— Да я на самом деле не очень в курсе. Мы дней на десять. Потом ненадолго в Москву, и опять к вам.

— Это хорошо, — подытожил гаишник. — С Тимофеем Ильичом спокойней.

Разговаривали они негромко и вяло. Все устали, ночь надвигалась быстро и бесшумно. Всем хотелось по домам. Саша Скворцов, договорив с кем-то из прилетевших, приблизился и встал, привалившись к чистому боку джипа.

— Скоро он там? — пробормотал он так, чтобы слышала только Катерина.

Пока босс не занял своего места, они не имели права погрузиться в машину. Кроме того, следовало ждать высочайшего указания — кто в какой машине поедет.

Кольцов появился со стороны сиявшего огнями самолета и надвинулся на них, как грозовая туча.

— Добрый вечер, — бросил он всем сразу, — прошу в машину.

Наученная горьким опытом, Катерина портплед за собой не поволокла. Леша молниеносно перехватил его и запихал в багажник. Захлопнулась дверь. На милицейской машине включилась мигалка. В джипе было уютно, хорошо пахло кожей и одеколоном Тимофея, и хотелось ехать долго-долго, до утра. Оба джипа повернули на Светлогорск. Тимофей Ильич, как ни странно, по телефону не разговаривал, хотя это было его обычное состояние. Он сидел, кое-как пристроив голову на подушку, и о чем-то думал. Вид у него был недовольный. Саша почти дремал, делая вид, что читает, а Катерина смотрела в окно.

Шоссе было пустым и очень темным. Глубокая тьма, какая бывает только ранней весной и поздней осенью, стекала с холмов. Фары выхватывали толстые стволы старых немецких лип по обе стороны шоссе. Катерина знала, что за липами — до горизонта — холмы и леса, иногда вплотную подступающие к дороге. Очень живописный и очень немецкий пейзаж.

Ехать было еще минут двадцать, а глаза слипались неудержимо, и в конце концов она решила, что не случится ничего страшного, если она на минуточку их закроет.

Потом она так и не смогла точно вспомнить, как это произошло. Какой-то странный звук, похожий на треск сломанной прямо над ухом ветки, разбудил ее. Она открыла глаза и услышала еще серию таких же звуков, острых и страшных, как смерть. Со следующим ударом сердца машину понесло и закрутило, что-то дико закричал водитель, со звоном разлетелось боковое стекло. Джип, сотрясаясь могучим, бронированным телом, не тормозил, его несло прямо на стену старых немецких лип, которые бешено вращались, оказываясь то справа, то слева, как в ночном кошмаре.

В нас стреляют, пронеслось в голове. Если не убьют, мы разобьемся. Скорость слишком большая, а машина слишком тяжелая.

Острым алмазным дождем сыпалось раскрошенное в пыль стекло, джип бросало из стороны в сторону, и кто-то орал совсем рядом:

— На пол!!! На пол лечь!!!

Она не знала, как оказалась на полу. Кто-то прикрыл ее сверху от града осколков, и она изо всех сил зажмурилась, понимая, что это конец.

Со следующим ударом сердца все остановилось.

Потолок машины как-то странно сместился и нависал над Катериной. На губах была кровь.

Я жива? Жива?!

— Все живы? — отрывисто спросил кто-то над ее головой. — Живы все?

Ей было тяжело, почти невозможно дышать, и она равнодушно подумала — это от того, что к полу ее придавил Тимофей.

Он рывком поднялся и сел. Дышать стало легче.

— Ты жива? — спросил он и быстро ощупал ее, от шеи до ботинок, делая больно. В руке у него был пистолет. Смотрел он странно, как будто не видел.

— А т-ты? — заикаясь, спросила Катерина и вдруг пришла в себя и схватила его за руки. — Ты жив? А? Тимофей?

Поняв, что она жива, Тимофей выругался, матерно и коротко, и переступив через нее, навалился на дверь, наотмашь распахнул ее и спрыгнул на землю.

— Назад! — заорали откуда-то сбоку. — Назад!!!

Грохнули еще выстрелы, совсем рядом, как будто над ухом. Что-то сухо чиркнуло об обшивку джипа, заревел двигатель, и снова выстрелы, очередью, как будто из автоматов.

И все смолкло.

Катерина сидела на полу вставшей на дыбы машины, судорожно сжимая в руках невесть откуда взявшийся мобильный телефон.

Сколько времени прошло, она не знала. Может, двадцать секунд, а может, жизнь. Дверь снова распахнулась, и Катерина медленно повернула голову.

— Живы? — спросил Дима и одним взглядом окинул весь салон.

— Кажется, да, — пробормотал откуда-то странно знакомый голос. Катерина так же медленно повернула голову и увидела сидящего на полу с другой стороны вырванного с корнем кресла молодого бледного мужчину.

— Кать, ты чего? — испуганно пробормотал мужчина. — Ты чего, а? Тебе плохо?

Она вспомнила, что это вроде бы Саша Скворцов.

— Кать, ты ничего? — осторожно спросил Дима. — Дай я посмотрю, что у тебя с лицом.

«Что у меня с лицом?» — вяло удивилась Катерина и провела ладонью по щеке, которая странно чесалась. Ладони стало колко и мокро, и, отняв руку, она с изумлением увидела кровь.

— Кать, давай выбирайся, — велел Дима, морщась, как будто у него болели зубы. — Давай-давай, не сиди, я помогу. Слышишь?

Как-то он уговорил ее встать. Опираясь на его руку, она шагнула вон с покореженной подножки джипа и сразу очутилась в другом мире.

Джип стоял, уткнувшись смятым рылом в ствол громадной липы. Весь его передок был странно задран, как будто машина намеревалась залезть на дерево. В ней не уцелело ни одного стекла. Вторую машину развернуло поперек шоссе. Ее некогда гладкий бок, как отвратительными язвами, был изрыт рваными отверстиями пуль. Рядом с ним курили мужики, негромко переговариваясь, как будто ничего не случилось.

В очень ярком лунном свете, который заливал все вокруг, Катерина увидела, как все они одновременно на нее оглянулись.

— Ничего страшного, Тимофей Ильич, — вдруг во все горло закричал рядом Дима, и Катерина вздрогнула и с изумлением на него посмотрела. — Губа разбита. Ну, и шок малость. Сейчас очухается.

— Вы живы? — дрожащим голосом спросила Катерина. — Все?

— Все, — ответил водитель Коля. — Леха руку, похоже, сломал. А так все отлично.

— Это точно, — пробормотал, не повышая голоса, Тимофей Кольцов, но его по обыкновению услышали. — Все отлично.

И, переглянувшись и увидев друг друга, дорогу, луну и липы, они захохотали так, что эхо поднялось из оврага. Хохоча во все горло, Катерина села прямо на шоссе, не дойдя до них нескольких шагов. Дима заваливался на капот джипа, закрыв лицо руками, Коля приседал и хлопал руками, как курица крыльями. Андрей всхлипывал и утирал рукавом слезы.

Тимофей улыбался.

Он курил, сильно затягиваясь и держа сигарету, как в фильмах про войну, большим и указательным пальцем. Раньше Тимофей Кольцов никогда не курил. По крайней мере, этого никто не видел.

Докурив, он швырнул окурок в кусты и закурил следующую сигарету.

Леша, придерживая здоровой рукой сломанную, сидел на обочине. У него было мокрое измученное лицо, как будто он только что пробежал марафон.

Катерина подошла и села рядом.

— Дай посмотрю, — сказала она.

— Нечего там смотреть. В руле рука застряла, — сквозь зубы пробормотал он. — Испугалась?

— Нет, не успела.

— На тебя Тимофей прыгнул, когда начали стрелять. Помнишь?

— Пожалуй, помню, — согласилась Катерина. Он и вправду ее закрыл? Закрыл собой?

— Могло бы быть хуже, — пробормотал Леша сквозь зубы. — Намного хуже.

— «Хаммер» в порядке, Тимофей Ильич, — сказал от машины Коля. — Уезжаем?

Подошел Дима и тоже сел рядом.

— Дай сигарету, — попросила Катерина. Почему-то все они вдруг стали на «ты». Дима вытряхнул из кармана сломанную пополам пачку и поудобнее перехватил короткоствольный автомат, болтавшийся у него на плече.

— Держись, Лех, — сказал он. — Ты сыворотку уколол?

— Нет, ждал, когда ты появишься с указаниями, — ответил Леша, баюкая свою руку. Все это выглядело гораздо страшнее, чем в кино.

— Вот сволота, — издали процедил сквозь зубы Миша, водитель второй машины, — и вагоны подогнали.

Катерина оглянулась. Сзади, на железнодорожном переезде, который они прошли, наверное, за секунду до того, как началась стрельба, мрачной громадой, похожей на многоподъездный дом, высились три сцепленных вагона, отрезая машинам путь к отступлению. Впереди был крутой вираж и подъем. Самое удобное для расстрела место. Лучше не придумаешь.

— Вагоны, — пробормотала потрясенная Катерина и взглянула на ребят. Они тут же отвели глаза. — Вагоны пустили, чтобы мы не успели развернуться и уехать из-под выстрелов? Чтобы удобнее было нас убивать?

Она стремительно встала и, сделав два шага, согнулась пополам. Ее вырвало.

— Никто не знал, что мы сегодня поедем на дачу, — сказал за ее спиной Леша, и Катерине, вытиравшей платком лицо, стало страшно. Так страшно, как никогда в жизни. Гораздо страшнее, чем на полу в джипе. — Батяня только в самолете сказал, что на дачу. Даже водители не знали, пока не тронулись. ГАИ не в счет, потому как засада... капитальная. Готовились ребята.

Катерина обернулась. К ним подходил Тимофей, в пальцах у него по-прежнему была сигарета.

— Если бы готовились убить, убили бы, — обратился он к Леше. — Пугали. Поехали, господа и дамы. «Хаммер» вроде на ходу.

— На то он и «Хаммер», — ответил Дима. — Дойдешь, Кать?

У «Лендровера» остались Коля и Андрей из охраны Кольцова. Остальные втиснулись в «Хаммер». Катерине Тимофей Ильич велел:

— Сюда садись, — и показал ей место рядом с собой. Он уже разговаривал по телефону, время от времени меняя плечо, которым прижимал трубку. Руки у него были заняты — одной рукой он держал сигарету, а другой — Катерину. Она чувствовала его тяжелую горячую руку сквозь ткань пальто, и это ее успокаивало.

Дима тоже разговаривал по телефону, а Саша Скворцов все вытирал мокрый лоб.

— Вышла машина, — сообщил Дима, закончив разговаривать. — Минут через двадцать ребят подберут и «Ровер» отбуксируют.

— Вагоны? — спросил Тимофей.

— Вагоны отведут к разъезду, Тимофей Ильич. Все в порядке.

— Все поняли? — переспросил Кольцов, обводя взглядом свою команду. — Никто не стрелял. Не было никакого покушения. В прессу информацию не давать. Это ясно? — он по очереди посмотрел на Катерину и на Скворцова, как гвозди забил. — Ясно?

— Ясно, — пробормотали нестройным хором Солнцева и Скворцов.

— Вот и хорошо. Не мешайте Дудникову работать.

Владимир Дудников был начальник службы безопасности Тимофея Кольцова.

— Он завтра утром прилетит. Точнее, уже сегодня.

Глянув на часы, Катерина с изумлением обнаружила, что с момента прилета в Калининградский аэропорт прошел только час. Ей казалось — лет сорок...

Феодальный замок встречал их теплым сиянием окон сквозь голые ветви парка и электрическим блеском фонарей на подъездной дорожке. Внизу, под обрывом, вздыхало невидимое море. Так же оно вздыхало вчера, позавчера, и десять, и тридцать, и триста лет назад. Морю наплевать на мелкие человеческие страстишки. Его холодные волны с одинаковым равнодушием поглощали и нищих норвежских рыбаков, и могущественных галльских королей.

Морю не было никакого дела до человека по имени Тимофей Кольцов, в которого двадцать минут назад разрядили три автомата.

Может, поэтому Тимофей не пошел к морю, а остался с людьми. Ему хотелось побыть с теми, кто пережил то же, что и он сам. Ужас, мгновенно отдавшийся звоном в ушах и сделавший ватными ноги, и беспомощность слабого и безоружного, застигнутого врасплох перед сильным, коварным, хорошо вооруженным, невидимым противником, — это испытали все.

И Лешка, который морщится от боли, пока ему накладывают шину, и бледный до зелени Дима, и Андрей, самый молодой и бесшабашный, и рафинированный Скворцов, по лицу которого никогда ничего не поймешь, и Катерина с залитой йодом губой — все они были объединены одним общим, только что пережитым ужасом и страхом смерти и мыслью, обязательно промелькнувшей в сознании даже у самых тренированных — все, конец.

В это мгновение, растянувшееся в памяти на целые годы, Тимофей был не один. С ним были люди.

И он был с ними. И совсем не стыдно, что он боялся так же, как они. И совсем не стыдно, что сейчас его смертельно тянет выпить, — и пошло оно, его растреклятое подсознание, вместе со всеми кошмарами! И это совсем не проявление слабости, а подтверждение того, что он — человек, в чем так сомневалась Диана...

Почему-то у него сделалось превосходное настроение, которое редко теперь его посещало.

— Мужики! — позвал он из гостиной, доставая водку. — Кончайте базар, давайте сюда!

Охрана, личная и наружная, водители, врач, дворецкий Федор Петрович, живший в доме постоянно, — все находились на кухне. Тимофей слышал их возбужденные голоса, и бесконечные — на все лады — трели телефонов, и звон посуды — чай, что ли, они собирались там пить, зная, что за спиртное Тимофей Ильич в одну минуту уволит?

— Мужики, — повторил Тимофей, заглядывая в кухню.

Все смолкло, как в сказке, когда волшебник лишил придворных дара речи. Головы повернулись в его сторону, глаза уставились на него. Катерина выглянула из-за двери.

Они все смотрели на него, как зайцы на деда Мазая. И молчали. И ждали. Неизвестно, чего они ждали. Что он устроит «разбор полетов»? Попросит вызвать какого-нибудь зама? Скажет, что улетает в Швейцарию?

Они ждали, и с ужасом, взявшим цепкой лапой за сердце, Тимофей понял, что прежнего больше не будет. Никогда. Эти люди, только что пережившие вместе с ним один на всех страх, — не просто охрана, водители и еще кто-то. Это ЕГО люди. Близкие ему настолько, что он давно уже делит с ними жизнь и час назад чуть было не разделил с ними смерть.

Они зависят от него, они не спят вместе с ним ночей, они делят с ним самолеты, отели, дороги, они подпирают его со всех сторон, они прикрывают его, как сегодня прикрыл Лешка, и пусть идут к чертовой матери все, кто скажет, что он им просто за это платит!

— Мужики, — в третий раз начал Тимофей и, взглянув на Катерину, добавил неуклюже: — ...и леди. Давайте все-таки уже выпьем. Утро скоро.

Странная это была ночь. Очень веселая. Могли убить, и не убили — осознание этого приходило постепенно и заполняло, казалось, самый воздух громадного банкетного зала в Тимофеевом замке.

Все трудные и невеселые мысли — кто знал, кто не знал, кто выскочил первый, а кто третий, кто в кого стрелял и почему не попал, — все это будет завтра, когда приедет Дудников, когда начнутся разбирательства, когда все придут в себя настолько, что смогут отвечать на вопросы.

А пока все веселились так, как, должно быть, не веселились никогда в жизни. И выпили-то всего ничего, а восторг обуял почти неистовый.

Катерина, завернувшись в громадный белый гуцульский плед, пребывала в легком оцепенении, как будто шок все еще не отпустил ее. Может, действительно не отпустил, а может, спиртное так на нее подействовало. Она не делала никаких попыток разговаривать или отвечать на вопросы, и в конце концов мужики от нее отстали. Нина Сергеевна, жена представительного Федора Петровича, домоправительница и повар, все подливала ей чай, не скупясь на лимон и заварку. Катерина благодарно ей улыбалась и молчала.

В одно мгновение, все сразу, мучительно и непреодолимо захотели спать, как будто у всех разом кончился завод. Волоча за собой плед, Катерина поплелась в гостевое крыло, где были спальни и оборудовано что-то вроде филиала предвыборного штаба, чтобы пресс-служба, ночуя в замке, могла свободно соотноситься с внешним миром.

Катерина кое-как умылась, стараясь не задеть порезанную губу, которая распухла и казалась чужой, и, не зажигая света, уселась в кресло ждать Тимофея.

Она знала, что он придет. В этом она не сомневалась. Не было сказано ни слова, но она знала, что это будет, так же твердо, как то, что ее зовут Катерина Солнцева. За всю ночь он ни разу не подошел к ней и даже не взглянул в ее сторону, но весь он был направлен на нее и так с ней созвучен, что и говорить ничего не нужно. Почему все эти долгие месяцы ей казалось, что он чужой, непонятный, страшный человек? Почему она так пугалась его низкого голоса, тяжелого взгляда и мрачной холодности? Почему не видела за всем этим железобетонным фасадом — человека? Почему увидела только сейчас, в одно, все осветившее, мгновение?

Ей не хотелось раздумывать об этом. Потом. На досуге, когда успокоятся дрожащие от напряжения нервы и перестанет перехватывать дыхание, она все решит, все поймет и оценит. А сейчас она могла только сидеть, неудобно согнувшись, и ждать Тимофея.

— Катерина? — позвал он с порога. Оказывается, она не закрыла дверь. Даже не подумала закрыть.

— Я здесь, — придушенным голосом пискнула она. — В кресле.

Он подошел, вытащил ее из кресла и прижал к себе вместе с гуцульским пледом, разбитой губой, недодуманными мыслями, страхом и непониманием. Он ничего не хотел знать, и психологические этюды были ему ни к чему. Он ни о чем не думал. Не существовало никакого «потом», которое могло бы остановить его. Он тискал ее, сжимал и лапал, круша какие-то одному ему ведомые преграды. Он рычал и скулил, как зверь, и боялся задеть ее губу, как самый трепетный из любовников. Он шарил по ней руками, наспех изучая ее и стаскивая с нее одежду. Ему было почти все равно, что она чувствует, каково приходится ей в эпицентре его яростной атаки...

Потом он остановится и все правильно оценит. Как всегда. Потом он сможет — наверное! — стать нежным и человечным, если только она даст ему шанс. Потом он разложит все по полочкам и поймет, что это было — выброс адреналина, стресс или накопившееся вожделение.

Но только не сейчас.

И — господи боже, — неужели он не имеет права один раз в жизни все забыть?! Все, что было и что еще только будет с ним, и его навсегда усвоенная позиция наблюдающего со стороны, и даже его дьявол не имели сейчас ровным счетом никакого значения.

Шквал эмоций, которые он привык цедить по капле, опрокинулся на него и накрыл с головой.

Не сразу он понял, что она не боится его.

Она не боялась и отвечала ему так же грубо и дерзко, как он. Она тоже цеплялась за него, тянула, ловила и прижимала, и даже кусалась, и в этом не было никакой игры! Уж он-то умел отличать притворство. Он специалист экстра-класса по притворству. И он знал, видел, чувствовал — она не играет.

Чувствовал? Он не способен чувствовать.

Или способен?

В какую-то головокружительную секунду она вдруг распахнула глаза, и он увидел их прямо перед собой, и, кажется, даже понял что-то, что нужно понять, чтобы жить дальше, и тут же забыл, проваливаясь в самую глубокую пропасть, из которой, конечно же, не было пути назад.

— Тебе тяжело?

— Нет, мне хорошо. Я так замерзла, а ты такой теплый...

— Я вешу, наверное, целую тонну.

— Ага... две.

— Значит, тебе все-таки тяжело.

— Нет, мне хорошо. Я...

— Да, я понял: ты замерзла, а я теплый.

— Да, и весишь целую тонну...

Тимофей засмеялся, сам не зная чему.

— Хочешь, я с тебя слезу?

— Не хочу. Я не хочу, чтобы ты с меня слезал. Что ты пристал?

Он пристал потому, что боялся, что ей неудобно, хотя он очень старался опираться на локти. Она пошевелилась, и он нехотя перекатился на бок, продолжая тем не менее прижимать ее к себе. Она пристроила голову ему в подмышку и сказала оттуда:

— Ты замечательный.

Это признание привело его в восторг. Самый банальный щенячий мальчишеский восторг. Он даже выдохнул с облегчением.

— Ты что? — спросила она с интересом, все еще из его подмышки. Кожей он чувствовал, как шевелятся ее губы.

— Я рад, — просто ответил он, и они помолчали. Она чуть повернула голову и задышала ровнее и глубже, и он спросил с изумлением: — Ты что, спишь?

Не открывая глаз, она засмеялась:

— Что тебя так удивляет? Вот если бы я сейчас пустилась в пляс, вот тогда ты должен бы удивиться...

— А я бы, пожалуй, того... Мог бы... — сказал Тимофей задумчиво, оценивая свое внутреннее состояние.

— Что?

— В пляс. А?

Она подняла голову и посмотрела ему в лицо, и они захохотали, как пара идиотов.

Ветер налегал на стекла. За окном стояла холодная балтийская ночь, полная шума моря и призрачного сияния весенней луны. Необыкновенная ночь.

— Тебе с утра с министром культуры встречаться, — позевывая, напомнила Катерина, плотнее зарываясь в его бок.

— Я помню, — ответил он, думая о чем-то другом. — Я все помню.

— Что тебя смущает, Тим? — спросила она осторожно. Вдруг он уже жалеет, что переспал с ней?

Он потерся заросшим подбородком о ее макушку. Ему не хотелось думать о встречах и министрах. Он был весь успокоенный, разнежившийся, теплый и томный. Каким-то краем сознания он понимал, что это ненадолго. Кончится эта волшебная необыкновенная ночь, она уже почти кончилась, начнется обыкновенный прозаический день, в котором не будет места неконтролируемым эмоциям и опасной расслабленности.

Чувствуя, что у него стремительно портится настроение, Тимофей на секунду заколебался. Возможностей было всего две — встать и уйти, о чем невыносимо даже подумать, или прижать ее покрепче, обняв гладкую розовую спину, стиснуть ногами бедра, сунуть нос ей в волосы, вдохнуть ее запах...

Катерина слегка отодвинулась, и он понял, что выбор за ним.

И это был не простой выбор.

Можно ведь убедить себя, что ничего не произошло — в общем и целом так оно и было. Можно объяснить чем-нибудь собственное звериное неистовство — в конце концов, он не старый еще мужик, с нормальным, еще не старым набором гормонов. Но откуда это совсем незнакомое чувство полной расслабленности и внутреннего покоя и ощущение правильности происходящего, как будто после долгой дороги он наконец вернулся... куда?

Ему нужно работать. Он должен обдумать покушение. Созвониться с Серегой, понять, в чем дело — в войне или в выборах. С утра встреча с министром — зачем она, к черту, нужна! — а он совершенно не готов. У него должна быть ясная и холодная голова, а ему ничего не хочется, только бы лежать рядом с этой девушкой, чувствуя ее рядом, всю — от распухших губ до странно маленьких ступней...

— Ну что? — спросила она с легкой насмешкой. — Надумал?

Она все понимала, и это почему-то его раздражало.

— Пойду я, Кать, — сказал он голосом обычного Тимофея Кольцова. — Скоро утро, тебе надо поспать.

— Спасибо за заботу, — холодно ответила она, едва удержавшись прибавить — Тимофей Ильич, и повыше натянула одеяло.

— Утром увидимся, — пробормотал он, отступая к двери, и через пять секунд оказался на свободе.

В полутемном коридоре, соединяющем гостевое крыло с остальной частью дома, он остановился, натягивая свитер. Ночь за окном была уже не глухой, а сизой, предутренней. Луна сияла сквозь голые ветки оглашенным весенним светом. Тимофей замер, глядя в парк, так и не натянув до конца свитер.

Эта девушка — твой первый и последний шанс, сказал кто-то ему в ухо. Вернись. Скажи, что просто боишься. Что не знаешь, как правильно себя вести, ведь ты привык, чтобы все было правильно. Может быть, она знает и растолкует тебе, и все в твоей жизни наконец станет на свои места. Ты же хотел рассмотреть ее поближе. Узнать, из чего состоит ее уверенное, доброжелательное, неистерическое отношение к жизни. Ты слишком поторопился и так ничего и не узнал. Вернись, еще не поздно.

Тимофей вдруг стукнул кулаком в переплет окна и почти бегом бросился в свой кабинет.

В темноте он с размаху ударился плечом о косяк и так хлопнул дверью, что вздрогнули тяжелые портьеры на окнах.

В прессу ничего не просочилось. Журналисты о покушении на Тимофея Кольцова ничего не узнали, и предвыборный штаб продолжал заниматься обычной работой.

Слава Панин с Мишей Терентьевым почти не выезжали из Калининграда, Скворцов мотался туда-сюда вместе с Катериной, а Приходченко в основном сидел в Москве, согласовывая и утрясая с Абдрашидзе детали, которые менялись чуть ли не каждый день.

«Тот берег» после публикации «цитатника», как назвала Катерина свою подборку высказываний про каждого из кандидатов, несколько изменил тактику. Стало потише, но это напоминало затишье перед бурей. Откуда-то вылезла еще пара кандидатов, то ли от ЛДПР, то ли от фашистов, и оттянула часть голосов на себя, что моментально отметили рейтинги. Кроме того, зарегистрировался еще один кандидат в губернаторы по имени Тимур Кольцов. С ним вообще история была очень мутная, никто не знал, чей он и откуда взялся, хотя все понимали, что сделано это для того, чтобы запутать избирателей перед «последним и решительным».

Катерина срочно сняла Сашу Андреева с крымских вин и отправила выяснять подноготную Тимура Кольцова.

Однофамилец новоявленного кандидата

после покушения сделался раздражительным и свирепым, за что моментально был переименован из Кота Тимофея в Медведя Шатуна.

Работать с ним стало невозможно — он не допускал к себе Абдрашидзе, не говоря уж о Приходченко, совещания одно за другим отменял, пресс-службу на дачу больше не звал, что очень затрудняло работу — приходилось ловить его в Калининграде. Это было трудно, потому что перемещался Тимофей Ильич по родным, а также зарубежным просторам с немыслимой скоростью, и Катерина тоскливо думала, что это от нее он спасается таким поспешным бегством.

Напрасно он суетится. Она не собиралась мешать ему или привязываться с проявлением теплых чувств. Странно только, что он так перепугался. И совсем на него не похоже. Вряд ли существовало что-то, что могло напугать Тимофея Кольцова.

А может, она просто льстит себе, и он давно позабыл о ее существовании. И все, что было, она просто придумала, как придумала его всего — вместе с его сложностями, тайнами и неожиданной страстностью натуры...

Она похудела и перестала острить на совещаниях.

Она раздражалась и кричала на родителей и подчиненных, а потом неловко извинялась.

Она больше не дерзила Абдрашидзе и не объяснялась в любви Приходченко.

Она работала как сумасшедшая, таща кампанию на хребте, как эскимосская собака — нарты с поклажей.

И во всем был виноват Тимофей Кольцов, промышленный магнат, олигарх и будущий губернатор Калининградской области...

— Кать, так невозможно дальше работать, — сказал Олег однажды вечером. Только что закончилась программа «Время» с репортажем о кольцовском заводе.

Они пили кофе, собираясь разъезжаться по домам. Но очень не хотелось подниматься, идти к лифту, садиться в машину и еще некоторое время рулить в пробках. Поэтому они пили кофе и вяло переговаривались, как очень усталые и хорошо знающие друг друга люди. В офисе было тихо и пустынно — секретарши давно разошлись, сотрудники разъехались по домам и в «поле», то есть в командировки.

— Ты предлагаешь мне в отпуск уйти? — спросила она язвительно.

— Я чувствую себя виноватым, — признался Олег. — Я втянул в это дело тебя и Сашку. Я знал, что нужно Абдрашидзе, а вы нет. Теперь он свое дело сделал, а ты загибаешься.

— Ну, сделай так, чтобы я не загибалась, — грубо предложила Катерина, — или не лезь ко мне с сочувствием, я тебя умоляю...

— Что-то стряслось в ту ночь, когда вас обстреляли, — не обращая внимания на ее тон, сказал Приходченко. — Ты стала невыносимой. И я боюсь, что если ты и дальше будешь так работать, то вообще свихнешься.

Катерина молчала. Приходченко прикурил и сунул ей сигарету. Она машинально взяла. У нее было усталое злое лицо.

— Ну? — спросил Приходченко.

— Что — ну?

— Что произошло?

— Олег, если тебе станет от этого легче, я тебе скажу — я с ним переспала, — отчеканила Катерина и отвернулась, чтобы не видеть изумления на лице Приходченко. Он даже ноги со стола снял.

— Ты что, Катька?! Обалдела?!

— Не приставай ко мне, Олег! — заорала она. — Что тебе от меня нужно? Я что, плохо работаю? Утаиваю информацию? Отправляю сотрудников на задание без твоей санкции? Продаю идеи Грине Островому?

— Кать, замолчи, — пробормотал потрясенный Приходченко. — Замолчи сейчас же.

Она замолчала и скомкала в пепельнице сигарету.

— Ты что, совсем ничего не соображаешь? — начал Приходченко. — Да это катастрофа просто, ты хоть понимаешь?! Ты что, не могла до ноября потерпеть?! Да что тебе вздумалось, в конце концов?! А Чубайса ты еще не соблазнила, или премьера?!

— Да за кого ты меня принимаешь? — задохнувшись, Катерина вскочила с кресла. Она так ненавидела в этот момент Приходченко, что готова была его убить и даже поискала глазами, чем бы в него бросить. — Что ты себе позволяешь?! Как ты смеешь?!

— Я смею потому, что я отвечаю за свою работу и за своих людей! — Олег тоже поднялся. От злости у него побелели губы. — Ты же ничего не знаешь... совсем ничего! Да он не простит нас... —

Олег выругался и чуть ли не застонал. — Ты хоть понимаешь, что это гораздо хуже стукачества, в котором ты тут всех обвиняла?! А я-то еще тебе сочувствовал, думал, у тебя нервный срыв от работы, да еще из-за этого инцидента...

— Инцидент был действительно неприятный, — ровный низкий голос рассек накаленную атмосферу маленькой комнаты. Катерина и Приходченко, стоявшие друг против друга, как две готовые к нападению ощетинившиеся собаки, отшатнулись, словно от удара хлыстом, разом оглянулись, и Катерина даже попятилась.

Тимофей Кольцов шагнул в кабинет и сказал:

— Добрый вечер.

— Добрый... вечер, — пробормотал Приходченко и потряс головой, как будто желая отогнать видение. — Вы... к нам, Тимофей Ильич?

Тимофей посмотрел на него и коротко усмехнулся.

— Я хотел бы переговорить с Катериной Дмитриевной.

Катерина, отступая, уронила стул. Он загрохотал по батарее, как артиллерийский снаряд. Приходченко ошалело взглянул на нее, потом на упавший стул, а потом снова на Тимофея.

— А мы вот... поссорились, — зачем-то сообщил он.

— Я слышал, — вежливо ответил Тимофей Ильич. — Катерина Дмитриевна, я вас жду.

Но Катерину было уже не остановить.

— Я никуда не могу ехать, Тимофей Ильич, — заявила она с яростной любезностью. — У меня очень много работы. Кроме того, начальство устраивает мне разгон, я не могу отлучаться.

— Я подожду, — сказал Тимофей и сел на стул, который жалобно скрипнул под его весом. Он очень устал за последние две недели, и неожиданное представление очень его развлекало.

Приходченко за его спиной делал Катерине знаки, но тщетно. Она не собиралась его щадить. Он оскорбил ее ужасно. Он, ее лучший друг!

— Вы хотите мне что-то сказать, Олег Николаевич?

Приходченко едва успел отнять от виска палец, которым очень выразительно крутил:

— Я хотел сказать, что вы вполне можете ехать, Катерина Дмитриевна, — заявил несчастный начальник дрожащим от ярости голосом. Непристойная сцена в присутствии Кольцова! Господи, спаси и помилуй!..

— Не ждите меня, — обратилась Катерина к Тимофею Ильичу, — я освобожусь не скоро.

— Я тиран и привык, чтобы мои прихоти выполнялись, — пояснил Тимофей Ильич после паузы. — Я жду еще пять минут, и мы уезжаем.

Катерина с размаху швырнула в портфель телефон и вышла, не говоря ни слова. Кольцов поднялся со стула и вежливо попрощался:

— До свидания, Олег Николаевич.

Когда за ним закрылась дверь, Приходченко пробормотал невнятно:

— До свидания, Тимофей Ильич...

— Я хочу, чтобы ты позвонила в свою Немчиновку и осталась. Слышишь, Кать?

— Для этого совсем необязательно звонить в Немчиновку. Я часто ночую в Москве, когда у меня много работы. Я только боюсь, что ты сбежишь куда-нибудь, а я буду чувствовать себя идиоткой.

Она поставила перед Тимофеем тарелку с омлетом и большущую чашку кофе. Тимофей даже не знал, что в его хозяйстве есть такие чашки. Вообще говоря, он многого не знал...

— Я же извинился! — заявил он с набитым ртом. Она усмехнулась и села напротив.

— Ты сказал: «Я был не прав, давай поедем ко мне», — напомнила она.

— Этого недостаточно? — удивился он.

Катерина засмеялась. Как хорошо было кормить его омлетом на необъятных размеров кухне и варить ему кофе, чувствуя, как выветривается из квартиры нежилой музейный дух.

Они вылезли из постели, потому что внезапно очень захотели есть. В ванной с зеркалами и черным кафелем они провели еще час, и Тимофей наконец понял, для чего нужно такое обилие зеркал. Потом она быстро сообразила омлет, а он сидел, вытянув ноги так, чтобы она все время о них спотыкалась. Спотыкаясь, она хваталась за его голое плечо, и ему это было приятно.

Он совсем без нее замучился. И поехал к ней на работу, когда уже не стало сил бороться с собой. Ничего не помогало — ни работа, ни поездки, ни двадцатичасовой рабочий день. Он должен был повторить все сначала, а потом еще раз. И еще. Скоро привыкну, решил он, но страха не почувствовал, только спокойствие и уверенность в себе.

Какая-то странная история. Такого с ним раньше не бывало.

Может, просто возраст?

— Ешь, Тимыч, — сказала она. — Холодный омлет — ужасная гадость.

Никто и никогда не называл его Тимыч. Вот черт. Тимыч — какое славное, милое, домашнее слово. Домашнее? Разве у него есть дом?

— Почему ты так странно меня называешь? — осведомился он.

— Почему странно? — удивилась Катерина. — Или мне следует называть тебя Тимофей Ильич?

Он промолчал, а Катерина спросила:

— Ты знаешь, как тебя называет твоя охрана?

Он коротко усмехнулся:

— Как?

— Батяня! — провозгласила Катерина с прочувствованной интонацией. — Ты знал, да?

— Конечно, — он пожал плечами. — Я всегда все про себя знаю.

«Это заблуждение, — подумала Катерина. — Тебе только кажется, что ты все про себя знаешь. От этого все твои проблемы». Ее уже не удивляло, что у могущественного Тимофея Кольцова могут быть проблемы.

— Я очень вожусь во сне, — предупредила она, решив, что нужно поставить его в известность. Все-таки он собирался провести с ней целую ночь. — И вообще, я сто лет ни с кем не спала. В смысле... спала... то есть не спала... — она смутилась, — ну, то есть когда ложишься и спишь до утра.

Он слушал с интересом. Она смутилась еще

больше, вскочила и пошла к барной стойке, где в кофеварке булькал кофе.

— Ну, да, да, — раздраженно сказала она, потому что он явно ждал какого-то продолжения, пристально на нее глядя. — Я никогда еще ни с кем не спала.

— В смысле, когда ложишься и спишь до утра, — уточнил он.

— Именно в этом, — подтвердила она. — Это что, записано в моем досье?

Он подошел к ней и обнял ее сзади — очень большой, теплый и голый. На нем были только джинсы, которые он так и не застегнул. Катерина сразу растеряла весь боевой задор, привалилась к нему, чуть не мурлыча от удовольствия, и потерлась о него всем телом, снизу вверх.

— Я не читал твое досье, — сказал он, кусая ее за ухо.

Это было изумительное, нежное, очень чувствительное ухо, и у Тимофея сразу стало ознобно в позвоночнике.

— Я не читаю досье всякой пузатой мелочи. Иногда я читаю досье на вице-премьеров, но очень редко. Для этого есть Дудников с Абдрашидзе...

— Ты ведь крутой, — прошептала Катерина, проводя губами по его голой груди. — Ты очень крутой парень...

— Я самый крутой из всех известных тебе парней, — поправил Тимофей, во всем любивший точность. Она начала сползать по нему на пол, и он, бешено радуясь собственной бесшабашности и возможности делать все, что только она пожелает, рухнул на раритетный английский ковер и, в одну секунду оставшись без одежды, придавил ее всем телом.

— Ты моя, — прорычал он в ее приоткрытые губы. — Ты будешь делать все, что я тебе велю.

— Конечно, — успокаивающе сказала она и стиснула ладонь в коротких густых волосах у него на затылке. — Ты только не бойся меня...

Тимофей не вдумывался в то, о чем она его попросила. Кровь колотила в виски, и было уже не до разговоров.

— Мы предлагаем сейчас провести в Калининграде кинофестиваль, на который приедет Никита Михалков со своим новым фильмом. Чуть позже мы объявим о стипендии Тимофея Кольцова в местных вузах. Причем предполагается не только стипендия для студентов, но и гранты для научных работников. О строительстве могильника для захоронения радиационных отходов с отработавших подводных лодок мы доложим дополнительно, когда проработаем вопрос окончательно. — Приходченко заглянул в свои бумаги.

— Его обязательно строить? — спросил Кольцов, не поднимая глаз от своего экземпляра рабочего графика.

— Можно только объявить, Тимофей Ильич. Собственно, можно вообще ничего не делать...

Кольцов поднял голову, и Приходченко как будто споткнулся о его взгляд.

— В том смысле, что достаточно просто хорошо освещать. Тем более что самое главное обещание вы уже сдержали...

Кольцов взгляд не отводил, и Приходченко глаз не опустил.

«Неужели знает?» — мелькнуло в голове у Олега, и сразу стало муторно, как будто заболел желудок.

День оказался тяжелый. Олег еле-еле уехал из дома — с женой и тещей в последнее время не было вообще никакого сладу. Кирюха вопил и не хотел его отпускать — цеплялся за ноги, плакал, разбил чашку, и Олег влепил ему подзатыльник. При воспоминании об этом подзатыльнике ему становилось так плохо, гораздо хуже, чем под взглядом Тимофея Кольцова.

Надвигалось лето, нужно думать, куда отправить Кирюху. Однако при одном только упоминании бойскаутского лагеря в Штатах Кирюха начинал рыдать и кататься по полу. Его не устраивало ничего, что находилось дальше тридцати километров от отца. В Москве Олег оставить его не мог — в доме в последнее время шли постоянные приготовления, шушуканья, шмыганья, пряганья — и моления, моления, моления...

Его «девушки», как называла их Катерина, явно что-то затевали. Это подтверждалось еще и тем, что жена стала с ним почти ласкова в последнее время. И Олег с ужасом кролика перед гремучей змеей ждал — что-то будет.

Со всеми утренними удовольствиями он забыл телефон и даже не мог вспомнить, где именно. Он не позвонил из машины, хотя должен был, понимая, что его звонка ждут.

А тут еще Кольцов привязался с программой мероприятий. Как это Катька его не боится? От одной его улыбки можно запросто покончить жизнь самоубийством, чтоб не мучиться...

— Что там с моим однофамильцем? — спросил Тимофей.

— Все в порядке, — отозвался Приходченко, с трудом выбираясь из своих мыслей — Мы предложили ему денег, чтобы он вышел из процесса. Он согласился. Дальше мы ничего выяснять не стали...

— Тимофей Ильич, — сказал из своего угла Абдрашидзе, — мы подготовили информацию о рыболовных траулерах, арестованных в иностранных портах. На данный момент три из них — ваши, то есть собранные когда-то на калининградских верфях. Мы предлагаем заплатить долги за один из них и широко разрекламировать это как акт сочувствия к рыбакам и их семьям.

— Мы уже говорили об этом когда-то, — перебил его Кольцов. — И тогда же я сказал, что заплачу за все.

«Все помнит», — с искренним восхищением подумал Приходченко, а Катерина, наклонившись к нему прошептала:

— Аттракцион неслыханной щедрости...

Приходченко хмыкнул, отворачиваясь и пряча улыбку, но Тимофей Ильич заметил и посмотрел недовольно.

О чем может шушукаться Катерина — его Катерина — с этим молодым снобом? Да пусть он сто раз ее начальник, и тысячу раз друг, и еще три тысячи раз кто угодно, но все равно она не должна шушукаться с ним в присутствии Тимофея. Впрочем, в отсутствие, наверное, еще хуже...

Смеясь над собой и своей внезапной ревностью, Тимофей резким движением подтянул к себе кофейную чашку. «Знали бы они, — думал он, сосредоточенно глядя в кофе, — как мы провели это утро».

От воспоминаний кровь вдруг ударила в голову, в спину, в ноги. Стало неудобно сидеть, и Тимофей поменял положение. «Да что это такое? — подумал он с радостным изумлением. — Неужели это со мной?!»

Он совсем не слушал Абдрашидзе и не смотрел на людей — так ему было страшно и радостно...

Вдруг послышался какой-то шум от дубовой двери его кабинета, как всегда плотно закрытой на время совещаний. Абдрашидзе оглянулся в полном недоумении — к боссу никто не имел права войти просто так, между тем кто-то явно ломился в дверь. Катерина выглянула из-за Приходченко, а Тимофей Ильич резко поставил чашку на блюдце.

— Выясните, что там такое, Игорь Вахтангович! — приказал он резко. Но когда Абдрашидзе уже выскочил из-за стола, дверь непривычно широко и резко отлетела в сторону и задержанная пружиной, начала медленно закрываться. На пороге, снова отшвырнув дверь, появилась сказочной красоты молодая дама. Она отпихивала от себя секретаршу и Диму, пытавшихся протиснуться следом за ней, и все повторяла:

— Нет, я войду! Я все равно войду!..

Она влетела в кабинет и выскочила сразу на середину, не удержавшись с разгону. Сумка упала у нее с плеча.

— Тимофей Ильич, — заговорила с порога расстроенная секретарша, — я ничего не смогла...

Кольцов повелительно махнул ей рукой и обратился к даме:

— Диана?

У Катерины от дурного предчувствия вдруг похолодели руки. Абдрашидзе замер у двери. Приходченко медленно поднялся.

— Я не к тебе пришла, — торопливо заявила дама, не глядя на Тимофея. Она была очень бледна, губы у нее тряслись. Нервным движением она подняла с ковра свою сумку и повесила ее на плечо.

— Олег, — сказала она Приходченко. — Ты вчера забыл у меня телефон. Весь день звонит твоя мама. Там что-то стряслось с твоим сыном. Слышишь, Олег? Тебе нужно срочно ехать, а я нигде не могла тебя найти.

— Что стряслось? — одними губами выговорил Приходченко. Лицо у него вдруг разом постарело и заострилось. Катерина встала и подошла к нему.

— Они его все-таки куда-то увозят, — Диана почти плакала. — И их там много. Он позвонил твоей матери, но она не знает, что там теперь... Мы довольно долго тебя искали.

— Много? — переспросил Приходченко. Абдрашидзе вдруг произнес что-то по-грузински. Катерина прижала руки к груди.

— Могу я узнать, что происходит? — раздался вдруг тяжелый низкий голос. — Диана?

Все повернулись к столу, за которым сидел Тимофей Кольцов. Олег Приходченко шагнул вперед, закрывая собой Диану, как будто боялся, что Тимофей растерзает ее.

— Диана приехала предупредить меня, Тимофей Ильич, — сказал он и скривился. Так фальшиво это прозвучало. Но пусть думает что хочет. В любом случае это лучше, чем постоянный страх разоблачения.

Диана выскочила из-за его спины, но Тимофей не дал ей произнести ни одного слова.

— Это я понял, — заявил он и словно отмел все объяснения. Его и в самом деле это мало интересовало. — Что случилось с вашим сыном? Почему это так переполошило мою бывшую жену?

— У него жена ненормальная, — крикнула Диана, — на религиозной почве. А мальчишка один все время...

— Диана!.. — перебил Олег, но она продолжала выкрикивать, как будто в чем-то обвиняя Тимофея.

— Он его прячет, а они находят и грозятся убить за грехи!

— Диана!!

— Она его молиться таскает к братьям и сестрам, и лупит, и в школу не разрешает ходить! На прошлой неделе эти самые братья бабушку избили за то, что та Кирюху спрятала!

— Да замолчи же! — сквозь стиснутые зубы приказал Приходченко, и Диана тяжело, некрасиво зарыдала, тычась лицом в его пиджак.

— Почему вы его не спрячете? — спросил Тимофей у Олега, как будто ничего не происходило.

— Он нервный очень и маленький. Он без меня совсем с ума сойдет. И не повезешь никуда особенно. Я пытался. Они его как-то находят, говорят, что бог помогает, и тогда все... Я должен ехать, Тимофей Ильич, — сообщил он, отрывая от себя Диану. — Прошу прощения за все это представление...

— Я с тобой, Олег, — негромко сказала Катерина. — А вы, Диана?

— Вы обе останетесь здесь, — ровным голосом объявил Тимофей Ильич. — Игорь Вахтангович, сводите их в ресторан. Олег, с вами поедет моя охрана. Они быстро всех найдут, и братьев, и сестер, и даже отцов и матерей. — Диана вытерла слезы и посмотрела на него в изумлении. У Катерины по детской привычке приоткрылся рот. Приходченко вдруг боком сел на стул.

Тимофей ничего не замечал.

— Парня отвезете на мою дачу, в Рублево-Успенское. Там охрана, как в Кремле. — Он сухо улыбнулся. — Леш, — обратился он к вошедшему охраннику, — Олегу Николаевичу нужно помочь. Поедете с ним.

— Да, Тимофей Ильич.

— Там какая-то секта, правильно я понимаю? — короткий взгляд на Приходченко. — Вы по-быстрому разберитесь, мальчишку, сына Олега Николаевича, к нам на дачу. Кого он знает? Тебя знает, Дина?

Диана быстро и виновато кивнула.

— Значит, ресторан отменяется. Побудешь с ним на даче. Вторую машину — за бабушкой, Олег Николаевич скажет куда. Всех соберете, доложите и проконтролируй потом сестер и братьев, ладно? В том смысле, чтобы к вечеру в Москве никого не осталось. Чтобы все уже были на пути к святым местам в северном Казахстане. Ну, ты все лучше меня знаешь... — Он снял телефонную трубку. — Я сейчас Дмитриеву позвоню, он все оформит и людей подкинет.

Дмитриев был министр внутренних дел.

— Ясно, Тимофей Ильич, — коротко сказал Леша. — Идемте, Олег Николаевич?

— Я... — промямлил Приходченко, — я...

— Ты потом все ему скажешь, — Диана улыбнулась сквозь слезы и потащила Приходченко за рукав. — Поедем быстрее, Олег. Все теперь будет хорошо...

— Игорь Вахтангович, найди мне Дмитриева, — велел Тимофей. — Не отвечает мобильный.

Абдрашидзе рысью побежал к двери, но вернулся и вдруг опустился на одно колено перед громадным Тимофеевым столом и прижал руки к сердцу.

— Вы — человек, Тимофей Ильич, — произнес он с грузинским акцентом. — Я рад, что работаю с вами!

Он проворно поднялся и отступил к двери, лицо у него дрожало от полноты чувств.

Катерина проводила его глазами, подошла к

Тимофею, ошарашенно смотревшему на дверь, и, взяв в ладони его лицо, сказала:

— Я люблю тебя.

И стремительно вышла.

Тимофей взял чашку и расплескал на брюки весь кофе. Потом он поставил чашку и долго смотрел, как расплывается на дорогой темной ткани мокрое пятно, похожее на кровь.

— Алло!

— Ну что ж... поздравляю, мы почти у цели. Девушка очень облегчила нам задачу. Мы даже не ожидали, что все так хорошо получится...

— Никто не ожидал...

— Да не волнуйтесь вы! Никто ничего не заподозрит. Что ж вы нервный такой, это смешно просто!

— Вам смешно, а мне не очень. Я каждый день боюсь. Спать перестал, снится, как все выплывает наружу...

— Это у вас с непривычки. Бросьте нервничать, осталось совсем чуть-чуть, лето продержаться, и мы его завалим...

— Да вы уже пытались! Машину зачем-то обстреляли...

— Случай уж больно подходящий был. Решили, что если повезет, — убьем, а нет, так напугаем как следует...

— Да ни черта он не боится! Чего ему бояться? Только шум подняли неизвестно зачем и службу безопасности переполошили. Будут теперь землю рыть.

— Ну и будут. Все равно ничего не нароют, я вам гарантирую!

— Деньги перевели?

— Конечно. Все как договаривались...

Страсти улеглись очень быстро. Все, присутствовавшие при историческом объяснении Тимофея Кольцова и Олега Приходченко, почли за благо особенно на этот счет не распространяться.

Олег, выручив сына, вернулся на Ильинку, в офис Тимофея Ильича, но тот принял его стоя, сказал холодно, что инцидент исчерпан, а в словесных излияниях он не силен. Так что прошу прощения, очень много работы.

Катерина, захлебываясь от восторга, поведала обо всем родителям, которые давно и хорошо знали Олега и очень ему сочувствовали.

— Он молодец, твой Кольцов, — произнес Дмитрий Степанович с удивлением.

Марья Дмитриевна внимательно изучала дочь, лучше отца понимая, что ее безудержный восторг имеет какие-то более глубокие корни.

— Будь осторожна, — сказала она, когда они остались одни на кухне. — Я очень тебя прошу, будь осторожна, Катенька... Он очень странный и, по-моему, очень тяжелый человек. Попробуй оценить его трезво.

— Я не могу трезво его оценивать, — ответила Катерина печально. — Я в него влюблена.

Марья Дмитриевна в сильном расстройстве ходила по просторной кухне.

— Ты совсем ему не пара. Он необразованный, мрачный, у него чувства юмора нет!

— Есть!

Но мать не слушала ее.

— Вся его сила и притягательность — в несметных деньгах. И я понимаю, какое в молодости это имеет значение. Но все-таки, Катя...

Катерина оскорбилась.

— Мам, куда тебя понесло? При чем тут деньги? У нас всю жизнь есть деньги, и я сама давно и прекрасно зарабатываю...

— Катенька, это вещи совершенно разного порядка — то, что зарабатываешь ты, или мы с отцом, и то, что есть у него. Не прикидывайся, пожалуйста, что ты этого не понимаешь. — Марья Дмитриевна остановилась напротив Катерины и взглянула на нее с такой жалостью, как будто Тимофей Кольцов уже погубил ее молодую жизнь. — Папа в восторге, что он помог Олегу. И я тоже в восторге. Но ему-то это ничего не стоило, Катя! Он не отдал ему последнюю рубаху, правда ведь? А жену он простил не оттого, что он благородный, а оттого, что он равнодушный, понимаешь? Ему нет до нее никакого дела, вот и все.

Насупившись, потому что мать отчасти была права, Катерина ковыряла вилкой скатерть.

— Ему и до тебя нет никакого дела. — Марья Дмитриевна подошла и обняла дочь. Катерина слышала, как мерно бьется ее сердце, как тикают часы на душистом запястье. На глаза навернулись слезы.

Неужели... неужели правда? Вдруг правда?

— Ты привлекаешь его потому, что ты — явление абсолютно недоступное его пониманию.

Не знаю, где он там вырос, но, очевидно, он мало встречал таких женщин, как ты...

— Мамочка, я знаю твою теорию о нашей с Дашкой уникальности и неповторимости, — высвобождаясь, заявила Катерина. — Можешь не излагать. Но к Тимофею это не имеет отношения. Если бы он хотел, он получил бы десяток таких, как я.

— Он дважды был женат. Дважды! На женщинах, которых, как я понимаю, он покупал, причем вполне сознательно. Что в нем есть еще, кроме денег, Катя?

— Мамочка, — сказала Катерина и отвернулась к окну, за которым млели теплые летние сумерки. — Теперь уже проверить ничего невозможно. Любую женщину, которая приблизится к нему на расстояние вытянутой руки, можно заподозрить в том, что ей нужны его деньги. Мне не нужны его деньги. У меня своих навалом. Он сильный, решительный, умный, талантливый, стойкий. Он добрый, хотя сам об этом не знает.

— А ты знаешь?

— А я знаю, — упрямо подтвердила Катерина. — Он делает о-очень большие дела. Он работу дает тысячам людей...

— Ну, понесла! При чем тут это?

— Да ни при чем! — с досадой выкрикнула Катерина. — При том, что его есть за что любить. Ты, между прочим, думаешь, как он. Он тоже уверен, что его любить нельзя. Можно любить только его деньги и влияние.

— А ты ему, конечно, уже сообщила о своих пылких чувствах?

— Конечно, — подтвердила Катерина и улыбнулась. — Давно уже. Он жутко перепугался.

— Постарайся уйти без потерь, — тихо попросила Марья Дмитриевна. — Я понимаю, конечно, что это вряд ли возможно, и моя пылкая дочь уверена, что все делает правильно. Но я прошу тебя — постарайся уйти без потерь...

Тимофей позвонил из Женевы, когда Катерина засыпала на очередном собрании предвыборного штаба.

Летом противостояние немножко улеглось — обе стороны готовились к решительным осенним наступлениям. Поток компроматов друг на друга временно приостановился.

Солнце палило Москву нещадно, влажная жара давила на голову, отекали руки, телефонные трубки казались мокрыми и скользкими. Вялые перебранки выжимали остатки сил. Хотелось сесть под кондиционером и забыть о том, что существует улица с горячими автомобильными выхлопами и запахом раскаленного асфальта.

Приходченко все дела переложил на Катерину и Скворцова, устраивая новую жизнь для себя и Кирюхи, в которой была Диана и не было двух религиозных фанатичек, чуть не натворивших настоящих бед.

До конца жизни он будет благодарен Тимофею Кольцову и, может быть, даже сумеет когда-нибудь ему об этом сказать...

Тимофей на неделю улетел по делам в Швейцарию. Катерина нервничала и злилась, пилила сотрудников и чувствовала себя стервой.

В Женеве была Юлия Духова, умница и красавица, сосланная туда усилиям и самой Катерины.

Поняв, что ревнует, она возненавидела себя окончательно — сколько раз она уговаривала себя, что личная жизнь Тимофея не должна ее касаться!

Но она касалась, да еще как!

Все это было неправильно, противно, и хотелось, чтобы Тимофей скорее вернулся.

Он позвонил и сообщил замученным голосом, что вечером будет в Москве.

— Ты поезжай прямо ко мне, чтобы я тебя нигде не искал, — распорядился он, нисколько не заботясь о том, что это могло противоречить каким-нибудь Катерининым планам.

— Ладно, — согласилась она холодно, понимая, что вступать в дискуссию по телефону нет никакого смысла. Кроме того, она ужасно соскучилась. И все же его наплевательское отношение к жизни раздражало и беспокоило. Так не могло продолжаться до бесконечности.

— Ты чего злая? — спросил он, помедлив.

— Я не злая, — отрезала она, и они кое-как попрощались.

Тимофей приехал в десятом часу — очень рано. Катерина только-только поставила в духовку мясо. Она была уверена, что из Шереметьева он поедет в офис и только потом домой, но он в офис почему-то заезжать не стал.

— Катерина! — заорал он с порога. — Ты дома?

Швырнув под зеркало чемодан, он стаскивал ботинки.

— Я здесь, — отозвалась она из кухни. — Я иду, Тимыч!

Он вздохнул с облегчением — как хорошо, что она дома, никуда не надо ехать, искать, звонить... Как он мечтал вернуться и застать ее в своей квартире, в сарафане или майке, с волосами, перевязанными розовой ленточкой, и босиком.

Она выбежала из коридора, ведущего на кухню, и бросилась ему на шею.

— Как я рада, что ты приехал, — сказала она после того, как они первый раз поцеловались. Она тут же забыла, что была им за что-то недовольна и даже хотела что-то такое ему высказать. — Господи, как здорово, что ты приехал!

Он еще раз поцеловал ее, чувствуя уже ставший привычным быстрый и горячий всплеск желания.

Как он жил без нее?

— Там жара такая, в этой Женеве, — пожаловался он. — Даже жарче, чем в Москве. Я чуть не умер.

— Ну, не умер же, — рассудительно заявила она и поцеловала его в ладонь. — Хочешь, я отведу тебя в ванну? А то мясо еще не готово. Ты вообще-то голодный?

Он посмотрел на нее.

За неделю он совсем отвык от Катерины. От ее голоса, интонаций, смешных словечек и цитат из фильмов. Он забыл ее духи, завитки волос на шее и манеру корчить забавные гримаски.

— Катька, — прошептал он и притянул ее к себе. — Катька...

Он силился что-то сказать, сердце у него бухало, как паровой молот, и даже взмокли короткие волосы на виске. Он сам не знал, что именно хочет ей сказать. Он не знал таких слов и не понимал, что с ним происходит.

Она сжалилась над ним. Над великим и могущественным Тимофеем Кольцовым. Сжалилась и, как всегда, увела разговор в безопасное и спокойное русло.

Но почему-то сейчас это его разочаровало.

— Давай в ванну, Тимыч, — сказала она преувеличенно весело. — Ты весь мокрый. А я мясо посмотрю и подойду к тебе.

Он лежал в джакузи, закинув голову на край и чувствуя, как расслабляется жаркое напряженное тело.

— Ты чего улыбаешься? — спросила Катерина, ставя перед ним стакан с соком. — У тебя вид, как у блаженного Августина.

— Принеси мне портфель, — попросил он и сел прямо.

— Куда? Сюда? — удивилась она.

Он кивнул.

— Работать будешь? — еще больше удивилась она.

— Давай неси, — велел Тимофей и отхлебнул сока.

Наверное, это и есть счастье, глупо подумал он. Вот и ответ на самый трудный вопрос человечества. Тимофей Кольцов, кажется, понял, в чем оно состоит...

— Тебе его прямо в воду бросить? — осведомилась Катерина. Он вытер полотенцем громадную загорелую ручищу и запустил ее в кожаные недра портфеля. Катерина наблюдала с интересом. Он долго что-то искал и в конце концов выудил небольшую голубую коробочку, перевязанную золотой ленточкой.

Тиффани.

— Тимыч, ты ненормальный, — все поняв, прошептала Катерина.

— Открой, — приказал он.

Ему очень хотелось купить ей кольцо. Он даже его выбрал. И в последний момент испугался, что она истолкует это как предложение руки и сердца, которое он не мог и не хотел делать. Поэтому он купил серьги.

Таких бриллиантов она вообще никогда не видела, только на церемонии вручения «Оскаров» по телевизору. Они сияли льдистым аристократическим блеском, как будто в их глубине полыхал ледяной огонь. Она боялась к ним прикоснуться.

— Давай меряй, — велел Тимофей, встревоженный ее молчанием. — Ты что, Кать?

— Как красиво, — завороженно сказала она. — Как удивительно...

Вскочив с бортика джакузи, она перед зеркалом осторожно вдела серьги в маленькие заполыхавшие уши и повернулась к нему.

— Ну как?

— Потрясающе, — произнес он с трудом. — Просто потрясающе.

И, приподнявшись, потянул ее к себе в воду.

В середине ночи Катерина уснула в полном

изнеможении. Тимофей лежал, прислушиваясь к тишине и ее дыханию. Она спала у него под боком, и это было замечательно. До ее появления в его жизни он и не знал, какое это удовольствие — обнимать ее, теплую, сонную, совершенно расслабленную. Его личную, частную, неприкосновенную собственность.

Ему стало жарко и, нащупав рукой пульт, он переставил кондиционер на более низкую температуру, но Катерину не отпустил.

Она должна быть рядом с ним. Она охраняла его и отгоняла его кошмары. Она даже призналась однажды, что любит его, но Тимофей за всю жизнь так толком и не понял, что это такое, поэтому особого значения ее признанию не придал.

Пусть любит. Если это означает, что он может захватить ее и держать, как работорговец захватывает в личную собственность раба, если это означает, что она будет с ним, он согласен.

Так и быть. Пусть любит.

В конце концов, он ведь не смог поймать ее на фальши. Пожалуй, она не играет с ним в обычные женские игры, пытаясь использовать его в личных целях, как пытались все его женщины. Он очень внимательно смотрел и вряд ли просмотрел бы такую игру. Обмануть его трудно.

Конечно, он слишком ею увлекся, и голова у него не так чтоб совсем холодная. Но ему это даже нравилось. Он чувствовал себя молодым и бесшабашным. И не нужно было принимать никаких решений. Их обоих все устраивало в нынешнем положении дел, когда она мчится к нему по первому зову и не слишком досаждает своими проблемами.

Так ему представлялось.

И в самой тайной, самой темной, самой охраняемой частице души он знал, что все это ложь.

Он попался. Попался, как волк в капкан.

Если она только почувствует его слабость, его зависимость, его неопытность — он погиб. Она разрушит все стены, которые он создал, и он останется на виду у всех, голый, слабый и беззащитный, как тридцать лет назад. Только у него уже нет сил строить все заново.

Ему бы надо бежать, спасаться, а не задремывать в состоянии глупого телячьего счастья, чувствуя под своей ладонью ее горячую гладкую спину.

Первый раз в жизни Тимофей Кольцов решил махнуть рукой на то, что говорил ему его внутренний голос.

Будь что будет, решил он, засыпая. Я не стану с собой бороться...

Он проснулся в темноте и сырости глухого подвала, где их держал Михалыч. Он не мог дышать. Из угла скалился дьявол.

Ты думал, что я не вернусь? Глупый мальчишка! Я всегда с тобой. Я буду возвращаться и возвращаться, пока ты не поймешь, что меня не осилить.

Загремел замок, и маленький Тимофей бросился в угол, где шуршали крысы, стараясь спрятаться. Может, пронесет, может, просто привели еще кого-нибудь...

Не пронесло. Пришли за ним, именно за ним, и тусклая лампочка в железном наморднике, которую Тимофей ненавидел, не дала ему спрятаться. Они увидели его и потащили с собой.

Он брыкался, кричал и плакал. Он умолял и кусался. Он выворачивался из ненавистных цепких рук, и рыдал, рыдал...

— ...Тимыч, милый, что с тобой?! Тим, очнись! Очнись сейчас же! Тимыч!!

Он продолжал вырываться и плакать. Он боролся за жизнь, прекрасно понимая, что однажды не вернется в вонючий подвал — его убьют там, куда тащили сейчас ненавистные руки. Он не мог остановиться и знал, что не справится с ними...

— ...Тимофей! Да очнись же!!

Ледяная вода плеснула в лицо. Сдергивая с груди одеяло, он вскочил и метнулся куда-то, сокрушая и опрокидывая какие-то вещи.

Горел свет. Катерина стояла на коленях в разгромленной постели. В руках у нее кинжальным блеском вспыхивал стакан. Вода из него тонкой струйкой лилась на подушки.

— Ничего, — выдавил из себя Тимофей. — Не бойся.

Шатаясь, он прошел мимо нее в ванную. Включил воду. Стал под душ.

— Не подходи ко мне, — приказал он, увидев, как открывается дверь. У него стучали зубы. — Я сейчас.

Наверное, он сильно ее напугал, потому что она отпрыгнула в спасительную глубину квартиры, как заяц.

— Я сейчас, — шептал он, глядя в закрытую дверь, — сейчас...

Он вышел не скоро, после того, как сосчитал все прожилки на мраморе и все дырки в душевой насадке. Он не мог прийти в себя. Он трусил, ожидая неизбежных вопросов, и придумывал, как можно ничего не объяснять. И не придумал.

Она сидела на кухне все с тем же стаканом в руках и смотрела на него дикими глазами. Он подошел и вытащил стакан у нее из пальцев.

— Может, чайку попьем? — сказал он фальшиво, ненавидя ее и себя. Ведь он знал — знал! — что должен быть один. Он не может разделить это с другим человеком!

Она смотрела на него как на чудовище, вылезшее из преисподней. В некотором смысле так оно и было, подумал он отстраненно.

— Наверное, тебе лучше сейчас уехать, — предложил он спокойно. — Прости, что напугал тебя. Или можешь лечь в той спальне. Там все готово.

Он плюхнул на подставку чайник и боком обошел Катерину, стараясь не коснуться ее.

Потом он все обдумает. Сейчас главное попытаться от нее избавиться. Он не мог видеть ее напряженное белое лицо.

— Кать, все в порядке, — повторил он резко. — Я не буйнопомешанный. Я не опасен. Слышишь?

Она встала и неестественно, как лунатик, подошла к нему.

— Что с тобой, Тимофей? — Она взяла его за руку. Он вырвал ее. — А? Что это такое?

Он неожиданно и сильно разозлился.

— Это называется кошмар. Кошмарный сон. Ты это хочешь узнать?

— И часто у тебя такие... сны? — сглотнув, спросила она.

— Раньше были каждую ночь, — ответил он любезно. — Потом пореже. С тех пор, как мы стали заниматься сексом, — совсем редко. Так что это целиком и полностью твоя заслуга. С тобой я стал спать лучше.

— Тимочка, — сказала она, и губы у нее скривились. Она изо всех сил удерживалась, чтобы не заплакать. — Тимочка, бедный мой...

Он смотрел на нее тяжелым мрачным взглядом, бессильно опустив руки. Ему хотелось ее ударить.

— Не смей рыдать, — проскрежетал он. — Я не хочу этого видеть. И не подходи ко мне. Лучше уезжай. Сейчас же. Ну!

Плача, она потянулась к нему и обняла двумя руками мощную шею в вырезе черной майки.

Он не мог ее оттолкнуть. Хотел — и не мог.

— Тимыч, — она стискивала его шею, и ее слезы катились и падали ему за воротник. Майка сразу промокла. — Господи, Тимыч, хороший мой...

Она почувствовала, как он медленно стал расслабляться. Как постепенно уходит напряжение из каменных мышц.

Он вдруг отступил назад и сел, прикрыв глаза.

— Где у тебя лекарства? — спросила она.

— Верхняя полка справа, — ответил он.

Она нашла валокордин, накапала в чашку и залпом выпила.

— Налить тебе?

Усмехнувшись, он покачал головой. Он не принимал успокоительное. Никогда.

Деликатно щелкнул вскипевший чайник. Катерина быстро и неаккуратно заварила чай и подвинула Тимофею чашку.

— Пей.

— Нас было трое, — сказал Тимофей. — Еще брат и сестра, оба младше меня. Имен я не помню. Родители, конечно, пили. Мне было лет... пять, наверное, когда папаша, напившись под Новый год, запер нас в квартире. Мы просидели одни дней восемь. Об этом потом даже в газетах писали. Мы съели обои, тряпки, вату из матраса... Потом соседи нас как-то выручили, не знаю как. Несколько раз нас устраивали в детский сад... Я помню потому, что там кормили. Однажды родители сильно дрались, и мы убежали на улицу. Была зима, сестренка простудилась и потом быстро умерла. Ее долго не хоронили — она лежала в кухне на полу, это я тоже помню. Я не ходил в школу — сразу понял, что можно не ходить, заставлять меня никто не собирался. Я в зоопарк ходил. Там была девушка, Маша, она позволяла мне помогать ей и подкармливала. Это были лучшие дни моей жизни, понимаешь? Потом она уехала. Замуж вышла и уехала. А я остался один. У тебя есть сигареты?

Катерина встала и принесла ему пачку из портфеля. Он быстро закурил.

— Потом родители нас с братом продали.

Он затянулся и продолжал, не глядя на Катерину:

— Нас продали Михалычу, который делал бизнес на таких, как мы. Портовый город, заграница близко, а извращенцев и в те времена было полно. Он предлагал нас мужикам, любившим мальчиков, и снимал это на пленку. Конечно, они снимали не только порно. Еще они снимали убийства. Убийства — это были самые дорогие кассеты. Ну, знаешь, где все во всех подробностях, где по частям отрезают, отрывают куски тела, море крови и куча удовольствия. Нас держали в подвале несколько месяцев. Старых убивали, новых приводили, и я знал, что скоро моя очередь. Брата однажды уволокли и обратно не вернули. Я все понял. Я очень боялся и всегда дрался, и поэтому, наверное, продержался дольше остальных. Как раз сопротивление-то и ценилось, это очень возбуждало клиентов. Почти все переставали сопротивляться где-то к пятому разу. Становилось все равно, что с тобой делают. Лучше умереть. Но смерть была очень уж мучительной. Нас спасла случайность. Очередной пьяный сторож забыл включить ток в двери. И я выбрался. Меня подобрали какие-то моряки. Далеко я не убежал, свалился в обморок. Они меня оттащили в ментуру, и к утру всех взяли, включая Михалыча. Его потом судили и убили на зоне. Там таких не терпят... А я после этого года три вообще не разговаривал, только дрался. В детдоме. Потом материться начал. А потом заговорил.

Он залпом выпил остывший чай, поднялся и ополоснул чашку.

— Кошмары у меня всю жизнь, сколько себя помню, — он спиной оперся о стол, глядя в светлую летнюю ночь за окнами. — Я ненавижу детей. У меня их никогда не было и не будет. Я свихнусь от страха, если у меня будут дети. Я даже как следует не знаю, нет ли у меня серьезного психического расстройства. Зато у меня есть мой личный дьявол. Он меня регулярно посещает, как сегодня. Ну что?

Катерина в кровь искусала губы. Но зато не заплакала. Выдержала. Ее сильно трясло, и несколько раз она собиралась заговорить и не могла.

— Не трясись, — приказал Тимофей, но она продолжала дрожать.

— Прости меня, — выговорила она наконец. — Я не специально. Я не знала, что это так... ужасно. Прости меня. Я не хотела заставить тебя вспоминать.

— Ничего, — вежливо сказал он. — Я жив, как видишь.

— Вижу, — согласилась она.

Ей трудно было дышать. Она знала, что уже никогда не будет такой беззаботной и легкой, как прежде. Не желая, он заставил ее пережить то, что когда-то пережил сам.

Это невозможно, невозможно, монотонно повторял кто-то у нее внутри. Она наклонилась вперед и обхватила колени. И стала раскачиваться, как неваляшка. Невозможно, невозможно... Я бы умерла, если бы такое случилось со мной. Я не знаю, как с этим жить. Я не умею...

— Катя, — позвал он. Она подняла глаза и несколько секунд пристально на него смотрела.

— Катя! — повторил он.

— Я люблю тебя, Тимыч, — сказала она и снова стала раскачиваться, засовывая под халат ледяные руки. — Это единственное, что я могу для тебя сделать...

— Я ничего не прошу делать, — медленно

произнес он. — Нужно ложиться спать. Завтра работать.

— Мои ребята, собиравшие о тебе информацию, раскопали какую-то фирму «Гранд Эд», — сообщила она, дыша на руки.

— Что? — спросил он. — Что?

— Сашка Андреев очень квалифицированно собирает информацию. Ну, помнишь, тот, которого поймал в Калининграде твой Дудников? Мы тогда перепугались ужасно — ему показалось, что ты продаешь за границу детей. Я подумала, что Приходченко втянул нас в самый черный криминал. А потом оказалось, что ты отправляешь их учиться и платишь бешеные деньги за их трудоустройство. Что ты покупаешь их у родителей, алкашей и наркоманов, лечишь и отправляешь туда. Я все думала, зачем такие сложности? Зачем за границу-то? Почему просто не давать деньги детским домам? Я не знала, что ты платишь свои долги. Что про наши детские дома ты все давно знаешь. Что ты их так спасаешь от окружающего мира и от самих себя.

— Откуда ты знаешь? — перебил Тимофей. — Этого никто не должен знать! Я не хочу, чтобы это было хоть как-то связано со мной, иначе всплывет все остальное, кто я и откуда...

— Я провела частное расследование. — Катерина перестала раскачиваться, поднялась со стула и подошла к нему вплотную. — Не могла же я не выяснить, что это за фирма. Вдруг ты и вправду Джек-Потрошитель?

— Какое расследование? — тупо спросил Тимофей. — Я ничего не знаю об этом.

— Ты ничего и не можешь знать, — ответила

Катерина. — Я позвонила Генеральному прокурору. Он друг моего отца.

Тимофей закрыл глаза и застонал.

— Он сказал, что «Гранд Эд» — никакой не криминал, а благотворительная структура. Что ты тратишь на нее дикие деньги. Что все законно, хотя и непонятно. Что связать ее с тобой нет никакой возможности — между ней и тобой миллион посредников, и никто не знает, для чего это тебе нужно. Ведь всем хорошо известно, что Тимофей Кольцов ничего не делает просто так.

Катерина стремительно обняла его за необъятные плечи, стиснула изо всех сил, прижалась крепко-крепко.

— Я не могу пережить то, что с тобой случилось, — пожаловалась она. — Наверное, я слабая, Тимыч. Я не могу, не могу этого вынести...

Тронутый ее сочувствием, он обнял ее, сознавая, что, пожалуй, понимает, как ей трудно. Он привыкал к своей биографии тридцать лет и не слишком преуспел в этом. По крайней мере ей не противно, а могло быть и такое...

И вдруг что-то как будто взорвалось у него в голове. Желание ударило в виски, как молот. Тяжело бухнуло сердце, стало жарко и трудно дышать. И уже не нужно было уговаривать себя не вспоминать, повторяя, как заклинание — никто, никогда, ничего не узнает. Она узнала. Он теперь не один, и дьявол, скорчившийся в углу, вдруг показался маленьким и нестрашным.

А может, его и вовсе нет, этого дьявола? Тимофею было наплевать на него.

Он держал в руках Катерину, живую и теплую, прижимавшуюся к нему так сильно, что ему пришлось опереться на стол, чтобы не упасть.

— Катька, — пробормотал он сухим ртом. — Катька, я больше не могу...

В безумии, с которым они набросились друг на друга, не было ничего человеческого, лишь острая, как нож, звериная необходимость. Словно стремясь отделаться от страшных воспоминаний, они катались по ковру, делая друг другу больно, но эта сладкая, жгучая боль приносила облегчение. Очищала душу. Позволяла все, все забыть. Она растворяла кислоту, переполнявшую их, и кислота, шипя, превращалась в пар, едкий, но уже не опасный...

— Игорь Вахтангович, — говорила Катерина, стараясь быть убедительной, — я не предлагаю вам устраивать за спиной Тимофея Ильича какие-то несанкционированные мероприятия. Просто я уверена, что рано или поздно это может понадобиться, и если мы не будем готовы — грош нам цена как специалистам...

От непрерывных телефонных разговоров у нее ломило висок и горело ухо. Придерживая плечом трубку, она быстро писала на компьютере очередную речь для Кольцова. Спичрайтер слег с ангиной — жарким июльским днем вволю посидел под кондиционером...

Еще утром ей пришло в голову, что нужно бы сляпать несколько материалов, которые пойдут в прессу и на телевидение в случае каких-то форс-мажорных обстоятельств. Запас на такой случай всегда имелся, но Катерине хотелось получить разрешение на совершенно необыкновенный подстраховочный материал, который, по ее мнению, сработает, как внезапно разорвавшаяся бомба.

Пока Абдрашидзе тянул и мямлил, и Катерина поняла, что разрешать ему ничего не хочется. А вдруг разрешишь совсем не то, что нужно хозяину? Не избежать тогда неприятностей...

Она перекинула трубку к другому уху и, не отрываясь от компьютера, позвонила Приходченко.

— Олежек, — сказала она вкрадчиво. — Я понимаю, что у тебя медовый месяц, но ты мне срочно нужен, чтобы воздействовать на Абдрашидзе. Со всей полнотой, так сказать, и ответственностью. Давай я тебе, коротенько, минут на сорок, изложу суть. А?

— Катька, я не хочу никакой полноты и ответственности, — возразил Приходченко. — Я еще до сих пор въехать не могу в то, что у меня все в порядке. Ребенок в безопасности, мамаша на курорте, а Динка на моей даче.

— Вместе с тобой, что характерно, — уточнила Катерина.

— Вместе со мной, — согласился Приходченко. — Если бы мне год назад кто сказал, что все так будет, я бы ни за что не поверил... А Динка тоже говорит — с ним что-то не то, я думала, он тебя убьет. Это она так про Тимофея сказала. Нет, ну ты представляешь, она от него ушла! Еще когда у меня все непонятно было, и жена с тещей присутствовали в полном объеме, и квартиру поджигали, и все такое. А она ушла... От Тимофея! Ко мне!

— Олег, — перебила его Катерина, понимая,

что начальник сейчас ни о чем другом говорить не может. Она его не осуждала. Он жил в аду одиннадцать лет. Он имел полное право одиннадцать дней пожить в раю. — Я, конечно, не гожусь в знатоки и инженеры человеческих душ, но понимаю, что она тебя любит, и, кроме тебя, ей никто не нужен. Ни Тимофей Кольцов, ни Борис Ельцин, как это ни странно. И мне ты тоже нужен. Может, не так сильно, как твоей Дине, но все-таки очень. Так что послушай меня хоть пять минут, а? А потом из своего Эдема позвони Абдрашидзе. Он нас с Паниным уже слышать не может...

— Валяй, — согласился Олег. — Я весь внимание.

Изложив начальнику суть дела и получив обещание договориться с Абдрашидзе, Катерина дописала речь и позвонила Мише Терентьеву в Калининград. Размякший от жары и близкого моря, Миша на вопросы отвечал вяло, и Катерина вдруг перепугалась — а делается там что-нибудь или калининградская пресс-служба давно наплевала на предстоящие выборы и потихоньку греется на солнышке?!

— Миш! — закричала она, когда выяснилось, что к завтрашнему приезду Тимофея никто не готов. А между тем давным-давно следовало подписать договор со штабом флота о Дне рыбака и Дне Военно-морских сил. Министру МЧС даже еще приглашение не отправили, не то что ответа не получили, и, соответственно, непонятно было, участвуют в празднике спасатели или нет. Было еще десятка два мелких дел, вроде публикаций и подготовки плакатов, которые с места за последнюю неделю тоже не сдвинулись.

— Миша, — повторила Катерина уже спокойнее, понимая, что если она сейчас устроит Терентьеву выволочку, то делу это никак не поможет, а Миша будет дуться и жалеть себя еще две драгоценные недели.

Катерина не была начальником-самодуром. Самодурой, как называли это в каком-то кино. К сотрудникам она подходила творчески и была согласна со стариком Карнеги в том, что чем больше людей ругаешь, тем хуже они работают.

— Я прошу вас, Миш, проконтролировать праздники. Времени уже осталось мало, а мы договор о спонсорстве так и не заключили. Кроме того, нужно четко понять, что нам должны за наше спонсорство — сколько будет репортажей, статей, упоминаний, интервью.

— Я все знаю, — проворчал смущенный Терентьев. Катерина растолковывала ему совсем элементарные вещи, как дурачку или студенту. Уж лучше б ругалась.

— Да, Миш, Слава прилетит послезавтра с молодежной программой, которую утвердил Кот Тимофей. Помогите ему, ладно? Он у нас такой энтузиаст, я боюсь, как бы он не переборщил...

Вот это уже лучше. Это значит, что она ему доверяет. Последить за Паниным — легко. С большим удовольствием. Вместе с ним мы горы свернем.

Катерина почувствовала, как на том конце провода Миша Терентьев воспрял духом. Слушая его голос, который становился все увереннее и увереннее с каждой минутой, Катерина переложила трубку и вытащила серьгу из горячей уставшей мочки.

Бриллиант брызнул ей в глаза россыпью мелких ледяных искр. Непонятно, откуда взялся вечером солнечный луч, отразившийся от камня. Может, он притягивал к себе солнце?

Тимофей находился в Питере дня три. Он должен был приехать вчера вечером, или сегодня утром, или хотя бы сегодня вечером. Вместо этого он позвонил и попросил отменить его встречу с председателем Совета Федерации и срочно улетел на Урал вместе с премьером, инспектировавшим регионы.

Позвонил он не ей, а Абдрашидзе, Катерина об изменении его планов узнала случайно и моментально затосковала.

— Кать, мне кажется, что Гриня вот-вот отмочит какую-нибудь штуку, — говорил между тем Миша Терентьев. — Саша Андреев выяснил, что они заказали в типографии листовки «Проститутки Калининграда призывают голосовать за Кольцова!» и собираются их развезти по области...

Про листовки Катерина уже знала. Сашка, конечно, позвонил прежде всего ей. Вместе со Славой Паниным они уже подготовили «симметричный ответ». Следовало поставить в известность штаб Головина, а лучше всего самого Гриню, который соображал хорошо и быстро, что команда Кольцова готова закидать город листовками аналогичного содержания. Они даже текст придумали. Что-то о том, что за нынешнего губернатора горой стоят сексуальные меньшинства. Это должно было убедить Гриню в том, что получится «око за око» и желаемого эффекта ни та, ни другая сторона не достигнет. Всем будет понятно, что это милые шалости конкурирующих штабов. А самое главное, фактор внезапности уже утрачен...

— Да, Миш, я все знаю, — сказала Катерина в трубку, — Панин привезет нашу листовочку. Про геев и лесбиянок, которые любят Головина. Вы ее посмотрите и оцените. Местная пресса продолжает вопить про войну с наркотиками?

— Продолжает, Кать! — Здесь было чем похвалиться, и Терентьев с энтузиазмом взялся за дело. Катерина его почти не слушала.

Несколько дней после того, как Тимофей вынужден был рассказать ей о своем детстве, Катерина не могла думать ни о чем другом. Только о маленьком Тимофее, которого заперли в пустой квартире и который ел вату из матраса. О маленьком Тимофее, для которого лучшим домом был зоопарк. О маленьком Тимофее, которого насиловали и били. И должны были убить на потеху кучке сумасшедших грязных придурков.

А она негодовала на свою школу! А она не хотела читать Чехова и хотела Розанова. А она презирала учителей за косность мышления и совковый менталитет.

Слова-то, слова какие!

Еще ее очень волновала судьба державы, погрязшей во лжи, и коммунистическая идеология, подменившая все истинные ценности искусственными!..

Они с Дашкой любили твердую копченую колбасу и не любили шоколад. Шоколадные наборы, громадные, как гладильные доски, в цветах и салютах на замысловатых коробках, пылились на серванте, и в кухонном шкафу, и даже на родительском гардеробе. Бабушка время от времени наводила ревизию и раздавала конфеты соседям.

Еще они бойкотировали поездки в колхоз. Это было так интересно, бойкотировать что-нибудь, а родителей потом вызывали в школу и в пресловутое гороно, которого все боялись...

Миша Терентьев уже давно положил трубку и убежал на пляж, воровато оглядываясь на телефон, как будто начальница могла выскочить оттуда и задержать его. А Катерина все сидела, подперев щеку рукой, в извечной, со времен Ярославны, позе.

Мама права, думала она, лаская большим пальцем сережку, Тимофеев подарок. Мы не просто из разных миров. Мы из разных солнечных систем. Галактик. Вселенных.

Мне не справиться с ним. С его искалеченным детством, внутренним разладом, с не прекращающейся вот уже тридцать лет войной с самим собой. Я слаба и не готова для этого. Я бы ни за что на его месте не выбралась. Я сразу сдалась бы, понимая, что мне все равно настанет конец, даже если чисто физически я останусь в живых.

Он не сдался, этот человек, ненавидящий детей и самого себя. Он создал себя заново. И для себя — империю, чтобы было чем занять клокочущий от напряжения разум. Это Катерина понимала очень хорошо. Ему нужно было доказать себе, что он все может. Не дать себе мысленно скатиться в пропасть, где он уже побывал однажды.

Ей, Катерине Солнцевой, нет места рядом с ним. Она слабая, благополучная до мозга костей, не готовая ни к каким серьезным жертвам, эгоистичная маменьки-папенькина дочка. Она не вынесет тяжести его сознания. Она не сможет быть рядом с ним долго...

Катерина стиснула в кулаке сережку и изо всех сил прижала кулак ко лбу.

Да, да, все правильно. Самое лучшее — расстаться сейчас, пока все не зашло слишком далеко.

Но почему, улетая на свой Урал, он не позвонил ей?! Что она должна думать, какими сомнениями мучиться?! У нее нет на него никаких прав — конечно же! — и она сто раз давала себе слово, что вообще не будет думать о том, где Тимофей и что с ним. Но она не могла не ждать, как будто у нее были все права, какие только возможно. Конечно, она не Жанна д'Арк и не годится в спутницы Тимофею Кольцову, но она должна знать, что с ним, и где он, и почему он не звонит, черт его побери!

Боясь передумать и оттого еще более решительно, она вставила в ухо сережку и, сверяясь по записной книжке, набрала номер его мобильного телефона.

— Да! — сказал он ей прямо в ухо. По телефону с ним говорить было в сто раз страшнее, чем просто так.

— Т-тимофей Ильич, это я, — робко промямлила Катерина, запнувшись на его имени. — Я хотела узнать...

Он молчал, ничем ей не помогая.

Господи, вот идиотка, зачем она только позвонила?! Ведь он вполне может в настоящий момент ужинать с премьером. Он очень любит это дело — поужинать с премьером...

— Я хотела узнать, — собравшись с силами, продолжала она, едва преодолев искушение бросить трубку, — когда вы вернетесь в Москву, чтобы мы могли...

— Кать, я ничего не слышу, — внезапно перебил он. — Мы на заводе. Подожди, я выйду из цеха.

— Не надо, не выходи! — совсем перепугавшись, завопила Катерина, но он не слушал. В трубке и вправду раздавался какой-то грохот, механический шум, звучали отдаленные голоса. Потом что-то с силой бабахнуло, и он произнес совсем близко:

— Так, я вышел. Что?

Лучше бы я умерла и оказалась в раю. В окружении милых и приятных людей — мечтала в этот момент Катерина.

— Кать, ты где? — повысив голос, переспросил он.

— Тим, я здесь, — ответила Катерина тоном обреченного на смерть. — Ничего мне не надо, и звоню я просто потому, что ужасно, кошмарно, стыдно по тебе скучаю, а ты пропал. Уехал — и ни слуху ни духу.

— Ты идиотка, — пробормотал он с сокрушительной нежностью, от которой у Катерины сердце сразу же провалилось в живот. — Я тебе не звоню, потому что я тебя боюсь и не знаю, что мне теперь делать.

Ну вот, он выговорил это. Теперь Катерина знает, что никакая он не сильная личность, а трусливое существо мужского пола, не умеющее разобраться в самом себе.

— И я тебя боюсь и не знаю, что мне делать, — ответила она. — Давай бояться вместе.

— Я прилечу завтра — и начнем, — в голосе у него звучало облегчение. — Я рад, что ты позвонила, Кать. Пока.

— Тимыч, я тебя люблю, — пробормотала она, совсем не уверенная, что он ее слышит, и положила трубку.

Все стало просто замечательно, в сто раз лучше, чем было пять минут назад. Даже погода.

Пробегая мимо Ирочки, сторожившей пустой кабинет Приходченко, Катерина послала ей воздушный поцелуй.

— Если кто будет звонить, ты где? — вслед ей прокричала Ирочка.

— В Караганде, — ответила Катерина. — На мобильном. Звоните и приезжайте!

У нее было чудесное настроение.

— Все готово. История получилась — пальчики оближешь! Наутро после публикации у него не останется ни одного сторонника. И написали, собаки, хорошо. Молодцы журналюги. Уважаю сволочей.

— Так, это все понятно. Может, ей в машину диктофончик подбросить?

— Не надо, не суетитесь. Еще Шерлок Холмс говорил, что истинному художнику необходимо чувство меры.

— Да я все понимаю, но у него в службе безопасности тоже не козлы сидят.

— У нас тоже не козлы. Ни с кем, кроме нее, он не говорил. Информация — супер, высший класс. Ну, продала, согрешила. Да никто и доискиваться не будет, понятно, что от нее утечка. Тем более она громче всех кричала — шпионы, шпионы... Кругом шпионы. Потому, что собственное рыло в пуху.

— Ладно, ладно, я не хочу все это обсуждать, мне противно.

— Бросьте целку-то строить, противно, подумаешь! Все, до свидания. Ждите публикаций.

— О.К. Как на бочке с порохом сидишь, ей-богу.

Лето угасало. Дни стали короче, а ночи — холоднее. Звезды высыпали рано — яркие, уже почти осенние.

«Последний и решительный» надвигался неумолимо, как танк, грозя раздавить и смести все с таким трудом возведенные укрепления.

Приходченко вернулся из отпуска. Абдрашидзе отменил поездку в Париж. Скворцов не вылезал из Калининграда. Катерина перестала есть и спать — некогда было, и как-то неожиданно сдали нервы.

— Кать, глупо так волноваться, — говорил ей Олег, — теперь уже все идет, как идет. Нужно только обороты набирать. Главное сделано.

— Я все понимаю, — отвечала Катерина. Телефоны у нее на столе не замолкали ни на секунду. Иногда, как сейчас, она позволяла себе не снимать трубку. — Просто я очень волнуюсь.

— Все волнуются, — говорил Приходченко и убегал на очередную встречу.

Тимофей в Москве почти не бывал. С Катериной они виделись редко и почти не разговаривали, только неистово занимались любовью и засыпали, обнявшись, как в кино про счастливых супругов. Катерину это раздражало.

Супругой Тимофея Кольцова она себя не чувствовала.

В конце августа она поругалась со Скворцовым, который совершенно неожиданно нагрянул в Москву и потребовал каких-то отчетов, о которых Катерина совсем позабыла. Конечно, их давно следовало бы сделать, но вполне можно было и отложить «на потом», как они называли время, которое настанет после выборов.

«На потом» были отложены все нормальные человеческие дела — семьи, дети, родители, отпуска...

Разговоры с Тимофеем, которые неизбежно придется разговаривать, тоже были отложены «на потом».

Поругавшись с Сашей, Катерина поехала домой.

Ее машина, с известной подлостью всех машин, в самый неподходящий момент заглохла, Катерина вымокла под холодным проливным дождем и слегла с простудой на целую неделю.

Тимофей, оценив по телефону ее состояние, внезапно велел ей ехать в Женеву, где он договаривался о чем-то с очередным сталелитейным заводом.

— Зачем я поеду? — тоскуя, спрашивала Катерина хриплым простуженным басом, мечтая поскорее вернуться на работу, где без нее, конечно же, все давно пропало. — Мы горим, у нас завал на работе.

— Я лучше тебя все знаю про работу, — отвечал Тимофей. — Прилетай, ты мне нужна.

Она очень быстро собралась — туфли, брюки, пиджак и пара блузок на смену, — и отец, ругая Тимофея Кольцова, отвез ее в Шереметьево.

В Женеве сияло агрессивное горное солнце, которому было наплевать на то, что уже осень и так сиять просто неприлично. Журчали фонтаны, голубело озеро, сверху, из самолета, больше похожее на море. Монблан подпирал небеса, а у его подножия в безудержной зелени парков сверкали крыши французских вилл. Тротуары были отмыты, газоны совершенны — в чистейшей, как будто причесанной траве, хотелось валяться и смотреть в странно близкое небо.

«А в деревне Гадюкино — дожди, — думала Катерина. — Надо же, привязалась какая-то глупость...»

Людей и машин было совсем мало — все в отпусках, объяснил Катерине встретивший ее в аэропорту Леша. В кафе на набережной сидели почему-то одни арабы...

— Они сюда летом валом валят, — всезнающий Леша поднял матовое стекло лимузина и включил кондиционер. Светофор долго не переключался, и Катерина во все глаза смотрела на колоритных арабов. — Они богатые до безобразия, а в их нефтяных республиках летом невыносимая жара. Вот они в Швейцарию и прутся... Мы приехали уже, вот наш «Хилтон», Катерина Дмитриевна.

«Хилтон», смотревший на озеро ухоженным аристократическим фасадом, встретил Катерину приятной прохладой громадного холла, состоявшего, казалось, в равных пропорциях из стекла и полированного дерева, вышколенным персоналом, державшимся с достоинством европейских монархов, сверканием витрин супердорогих бутиков — таким забытым и таким непривычным, заграничным лоском, что у Катерины вдруг стало превосходное настроение.

Тимофей был прав. Стоило на несколько дней слетать в Женеву. Она прибавила ей сил...

— Где я живу? — спросила Катерина, пока Леша заполнял какие-то бланки.

— С Тимофеем Ильичом, в пентхаусе, — ответил удивленный Леша. — Я вас сейчас провожу.

Катерина мгновенно почувствовала себя проституткой из фильма «Красотка».

Осведомленность охраны, от которой было никуда не деться, смущала ее почти до слез. Конечно, они все знали, не могли не знать. Конечно, они были предельно корректны и делали вид, что их это ничуть не касается. Но зато это касалось Катерины!

— А где Кольцов? — спросила она холодно.

— Они приедут, если по расписанию, к восьми. Они в Цюрихе. С ним другая смена.

Катерина усмехнулась — кто про что. Кто про острое, отвратительное чувство собственной продажности, а кто про другую смену охранников.

— Я остался, чтобы вас встретить.

Катерина хотела съязвить, что зря Тимофей Ильич утруждался, ей охрана не нужна, она и сама добралась бы прекрасно, но не стала. Леша был совсем ни при чем.

— Я вам все покажу сейчас, Катерина Дмитриевна, где бассейн, где сауны... Или вы по магазинам?

— Я устала, как собака, — сказала Катерина, поднимаясь. — И вчера еще у меня была температура. Так что никаких магазинов. Только сауны с бассейнами. Ясненько?

— Ясненько, Катерина Дмитриевна.

— Леш, по-моему, мы с вами переходили однажды на «ты». Давайте так и продолжать, а?

— Легко! — засмеялся Леша, и элегантный слуга в шитой золотом ливрее повел их к лифту.

Конечно, к восьми Тимофей не приехал.

Катерина торопливо поплавала в бассейне, боясь замерзнуть и простудиться вновь — это уж было бы совсем некстати, — и потом несколько часов провела в банях, переходя из одной в другую. Из турецкой — в финскую, потом еще в какую-то, потом опять в турецкую. Она напарилась до легкого головокружения, до того, что в голове не осталось никаких мыслей — ни о работе, ни о выборах, ни о Скворцове с Приходченко...

Пожалуй, если Тимофей Кольцов так проводит редкие часы досуга, то понятно, почему он может потом работать как сумасшедший, решила Катерина. Лучше ничего и надо. Смена обстановки — прекрасный отдых, так утверждали ее родители, которые всю жизнь вкалывали как ненормальные.

Высушив волосы и понажимав, как папуас, на

все кнопки в огромной светлой ванной, Катерина решила Тимофея не ждать и чуть-чуть прогуляться по городу.

Женева из окна лимузина показалась ей игрушечной, волшебной, пахнущей свежей водой и талым снегом. Этот запах ветер приносил с близких синих гор.

Она быстро надела костюм, подхватила сумку и спустилась вниз.

В холле ее окликнули.

Удивленная, Катерина повернулась, отыскивая знакомое лицо, и не сразу узнала в поднявшейся навстречу даме... Юлию Духову.

— Не смотрите на меня как на привидение, — посоветовала Юлия с ледяной улыбкой. — Пойдемте лучше в ресторан. Мне нужно с вами поговорить.

Катерине совсем не хотелось с ней говорить. Да и в ресторан она собиралась вечером с Тимофеем. И все-таки как загипнотизированная она пошла за Юлией в глубину длинного причудливого холла, мимо витрин и цветов, мимо кожаных кресел, светильников и деревянных панелей к небольшому кафе на первом этаже. Юлия чувствовала себя как дома.

— Мы часто бывали здесь с Кольцовым, — заявила она, усаживаясь за столик и как бы объясняя свое знакомство с заведением. — Вы не первая, кого он привозит в Женеву. Это такой своеобразный стиль — отвезти новую пассию в Женеву.

— Надо же, какая простенькая пиццерия, — сказала Катерина, оглядываясь. Почему-то ей стало грустно и жалко Юлию. — Не похоже, что «Хилтон».

— Ну, «Хилтон» сам по себе, а пиццерия сама по себе, — отрезала Юлия. — Что вы будете есть и пить?

— Есть не буду, — отрезала Катерина. — Пить буду пиво.

Юлия подняла брови.

Для нее, заработавшей аристократический светский лоск бульдожьим упрямством и зоркостью горной орлицы, с которой она высматривала, кто, что и в какое время дня ест и пьет, как застегивает пиджак, как выходит из машины, подобные вольности — пиво в ресторанчике в середине дня — казались преступлением против образа жизни.

Образа жизни, который она создавала для себя долгие годы и теперь лелеяла.

С брезгливостью истинной леди она заказала Катерине пиво, а себе, гораздо более благосклонно, кофе и клубничный пирог.

— Я разыскала вас, чтобы предупредить, — объявила она, закурив. — Мне наплевать на вас, придет день, когда я вас уничтожу. Но мне не наплевать на Кольцова. Он нужен мне живым, здоровым, богатым и влиятельным. Я не могу допустить, чтобы он утратил хоть что-то из этого замечательного списка.

— Нужен вам? — переспросила Катерина.

— Мне, — кивнула Юлия. — Не тешьте себя, девочка, вы тут ни при чем. Вы подвернулись ему под руку, когда у него вышли неприятности с женой, да еще на дороге обстреляли...

— Прошу прощения, — перебила ее Катерина. — Если вы хотите сказать, что это ВЫ ему нужны, то я, пожалуй, пойду, и вам придется в одиночестве выпить мое пиво или, по крайней мере, заплатить за него. Я не хочу это обсуждать.

— Вы будете обсуждать то, что я сочту нужным, — заявила высокомерно Юлия. — Вы влезли на мою территорию. Вы спутали мне все карты. Вы соблазнили мужчину, на которого у вас не было никаких прав. Вы перетянули на свою сторону всех его подчиненных...

Катерина слушала, недоумевая. Ей очень хотелось сказать Юлии, что ничего подобного она не делала и зря та так распаляется. Но было ясно, что Юлия ни за что не поверит.

— Если бы вы действительно знали Тимофея Ильича, то поняли бы, что его ни заставить, ни соблазнить нельзя, — все-таки ответила Катерина. — Он поступает только так, как считает нужным. Думать, что его можно как-то использовать, — большая ошибка...

Ухоженными пальцами Юлия смяла в пепельнице сигарету.

— Давайте признаемся друг другу, как женщины, спавшие с одним мужчиной, что переспать с Тимофеем Кольцовым — это спорт. Бег на короткую дистанцию. У кого-то получается, у кого-то нет. Лично он к этому отношения не имеет. Скажите-ка, вам с ним как спится?

— Спасибо, хорошо, — ответила Катерина с принужденной улыбкой. — Вы закончили вашу прочувствованную речь?

— Нет, — прошипела Юлия. — Слушайте меня, вы, избалованная, благополучная сучка. Вам ничего не светит — будем называть вещи своими именами. Вам не удастся ни к чему его принудить. Это даже мне не удалось. Вы очень скоро наскучите ему, и тогда я верну его. В Женеве он бывает даже чаще, чем в Москве, поэтому возможностей у меня будет мно-ого! Но мне не нужны его проблемы, — Юлия мило улыбнулась. — У меня достаточно своих. Поэтому, раз уж вы временно занимаете мое место, я хочу вас использовать.

— Как? — спросила Катерина. Ей очень хотелось выплеснуть холодное янтарное пиво на бежевый Юлин пиджак, но она пока сдерживалась.

— Готовится какой-то большой скандал в Москве и в Калининграде, — ответила Юлия. — Я не знаю подробностей. Я бы все выяснила, будь в Москве, я не такая рохля, как вы, но у меня нет такой возможности здесь.

— Какой скандал? — спросила Катерина. — О чем вы?

— Я говорю вам, что не знаю. Вы что-то прошляпили, вы же просто дура, и я Тимофею не раз об этом говорила. Вы не годитесь для такой работы, это с самого начала было ясно. Ах, если бы я тогда знала про этого вашего Приходченко и Диану, какие бы горы я свернула...

Глаза у нее вдруг наполнились слезами. Очевидно, мысль об упущенных космических возможностях не давала ей покоя.

— Да бог с ним, с Приходченко, — нетерпеливо перебила Катерина, — и с вашими грезами тоже. Говорите толком, что вы знаете, и я пойду гулять.

Юлия осторожно промокнула глаза носовым платочком.

— Я знаю только, что готовится несколько публикаций, очень скандальных. Вернетесь, попытайтесь узнать, в чем дело. Уж на это вам должно хватить мозгов. Вы должны возвести его на престол, чтобы я потом этим не занималась.

— Хорошо, возведем, — пообещала Катерина, старательно соображая, о чем может идти речь. О детстве? Никто не знает, кроме нее, а она, конечно, ни с кем это не обсуждала. О вывозе за границу детей-сирот? Это не скандал, а победная песня. Тимофей ни за что не разрешит сделать «паблисити» своей благотворительной структуре, но в случае чего информация сработает на Тимофея, а не против него. О наркотиках? Всем давно вбили в голову, что криминальные лидеры поссорились между собой после заявления Тимофея Кольцова. Он сам с криминалом никак не связан.

Что тогда?

Юлия чего-то не поняла? Скрывает? Или у нее какой-то дальний прицел?

— Так что за пиво заплатите сами, милочка, — заявила Юлия, перестав утирать глазки. — И знайте — мы с вами в состоянии войны. Я не отдам вам Кольцова в вечное владение. Он не вашего поля ягода. Найдите себе кого-нибудь посвежее и попроще. Вряд ли он вам нравится, так ведь? А свою стометровку вы уже пробежали — в постели с ним побывали. Будете детям рассказывать, что имели в любовниках Тимофея Кольцова. Для других целей он использовать вас не может — вы неумны и слабы. Да и секс ему не особенно нужен...

— Напрасно вы стараетесь, — сообщила Катерина скучным голосом. — Я не буду обсуждать с вами достоинства Тимофея. И недостатки тоже не буду. Видите ли, Юлечка, вам, конечно, это не приходит в голову, но он — самый лучший человек на свете. Лучше его нет. Я не собираюсь использовать его деньги и возможности — у меня нет ваших амбиций, а те, что есть, я вполне удовлетворяю на своем собственном месте. Я бы с удовольствием использовала его в качестве отца для своих детей, если бы он только согласился на это. — Катерина сладко улыбнулась, а у Юлии вдруг изменилось лицо — стало бабьим от злости и непонимания. — Поэтому поэтические сравнения со стометровками в моем случае не имеют никакого отношения к жизни.

— Я вообще-то не спортсмен, — низкий тяжелый голос заставил их обеих вздрогнуть и оглянуться. Тимофей стоял совсем близко, прислонившись плечом к полукруглой мраморной колонне. В руке у него был телефон.

— Ты... давно стоишь? — испуганно спросила Катерина. Она моментально позабыла о Юлии и видела только его усталое недовольное лицо с глубокими тенями вокруг глаз. Господи, сколько он слышал из того, что она наговорила?

— Порядочно, — сказал он, отвечая сразу и на вопрос, и на то, о чем она только подумала. Потом он нехотя перевел взгляд на официантку, которая, повинуясь молчаливому приказу, тотчас же придвинула ему стул.

Тимофей кивнул ошарашенной, переполошившейся, как курица, Юлии, как бы отпуская ее, и обратился к Катерине:

— Как ты долетела? Леша сказал, что он тебя встретил и привез в отель...

— До свидания, Тимофей Ильич, — пробормотала Юлия и быстро вышла, почти выбежала на улицу. Катерина проводила ее глазами.

— Ты все слышал? — спросила она, глядя на вечерний поток беззаботных пешеходов и сверкающих машин.

— Почти, — ответил он. — Что ты мечтаешь сделать из меня отца семейства — слышал. Как это тебе в голову взбрело?

— Сама не знаю, — сказала она, и щеки у нее загорелись тяжелым румянцем. — Прости меня, Тимыч. Я знаю, что ты совсем не хотел бы это услышать...

Но она ошибалась.

Он испытывал глубокое, просто чудовищное смятение. Он не был готов к такому повороту событий и не знал, как должен реагировать. Что именно он должен делать? Ругаться? Негодовать? Кричать, чтобы она это выбросила из головы?

Он не желал ни первого, ни второго, ни третьего. Больше всего ему хотелось... поговорить об этом.

Вдруг она сказала это серьезно? Вдруг случилось так, что она не боится его кошмаров и не считает его непригодным к жизни? Вдруг ей и вправду нужен он сам, Тимофей Кольцов, вместе со всеми его недостатками, амбициями, неудовлетворенным самолюбием и стремлением непрерывно что-то доказывать самому себе?

Вряд ли это возможно, но он очень хотел поговорить с ней об этом.

Я просто схожу с ума, решил он. Куда я лезу? В мужья этой профессорской дочке набиваюсь? В отцы семейства? Жарить по выходным шашлыки на их даче и выслушивать истории бабушки-императрицы? Я не гожусь для всего этого, неужели не ясно? Я не могу быть с ними. Я чужой, невоспитанный, оборванный мальчишка с темным прошлым. Я не знаю, почему, если старшая — Катя, то младшая обязательно Даша. Я не знаю, почему зовут Моней собаку, у которой кличка Вольфганг, и при чем тут Моцарт?! Я не хочу этого знать и не смогу жить их жизнью.

И больше всего на свете Тимофею Кольцову хотелось, чтобы Катя Солнцева вот сейчас, в этот самый момент, на женевской набережной, вдруг обняла его и сказала, что он нужен ей больше всего на свете, что она без него пропадет, и плевать ей на все его внутренние противоречия...

Он даже зажмурился, ясно представляя себе, что вот сейчас, вот-вот она его обнимет, и он с облегчением и радостью скажет ей...

Глядя на улицу, Катерина молчала. Тимофей видел ее длинную шею и часть щеки. И маленькое ухо с бриллиантовой сережкой.

— Я не сержусь, — сообщил он сипло. И откашлялся. — Я знаю, что это ты просто так сказала...

И замолчал, выжидая. Но она лишь грустно взглянула на него и подсунула руку под его горячую ладонь.

— Давай говорить о делах, Тимыч, — предложила она, и Тимофею почудилась тоска в ее голосе, — слышал, Юлия сказала, что готовится какой-то большой шум?

— Х... с ним, с шумом, — вдруг грубо заявил Тимофей. — Приедем в Москву — разберемся.

Но ни в чем разобраться они не успели.

На следующий день Тимофей зачем-то потащил ее с собой на переговоры. Очевидно, давал понять, что ее приезд в Женеву имеет еще и деловые цели.

Ночь они провели в разных углах громадного номера, думая каждый о своем. Тимофей делал вид, что работает, а Катерина делала вид, что спит. Он ушел от нее, как только она задремала после короткой и бурной любви, и она не сделала попытки его остановить.

Он пришел под утро, разобрав все бумаги и не найдя, чем бы еще заняться, и осторожно пристроился с краю. Он спал, казалось, одну секунду и проснулся от телефонного звонка портье, который должен был их разбудить. Катеринина голова лежала в сгибе его локтя, ногой он притиснул к себе ее бедра, а рукой сжимал грудь.

Это было единственно правильное положение их тел, и Тимофей опять испугался. Что он станет делать потом, без нее? Как будет жить один?

Затем он вдруг подумал, что все это ужасные глупости. Почему он должен жить один? Почему он не может жить с ней? Надо только как-то хитро заставить ее остаться с ним. Что-нибудь придумать. Надавить на ее чувство долга. Не может же она, в самом деле, бросить обесчещенного мужчину?!

Он неожиданно громко захохотал и стал целовать ее. Она проснулась, очень недовольная, попыталась отпихнуть его и снова заснуть, пока не поняла, что он хохочет. Хохочет!

— Ты что? — спросила она осторожно, на всякий случай подтягивая одеяло повыше. — Ты победил на внеочередных президентских выборах?

— Я решил, что ты, как честная женщина, должна взять на себя обязательства по отношению к мужчине. То есть ко мне, — заявил он торжественно и повалился на подушки от смеха. — Хочешь обязательств по отношению ко мне?

— Что? — спросила она с изумлением — У тебя налицо все признаки переутомления, Тимыч. Давай ложись обратно и спи.

— Я тебе дам, ложись и спи, — сказал Тимофей и лег на нее сверху. — Зря я, что ли, тебя будил? — Он укусил ее за ухо. — Я тебя хочу, — прошептал он, и дыхание у него сбилось. — Я, знаешь, Кать... Я ведь серьезно спросил... Ты, может...

Никогда в жизни ему еще не было так трудно произнести несколько совсем простых фраз. Фраз, которые бы все ей объяснили.

— Что? — спросила Катерина. Ей стало страшно.

Телефон, зазвонивший в этот момент, показался Тимофею худшим из врагов.

— Да! — рявкнул он, не отпуская Катерину, которая попыталась вылезти из-под него.

— Мы готовы, Тимофей Ильич, — отрапортовал Леша. — Ждем.

И разговор не состоялся.

Вечером, решил Тимофей. Я все скажу ей вечером.

У них было отличное настроение, и на затянувшихся переговорах они переглядывались, как парочка влюбленных школьников.

Куплю ей кольцо, мечтал Тимофей, глядя на

собеседника-швейцарца. Не буду ничего говорить. Не силен я в разговорах. Просто куплю кольцо. Отдам в ресторане. Нет, лучше в постели. Да, отдам в постели. Она увидит и скажет: «Тимыч, ты просто спятил». От предвкушения по спине у него пробежал счастливый холодок. Конечно, она ему не откажет. Или откажет? Но ведь она сказала вчера дурочке Духовой, что хочет родить ему детей. Или она не так сказала? Ну, детей вполне можно не рожать, он переживет, а...

Вдруг он увидел двоих — маленького мальчика и девочку, совсем крошку. Они возились на полу в его прибалтийском замке, и рядом с ними неуклюже скакал толстый щенок.

Глупость какая.

Он прикрыл глаза.

Какая ужасная, несусветная глупость. Его дети? Откуда он взял, что у него могут быть дети? Он их ненавидит и боится. Он не хочет усложнять свою жизнь. И не будет.

Но он знал, что уже не забудет то, что увидел — мальчика и девочку, и собаку...

У Катерины зазвонил мобильный, и она, извинившись по-французски, отошла с ним в угол.

— Милейшая мадемуазель ваш пресс-секретарь, — сказал ему любезный швейцарец. — Такие редко встречаются.

И Тимофей почувствовал гордость.

— Катя, — произнес в трубке чей-то озабоченный голос. — Кать, ты слышишь?

— Слышу, — ответила Катерина, — Слава, ты? Что случилось?

— У нас неприятности, Кать, — сказал Слава, и по его интонации Катерина поняла, что стряслась беда. Мило улыбаясь, она вышла из зала на залитую солнцем лестницу. У нее вдруг взмокли ладони.

— Что такое, Слава? Говори, не тяни!

— Мне позвонил сейчас парень из «Коммерсанта». Они ставят статью о Тимофее. Ему попался на глаза сверстанный номер... — Слава как будто собирался с духом и никак не мог закончить.

— Да, да и что? — Сердце уже набирало обороты. — Да ну тебя к Аллаху, Славка!

— Плохо дело, Кать. Она называется как-то так: «Жертва сексуального насилия», а подзаголовок «Тимофей Кольцов, подвергавшийся в детстве сексуальному насилию, организовал экспорт детей за границу».

Нащупав рукой, Катерина села на подоконник. Ноги ее не держали.

— Катя! — Голос у Славы был такой, как будто он сообщил ей, что ее приговорили к смертной казни. Хотя, наверное, так оно и было. — Кать, мы не знаем, что делать. Откуда это выплыло? Что это за бред, а?

— Это не бред, — мертвым голосом ответила она, и Слава испугался еще больше. — Это не бред, Слава. Об этом никто не знал, кроме меня. Меня и Генерального прокурора.

— Ты что, Кать? — спросил Слава. — Какого прокурора?

— Снимайте материал. Что хотите делайте, платите любые деньги. Слышишь, Слава? Любые. Сейчас я позвоню главному редактору «Коммерсанта». Ставьте запасной вариант с покушением.

У Приходченко на этот случай все есть, даже фотографии. Скажи ему, пусть звонит Хотенко, чтобы завтра информация во «Времени» прошла, как будто покушение было вчера.

Она знала — Тимофей не простит.

Никогда.

Никто, кроме нее, не знал о его детстве. Никто не знал о калининградской фирме «Гранд Эд». Информация могла просочиться только через нее.

— Катька, тебе плохо? — испуганно спросил Слава.

— Приходченко знает?

— Да, конечно. Он попросил тебе позвонить.

— Слава, нужно быстро узнать, куда еще отдали информацию. Кроме «Коммерсанта». Позвони Терентьеву, у него везде свои. Мы готовы заплатить любые деньги за замену материала. О господи, господи... Слава, и завтра информация о покушении на него должна не просто прозвучать, она должна грянуть как лавина, иначе мы пропали. Слышишь, Славка?

— Да, — откликнулся он. — Да, я звоню. Ты держись, Катя!

Едва он закончил говорить, как позвонил Приходченко.

— Кать, у нас беда. Славка звонил?

— Олег, я позвоню в «Коммерсант», а ты Хотенко. Завтрашний выпуск должен быть весь посвящен покушению.

— Тимофей уже знает?

— Нет. Надо перекупить все материалы, Олег. И в Москве, и в Калининграде. Я позвоню Генеральному прокурору, нужно срочно организовать интервью, где он приведет в пример эту его фирму как образец благотворительной и подвижнической деятельности, что-то в этом духе...

— Катька, кто? Кто сдал информацию? — Приходченко почти шептал, а лучше бы кричал.

— Не я, Олег, — сказала Катерина. Ей трудно было дышать. — Не я.

Она позвонила главному редактору «Коммерсанта», с которым дружила много лет. Поломавшись, тот обещал материал снять и заменить его другим. Потом она позвонила Терентьеву в Калининград.

Ей было плохо. Она все время смотрела на резные дубовые двери, ожидая, что вот-вот выйдет Тимофей, который доверял ей. Который, может быть, ее любил...

По улице внизу двигались веселые беззаботные люди. И Катерина в горячечном исступленном бреду вдруг удивилась, что планета вращается в нужном направлении, что все как всегда, что люди идут по делам и везут в колясках детей.

Едва договорив с Мишей, она вновь позвонила Приходченко.

— Хотенко я нашел. Материал будет завтра. Кать, Дудников уже звонил. — Олег помолчал секунду. — Он тебя ищет. Я сказал, что ты на неделю улетела за границу. Я думаю, что он сейчас будет звонить Тимофею.

— Олег, найдите, куда еще был отправлен материал! Я Мише сообщила, он уже этим занимается. — Трубка казалась тяжелой, будто свинцовой.

— Возвращайся, Кать, — сказал Приходченко. Похоже, он ее не слушал. — Я не понимаю, что происходит. Откуда это выплыло!?

— Я тут ни при чем, Олег! — закричала Катерина так, что с нижнего этажа к ней кто-то побежал. — Я ничего об этом не знаю! Я не продавала информацию в газеты. Ты что, мне не веришь?!

— Я боюсь за тебя, — ответил Приходченко. — Я даже представить себе не могу реакцию Тимофея.

— Зато я могу. — Катерина глубоко дышала, стараясь взять себя в руки. — Дудникову дай мой мобильный, скажи, что завтра я буду в Москве. Или сегодня, как получится.

— Могу я чем-то помочь мадам? — спросил с лестницы обеспокоенный клерк.

Катерина покачала головой и отвернулась от него.

Дубовая дверь зала для переговоров широко распахнулась. Из нее вышел Тимофей.

Сердце ударило в горло. Как в последний раз.

— Катя! — отчаянно закричал в трубке Приходченко. — Что там у тебя?!

Не глядя на нее, не останавливаясь, как во сне, Тимофей Кольцов прошел мимо и стал спускаться по лестнице.

На площадку высыпала охрана, а следом изумленные швейцарцы, громко говорившие что-то по-французски.

Тимофей не остановился и не оглянулся.

Трубка выскользнула из ее пальцев и запрыгала по ступеням мраморной лестницы, догоняя Тимофея. На последней ступеньке она подпрыгнула, задержалась и развалилась на несколько блестящих обломков.

— Владимир Викторович, я устала повторять одно и то же. Я не знаю, что вы хотите от меня услышать. Я не продавала информацию. Это не в моих интересах. Я на этой стороне, а не на той. — Катерина прикрыла глаза.

С момента ее возвращения в Москву прошло несколько часов. Все эти часы она отвечала на вопросы Владимира Дудникова.

— Я не знаю, чем это можно объяснить. Я устала, а утром мне нужно сделать море всяких дел...

— Никаких дел не будет, — отрезал Дудников. У него было молодое лицо истинного арийца и такая же жестокость в глазах. — Тимофей Ильич требует, чтобы вы больше не занимались его делами. Поздно уже формировать новую пресс-службу, но вы, по крайней мере, к ней отношения уже не имеете. Так что разговаривать мы с вами будем долго, пока до чего-нибудь не договоримся.

— Тимофей приказал отстранить меня от работы? — переспросила Катерина. В голове вдруг стало пусто и легко. — Совсем?

— Не падайте в обморок, — приказал Дудников. — На его месте я бы не только от работы вас отстранил. Я бы вам так репутацию испортил, чтобы вы потом всю жизнь помнили. Впрочем, надеюсь, так оно и будет. Так что давайте сначала. Кому вы говорили о том, что двадцать четвертого марта Кольцов по прилете из Москвы поедет на дачу, а не останется в городе? Кому вы звонили по телефону? Родителям? Друзьям? Любовнику?

Нужно быть стойкой, послышался голос отца.

Всегда нужно быть стойкой и уметь управлять собой. У него такая работа, у этого Дудникова. Конечно, он должен тебя подозревать.

Тимофей приказал избавиться от меня. Он уверен, что я его сдала. Я громче всех кричала — у нас утечка информации. Все это случилось из-за меня.

Стараясь сфокусировать зрение на «молодом арийце», Катерина ответила, старательно выговаривая слова:

— Я ни с кем не обсуждала изменение маршрута. Я сама была в той машине. Тимофей Ильич защитил меня от осколков. Если бы его не было рядом, меня, наверное, застрелили бы. Я не знаю, как вести себя, когда в меня стреляют.

Он не верит мне, подумала она с тоской. Теперь так будет всегда. Мне никто никогда не будет верить. Даже близкие. Даже Приходченко со Скворцовым. Даже Сашка Андреев и Милочка Кулагина. Как я буду с этим жить?

— Хорошо, — брезгливо произнес Дудников. — Кому вы сообщили... эксклюзивную информацию, которую получили у Тимофея Ильича?

— Никому, Владимир Викторович. Я уже говорила.

— С кем из журналистов вы дружите?

— Я должна перечислить пофамильно?

— Да, конечно. Я должен проверить все каналы информации.

Вспоминая, она забубнила имена и названия изданий. Дудников на нее не смотрел. Очевидно, ему было противно.

— Достаточно, — остановил он ее, когда список перевалил за двадцать человек. — Напишете на бумаге и отдадите. Я должен осмотреть ваш кабинет на предмет наличия подслушивающих устройств. Я хочу это сделать прямо сейчас.

— С Приходченко договоритесь, — вяло отозвалась Катерина. — И делайте что хотите. Мне нечего от вас скрывать...

Они искали довольно долго и, конечно же, ничего не нашли.

— Езжай домой, Кать, — предложил Приходченко и потер ладонями лицо. — Поспи.

— Ты что, ненормальный? — спросила Катерина. — Вряд ли я теперь когда-нибудь смогу спать.

— Утром все придут, — сказал Приходченко, неприятно морщась, — и узнают, что у нас был обыск. Представляешь, что будет? Что мы людям-то объясним?

Этого Катерина вынести уже не могла. Скуля без слез, как побитая собака, она пошла к выходу из своего разгромленного кабинета.

— Оставьте портфель, — распорядился сзади Дудников. — И привезите завтра все портфели и сумки, с которыми вы ходили на работу. А лучше наш сотрудник сейчас с вами подъедет и заберет...

— Слушаю. Кольцов.

— Мы нашли, Тимофей Ильич. — Голос Дудникова был полон скромного торжества. Тимофей снял очки.

— Что? — спросил он холодно.

Со времени звонка шефа службы безопасности в Женеву он весь был как замороженный. Как дохлая рыба, год пролежавшая в морозилке.

— «Жучок», Тимофей Ильич! — Дудников чуть ли не пел. — В портфеле у Солнцевой. В общем, все как мы и предполагали. Очень мощное подслушивающее устройство.

— Понятно, — сказал Тимофей. — Кто покупал информацию, выяснили?

— Нет еще, Тимофей Ильич!

— Так чего же радуетесь? Выяснить и доложить! — рявкнул Тимофей

— Слушаюсь, Тимофей Ильич, — пробормотал Дудников.

Держа в руке смолкшую трубку, Тимофей долго смотрел в угол. С ним теперь такое часто бывало. Он забывал, что именно должен делать с тем или иным предметом. И еще он подолгу смотрел в одну точку и ни о чем не думал.

Работала какая-то часть сознания, отвечающая за деловые встречи, переговоры и звонки.

Он даже не мог вспомнить, что говорил и делал все это время, как управлял своей империей. Очевидно, как-то управлял, потому что никто, кроме близкого окружения, ничего не заметил. Иногда ему казалось странным, что еще полгода назад никакой другой части сознания, которая теперь почти умерла, у него не было вовсе. Почему же ему так хочется умереть вместе с ней?

Его стало все безразлично. Ни в чем не было никакого смысла.

Заметка о его детстве вышла всего в двух изданиях, читаемых, но известных своим враньем.

Зато подробностями злодейского покушения

на жизнь великого Тимофея Кольцова были полны все газеты, телевидение и радио.

Программа «Время» усмотрела в этом подкоп под будущие президентские выборы. Газета «Коммерсант» — истребление честных бизнесменов. Журнал «Деньги» разразился огромным аналитическим обзором всего, что было сделано Тимофеем Кольцовым на благо родной экономики.

Рейтинги взметнулись до небес.

До выборов оставалось меньше месяца.

Катерину он потерял.

Он посмотрел на трубку, до сих пор зажатую в руке. Неужели еще недели не прошло с того самого дня, когда он подслушал ее разговор с Юлией Духовой в пиццерии, примыкающей к «Хилтону», и мечтал о том, как купит ей кольцо?

Я не буду вспоминать, велел он себе вяло. Кажется, когда-то я уже говорил себе это. Или нет?

В дверь заглянула секретарша.

— Тимофей Ильич, — сказала она озабоченно, — у вас что-то с телефоном. Я никак не могу связаться уже полчаса...

Она осеклась, увидев в его руке трубку.

— Простите, — пробормотала она, отступая. — Абдрашидзе звонит.

Тимофей посмотрел на трубку и осторожно пристроил ее на аппарат.

— Я не буду с ним разговаривать, — сказала одна его часть. Другая, сжатая в булавочную головку, наблюдала со стороны.

Еще на прошлой неделе он был уверен, что сможет жить, а не наблюдать жизнь со стороны.

Ты что-то совсем раскис.

Я не раскис. Меня просто больше нет. Есть кто-то другой. Может быть, я прежний. Но того меня, который покупал сережки у Тиффани и хохотал утром над сонной Катериной, больше нет.

— Я завтра лечу на Урал, — заявила секретарше та, уцелевшая часть. — Попозже соедините меня с Сердюковым и Николаевым.

Когда за секретаршей закрылась дверь, он еще долго смотрел на очки, соображая, что именно должен с ними сделать.

— Игорь, — убедительно сказал Приходченко, — ты хоть сам-то пойми, что это невозможно. Невоз-можно, понимаешь? Катерина не могла его сдать. Она его любит. Как бы сентиментально это ни звучало.

— Ты ничего не знаешь о жизни, — заявил Абдрашидзе, — если утверждаешь, что какая-то, блин, любовь имеет значение, когда на карту поставлены такие деньги и идет такая борьба.

— Да вы же нас проверяли, прежде чем наняли! Да это полный идиотизм — сдавать своих, даже с профессиональной точки зрения! На это в здравом уме и твердой памяти никто не пойдет! Это самоубийство, Игорь! Как же ты не понимаешь?!

— Не ори, — попросил Абдрашидзе. — Я знаю еще по ТАСС, как ты стоишь за своих. Так что не надо поражать мое воображение.

— Я не собираюсь поражать твое воображение. Я твердо знаю, что Катька — честнейший человек. Конечно, она увлекается, и с Тимофеем у нее роман, что как бы говорит против нее, но ты сам посуди, зачем она сохранила портфель с «жучком», если знала, что материал вот-вот выйдет?! Почему не выбросила в Москву-реку? Почему поперлась с боссом на дачу, если знала, что готовится покушение? Почему не отвела от себя подозрения?! Кроме того, это же ее идея с подстраховочным вариантом о покушении, который в конце концов побил все рекорды?! Мы же не первый год замужем, Игорь, мы знаем, как хорош, как уместен бывает порой скандал! Тот, кто все это готовил, просчитался, Игорь! История с обстрелом на пустынной дороге честного и умного бизнесмена гораздо красивее, чем какие-то сплетни столетней давности о том, что он был беспризорником и его снимали в каких-то сомнительных киношках. Это недоказуемо, старо и не принесло никому никаких дивидендов, кроме того, что мы все переругались. И ведь Катька же придумала, как отвлечь внимание! Игорь, мы должны что-то делать. Ваш Дудников уже со своей колокольни не слезет, но мы-то на нее еще не влезали!

— Да мы ничего не можем! — оборвал расходившегося Приходченко Абдрашидзе. — Ну что я могу?! Сказать Тимофею, что я ей верю и чтобы он успокоился?

— Давай поищем того, кто это сделал и на Катьку навел. — В сильном волнении Приходченко поднялся из-за стола и стал бродить по кабинету — Давай наймем кого-нибудь, что ли...

— Ты что, сдурел? Мы никого не можем втягивать в это дело. Да и некогда совсем, до выборов меньше месяца. Никто не будет этим сейчас заниматься.

— Я буду! — заорал Приходченко. — Я буду, и ты будешь потому, что я тебя заставлю. И Сашка

Андреев будет, а он бывший мент, он все понимает в таких делах! Мы все будем этим заниматься, понял? Я не отдам Катьку на растерзание, я и так не смог ее защитить от этого вашего Генриха Гиммлера, шефа рейхсканцелярии! Ты хоть можешь себе представить, каково ей-то? Что она сейчас думает, чувствует, делает?! Когда на нее все пялятся, шепчутся, осуждают...

— Я делец, а не творческая личность, — мрачно сказал Абдрашидзе. — Поэтому представлять, что там чувствует какая-то баба, я не буду. С Дудниковым поговорю. А ты с этим своим, Андреевым или Сергеевым, как его там... И пусть все занимаются своими делами. Мы не можем бросить работу из-за чьих-то там эмоций...

Катерина качалась в гамаке. Она теперь целыми днями качалась в гамаке. Впервые в жизни ей не нужно было никуда спешить, ни о чем волноваться. Некуда было бежать и не за что отвечать.

Проводив родителей, они оставались дома вдвоем с бабушкой. Две одинаковые старушки, старая и молодая.

— Ты бы кофейку попила, — говорила бабушка время от времени.

— Я не хочу пока, бабуль, — отвечала Катерина.

Она давно уже не бывала на работе. За событиями в мире тоже не следила и ни о чем не думала, хотя следовало бы, наверное, начать искать какую-то работу.

Какую? Где? Кто ее возьмет? Кому она нужна?

Она сидела в гамаке и не отвечала на телефонные звонки сослуживцев. Сашу Андреева, приехавшего с утешениями, она выгнала. Олегу сказала, чтобы не смел являться.

Она не хотела и не могла никого видеть.

— Катюш, поезжай в Лондон, — предлагал отец. — Мы до октября в Москве пробудем, а там пустая квартира, нет никого, тихо, спокойно...

— Не хочется, папа, — отвечала Катерина. — Я пока тут полежу, а потом что-нибудь придумаю...

Вот и осень опять, думала Катерина. Год прошел.

Неужели год?

В прошлом году она тоже лежала в гамаке, ела яблоко и читала досье незнакомого, непонятного, далекого Тимофея Кольцова.

Как она тогда протестовала против этой работы! И все-таки они ее заставили, начальники. И она работала, да еще как работала...

Тимофей стал понятным и близким и самым нужным на свете. Теперь она знала о нем больше, чем кто бы то ни было.

Кто же этот человек, так расчетливо и точно добивший их обоих?

Тимофей не простит ее — кончено. И больше никогда никому не поверит. Эксперимент завершился полным провалом. Он попробовал ей доверять, а она его продала.

Катерина покачивалась в гамаке, ржавые петли поскрипывали в такт.

Продала, продала, продала...

На соседнем участке жгли опавшие листья.

Дым тянул в ее сторону. Кузьма, навалившись всем весом, грел ее ноги. Соседка уговаривала внука не лезть в костер.

На крыльце показалась бабушка. Катерина медленно поднялась и пошла вдоль забора в глубь участка.

Не видеть, не разговаривать, не отвечать на вопросы. Еще чуть-чуть, а там как-нибудь...

— Катя! — позвала бабушка. — Катя!

Не отвечая, Катерина ускорила шаги.

Ей нужен только этот день, полный солнца и горького запаха дыма. Ей нужны только столетние липы, у которых такие приятные шершавые стволы. Ей нужен покой.

Ей совсем не нужны люди. Ни близкие, ни дальние — никакие. Ей нужно побыть одной. Почему они этого не понимают?

Тимофей ехал домой.

Наверное, в последний раз перед выборами он заедет в свою московскую квартиру, чтобы потом долго в нее не возвращаться.

— Помедленнее, — сказал он водителю. Ему совсем не хотелось домой.

Для того чтобы чем-нибудь заниматься, он читал документы, которые ему сегодня привезли из Питера. Он покупал еще один завод.

Во всем этом не было никакого смысла. Ну, еще один завод. Ну, выборы. Он победит, он совершенно в этом уверен. И что потом?

Тимофей перелистнул страницу с такой силой, что порвалась дорогая финская бумага. Какая-то душная ярость поднималась в нем, и он был даже рад этому. Все-таки лучше, чем замороженное рыбье состояние.

Странно, но в итоге всех событий ничего особенного не произошло.

Информация о его детстве, которой он так боялся, прошла почти незамеченной. То ли ей не придали никакого значения, то ли сработала «дымовая шашка», заслонившая все остальное. О покушении на него писали столько, сколько ни о каких других событиях, происходивших в его жизни.

Абдрашидзе обмолвился как-то, что «дымовую шашку» придумала Катерина. Тимофей ничего не хотел слышать о Катерине.

— Приехали, Тимофей Ильич! — негромко проинформировал его Леша.

Тимофей взглянул в окно. Машины стояли возле его дома, и, видимо, уже давно. Когда он в последний раз смотрел в окно, было сухо, а сейчас нудный дождик тонкими струйками бежал по стеклам.

Кольцов тяжело выбрался из джипа и пошел к подъезду. Охранники рыскали вокруг него, как доберманы.

У дверей квартиры он задержался, как всегда, кивком отпуская охрану.

— Поговорить бы, Тимофей Ильич, — вдруг с просительной интонацией произнес Леша и оглянулся на Диму с Андреем.

— Зарплата, что ли, не устраивает? — поднял брови Тимофей. Он не хотел ни с кем и ни о чем говорить.

— Все устраивает, — твердо ответил Леша,

выдерживая его взгляд. — Поговорить бы, Тимофей Ильич...

— Ну, заходи, — грубо предложил Тимофей. — Долго говорить-то будем?

— Минуту, — все так же твердо сказал Леша, входя за ним в огромную пустую квартиру. Тимофей, пошарив рукой, зажег свет. Одной кнопкой свет зажигался везде, даже в далекой кухне.

— Ну?

Он не хотел звать его в квартиру, предчувствуя, о чем будет разговор.

— Тимофей Ильич, — сказал Леша. — Не прав наш Дудников. Ошибся. Нужно исправить.

— До завтра, — проговорил Тимофей, отворачиваясь.

— Нет, Тимофей Ильич! — Леша шагнул от двери. — Я не уйду. Я боевой офицер и ничего не боюсь. Я знаю, что он не прав. Мы все знаем. Я дал мужикам слово, что с вами поговорю.

Сжатая до размеров булавочной головки вселенная внутри у Тимофея начала тяжело пульсировать, стремительно набирая темп.

— Ну, говори, — приказал он.

— Катерина ни при чем, Тимофей Ильич. Мы же все время рядом с вами. Мы... знаем. Ее кто-то по-крупному подставил. Кто-то из своих. Димка слышал один телефонный разговор. Нужно все проверить, Тимофей Ильич. Распорядитесь.

Булавочная головка уже не только пульсировала, она раскалилась докрасна. Тимофей не мог ее контролировать.

— Да тебе-то что за дело?! Чего тебе-то не хватает, а? — Он не кричал, он говорил монотонно и отстраненно, и Леша понял, что Батяня ему этого разговора не простит. Лучше бы орал и топал ногами.

— Почему это тебя волнует? Личную жизнь мою устраиваешь, Леха?

Он никогда не называл охранника Лехой.

— У меня для тебя новость — никто не смеет указывать мне, как жить. Понял? Ты понял или нет? А теперь выматывайся отсюда к... — И Тимофей длинно и от души выматерился.

— Не пойду, — заявил побледневший Леша. — Вызывайте вашего Дудникова, пусть он меня силой вывозит. Увольняйте меня. Сам не уйду.

— ...! — Тимофей со всего размаху швырнул об стену портфель. Ручка от эксклюзивного дизайнерского изделия оторвалась, и Тимофей с недоумением посмотрел на нее, оставшуюся в ладони. Потом перевел взгляд на охранника. Леша попятился.

Тимофей отбросил ручку, сделал несколько гигантских шагов и оказался в кухне. Там, роняя стулья, он нашел задвинутый в угол стола чайник и жадно попил прямо через край. Вода потекла на пиджак. Он вытер лицо и заорал:

— Лешка!

Охранник появился в дверях.

— Я не собирался тебя оскорблять, — тяжело дыша, сказал Тимофей, как будто это что-то меняло. — Говори, что хотел. Только быстро.

Через десять минут он вызвал к себе Дудникова.

— Буду через полчаса! — бодро отрапортовал тот. Тимофей подумал и позвонил Абдрашидзе.

— Приезжай ко мне, Игорь Вахтангович. Я дома. Дудников сейчас приедет.

— Случилось что, Тимофей Ильич? — помолчав, спросил Абдрашидзе.

— Заодно и посмотрим, — усмехнувшись, сказал Тимофей.

Ожидая замов, Тимофей заварил кофе.

Вселенная взорвалась и заполнила собой все пространство у него внутри. Его душила какая-то незнакомая, дикая злоба, которая искала и не находила выхода. Ему хотелось что-нибудь сломать или избить кого-нибудь до полусмерти.

Наверное, эта злоба сохранила ему рассудок и жизнь в подвале у Михалыча. Попался бы он ему сейчас... Тимофей с наслаждением убил бы его. Ах, как, должно быть, это замечательно — убить Михалыча...

Он до скрежета стиснул зубы. Почему он все пустил на самотек? Почему не проконтролировал Дудникова? Какому такому космическому отчаянию он предавался, что не смог разглядеть того, что разглядела его охрана? Ведь видели-то они одно и то же! Да что с ним вообще происходило все эти недели? Где он был?!

Катька сказала бы — «в Караганде».

Тимофей остановился и улыбнулся.

Потом взялся руками за голову. Жестом, поразившим его самого.

Она ни в чем не виновата. Она ни в чем не может быть виновата. Да кто он такой, черт возьми, чтобы вообще судить ее?!

Он ее любит, вот в чем дело. Слава богу, сообразил.

Это и есть любовь.

А ты не догадывался.

Вот это... все. Отчаяние, незащищенность, страх. Бешеное желание. Смех по утрам в постели. Щенячий восторг. Боль. Ощущение всего себя — живым.

Как это он называл, такой уверенный в себе, такой важный Тимофей Кольцов? А, да... всплеск неконтролируемых эмоций.

Тимофей зашел в ванную и сунул голову под кран. Холодная вода залилась за воротник черной майки, которая почему-то очень нравилась Катьке. Голова немножко остыла и начала соображать.

Вытирая перед зеркалом короткие волосы, Тимофей думал, что именно скажет Дудникову и Абдрашидзе.

Она должна его простить, когда он станет просить прощения. Или не должна?

Почему-то в этот раз она сама подошла к телефону.

— Катя? — спросил Приходченко. — Ты как?

— Отлично, — ответила Катерина. — Как вы?

— Кать, я серьезно спрашиваю. — Приходченко прислушивался к ней, стараясь услышать прежнюю Катерину. И не мог.

— А я серьезно отвечаю, что у меня все отлично. — Разговор был ей в тягость. Она привалилась к шубе, висевшей на вешалке. Внутри шубы было тепло и глухо, и хорошо пахло мехом.

— Кать, мы все в Калининграде.

— Я за вас рада. — Она погладила свободной

рукой старый вытертый мех. Пожалуй, сегодня она возьмет эту шубу с собой в гамак.

— Катька, ну тебя к дьяволу, давай приезжай!

— Ты что, с ума сошел, Олег? — спросила она равнодушно. — Я больше не работаю. У меня запятнанная репутация.

— У тебя запятнанные мозги, — грустно произнес Приходченко. — Ты себе выдумала историю и обсасываешь ее со всех сторон. Мучаешься.

— А Дудникова я тоже выдумала? — спросила Катерина. — И статьи о... Ну, ты, наверное, еще не забыл, о чем были статьи... И продажу информации тоже я выдумала.

— Дудников землю роет, — сообщил Приходченко и понизил голос. — Тимофей как вышел из спячки, так устроил всем разгон. Мало никому не показалось...

— Что значит «вышел из спячки»? — дрогнувшим голосом спросила Катерина.

— То и значит. Приезжай, Катюха, я тебя прошу, а? Без тебя пропадаем...

— Не пропадете, — заявила Катерина. — Осталось-то всего ничего. Я по телевизору посмотрю...

— Я тебе зарплату не выплачу, — вдруг рассвирепев, сказал Приходченко. — Я все, Кать, понимаю. Я на десять лет старше тебя. Я жену у него увел...

— При чем здесь это?! — взвилась Катерина.

— А при том, что мне твои эмоции близки и понятны. Я тоже себя проклинал и говорил себе, что я последняя сволочь!

— Так ты себе говорил сам, а не шеф службы безопасности — тебе!

— Да что тебе-то за дело до шефа службы безопасности, Катька?! У него свои проблемы, а у нас — свои.

— А не ты ли говорил: «Что мы людям объясним, как в глаза смотреть будем?»

— Да я другое имел в виду! Я не про тебя говорил, а про ситуацию. Мы же с тобой недосмотрели, недоглядели, прошляпили... «Жучок» в портфеле не из воздуха же материализовался!

— Замолчи, Олег! — От воспоминаний Катерине стало совсем плохо. Она уткнулась в шубу и зарыдала, тяжело и горько, впервые за все это ужасное время.

— Плачешь? — злорадно спросил Приходченко. — Это очень хорошо. Го-о-ораздо лучше, чем тенью по участку бродить!

— От... откуда ты знаешь? — всхлипывая, выдавила из себя Катерина.

— От верблюда, — сказал Приходченко. — Давай рыдай, я тебе мешать не буду. Прорыдаешься, позвони.

— Олег! — закричала Катерина. — Я не буду тебе звонить. Не буду, слышишь?!

— Нет, — ответил Приходченко и повесил трубку.

— Мама! — закричала Катерина. — Мама, откуда они знают, что я... что у меня... Мама!!

Марья Дмитриевна появилась на площадке второго этажа. Очки были сдвинуты на макушку.

— Катюш, они звонят каждый день. То Олег, то Саша, то Ира, то какой-то Алексей Северин, которого я не знаю. Что ты кричишь? Что с тобой?

— Зачем ты им рассказываешь, что со мной?! Ты что, совсем ничего не понимаешь? Тебе меня совсем не жалко, да?

— Катя, Катя, остановись, — сказала Марья Дмитриевна и начала спускаться вниз. — Никто никому ничего не рассказывает. Ну, посуди сама, неужели ты думаешь, что кто-нибудь из нас или из людей, с которыми ты работаешь, поверит в этот абсурд с продажей информации? Конечно, они знают, что у тебя депрессия и нервный срыв. У кого угодно был бы нервный срыв. Да ты еще так устала! Придешь в себя, вернешься на работу. Конечно, ты им нужна, они и звонят...

— Я не вернусь, — закричала Катерина, — Я не смогу жить с таким камнем на шее!

— Что ты знаешь о камнях на шее, девчонка! — вдруг оборвала ее Марья Дмитриевна. — Немедленно умойся и не шуми — бабушка легла...

Нужно иметь хоть какое-то мужество, — говорила мама, когда они курили на крылечке, обе очень взволнованные. — Я вижу, как тебе тяжело. Но ты бросила работу. Ты бросила своих людей в самый ответственный момент и в очень неприятной ситуации. Они что должны думать? Они тут совсем ни при чем! Ты бросила Олега. Этого своего ужасного Тимофея, в конце концов! Не перебивай, — властно заявила мать. Иногда она могла быть очень властной. — Ты оставила их справляться, как они умеют, а сама уползла зализывать раны.

— Мамочка, я не могла этого вынести... — взмолилась Катерина.

— А Тимофей как это вынес? Ты знаешь? Что он думал и делал? Чем он виноват? Тем, что он что-то такое про тебя подумал? Так ведь обстоятельства так сложились! Ты имела полное право обидеться. Обиделась — и достаточно. Или ты собираешься проторчать на участке всю оставшуюся жизнь? Ты должна бороться за себя, черт возьми! За себя и за Тимофея, если уж на то пошло. Ты дала ему возможность думать о тебе все, что угодно, — зачем?

— Я даже подойти к нему не могла, мамочка, — ответила Катерина и опять заплакала, тихонько, по-детски. — У него было такое ужасное лицо...

— Ах, лицо! — Марья Дмитриевна и безжалостной быть умела. — Ты же мне говорила, что его любишь. Или врала?

— Нет! — твердо сказала Катерина. — Не врала.

— Тогда скажи мне, дорогая, какое у тебя будет лицо, если ты вдруг совершенно точно про него узнаешь, что он задушил свою бабушку?

Катерина вдруг против воли засмеялась.

— Я не поверю, — произнесла она, икая.

— Может, и он не поверил. Ты же не знаешь. Кроме того, он вообще никому не верит. В принципе. Ему труднее, чем тебе. А Олег? Что он должен делать один, накануне... всех событий? Почему тебя это не касается? Это твоя работа, твои обязанности, твои друзья. Почему, черт побери, тебя так просто выбить из седла?

— Я не знаю, — призналась Катерина с недоумением. — Я не знаю, как им теперь в глаза смотреть...

— Почему?! Ты же ни в чем не виновата! При чем здесь глаза?! Позвони своему Олегу и скажи, что сможешь начать работу. Подумай и прикинь, когда ты будешь к этому готова. Хватит жалеть себя, Катя. Жизнь не кончается сегодня. Может быть, ты удивишься, но она не кончается и завтра...

Через два часа Катерина позвонила Приходченко и велела, чтобы он встречал ее в аэропорту. Может быть, жизнь и вправду не кончается завтра...

Старенький самолет натужно заревел двигателями, подруливая к зданию аэровокзала. На нем прилетело человек пятьдесят, в основном моряки и их жены. Все они были немножко навеселе, с огромными, перетянутыми коричневым скотчем сумками.

«Голосуйте за Тимофея Кольцова!» — было написано аршинными буквами на плакате за спинами таможенников. «Голосуйте за Алексея Головина!» — было написано на другом плакате, прямо напротив.

Катерина тихонько улыбнулась. Аэропортик был маленький и чистенький, совсем непохожий на московский, и Катерина почему-то немного успокоилась.

Сейчас она увидит Олега и всех остальных, а завтра, наверное, Тимофея. Если только он захочет с ней увидеться. А может, пройдет мимо, не глядя, как когда-то.

Об этом думать никак нельзя. Такие мысли отнимали остатки мужества, которое Катерина старательно, по крохам в себе собирала.

Она прошла через рамку и стала искать глазами Олега. Не найдя, потащилась вместе с чемоданом к выходу из крохотного зала прилета.

Тимофей увидел ее в жидкой толпе прилетевших сразу же. Вид у нее был такой, как будто она перенесла операцию. Она оглядывалась по сторонам в некоторой растерянности. Очевидно, искала и не находила Приходченко.

Тимофей несколько раз глубоко вздохнул, сунул руки в карманы и вытер их там о подкладку.

Она уже была близко, но, очевидно, не узнавала или не замечала его.

— Катя! — позвал он негромко. Она вздрогнула и оглянулась, всматриваясь в сумерки.

Какой-то человек, похожий на Тимофея, в джинсах и короткой кожаной куртке, стоял возле громадного черного джипа. Он был один, толпа обтекала его, разделяясь на два узких потока.

— Тимофей? — спросила Катерина, не слишком веря себе. Он двинулся ей навстречу, и она поняла, что это он, Тимофей.

Плохо понимая, что делает, она швырнула на асфальт чемодан и бросилась к нему с коротким хриплым воплем.

Тимофей не сразу сообразил, что именно она собирается сделать. А сообразив, раскинул руки, поймал ее, пошатнувшись, и прижал к себе, бормоча что-то вроде:

— Я рад... Катька, как я рад...

Кое-как они добрались до машины. Катерина держала его за руку, боясь отпустить. Это была родная, такая забытая, огромная ручища с сильными пальцами. Она прижимала ее к своему боку и, забегая вперед, заглядывала ему в лицо, и улыбалась, чувствуя близкие слезы.

Джип подмигнул всеми фарами, открываясь, и Катерина спросила, заглядывая внутрь:

— А где ребята?

— Дома, — ответил Тимофей, распахивая дверь. Нужно было еще открыть багажник, но у него тряслись руки. — Не мог же я ехать почти что на свидание с охраной!

— Тимыч, ты сумасшедший, — прошептала она таким счастливым шепотом, как будто он совершил бог знает какой беспримерный подвиг.

— Садись, — сказал он. — И поедем. Я за себя не отвечаю.

— Ты меня побьешь? — радостно уточнила она, взгромождаясь на переднее сиденье, всегдашнее Лешино место.

— Не надейся даже, — он позволил себе улыбнуться и захлопнул дверь

Ну его к черту, этот багажник. На худой конец, чемодан и в салоне доедет!

С окружной он неожиданно свернул на какой-то проселок и заглушил мотор.

— Катя.

— Что?

— Что нам делать?

— Ты у меня спрашиваешь?

— У тебя.

— А что мы должны делать?

— Катька, прости меня. Я не знаю, как это

объяснить. Я думал, что умру прямо с телефоном в руках, когда позвонил Дудников и сказал...

— И я думала, что умру. Я знала, что ты мне не поверишь.

— Дело не в этом. Дело в том, что я просто... растерялся. Я собирался в тот день сделать тебе предложение. И строил планы, как дурак. И даже собирался сказать, что черт с ними, пусть будут дети...

— Тимыч, ты ненормальный...

— Я даже не был уверен, что ты мне не откажешь. Что у меня есть такого, что было бы тебе нужно?

— Ты сам.

— Да. Я сам. Вот уж редкий подарок судьбы.

— Я люблю тебя, Тимыч. Но что изменилось? Ты ведь не нашел осведомителя?

— Нет.

— Почему же ты мне веришь?

— Потому что это — ты.

— И все?

— И все. И потому что я... Катя, я не могу этого сказать. Я не умею. Научи меня, Катя.

— Я люблю тебя. Я люб-лю те-бя... Видишь, как просто?

— Я все равно не умею...

— Не кусайся, Тимыч...

— Я не могу. Я тебя готов сожрать, не то что покусать. Я дикарь, да?

— Нет. Не нервничай ты так. Все в порядке.

— Катька, давай выходи за меня, а?

Время остановилось. Сердце остановилось.

Катерина отстранилась от Тимофея и посмотрела ему в лицо. Он был напряженным и выжидающим. Он был готов ко всему. Он будет умолять и шантажировать, если потребуется. Он не благородный герой голубых кровей. Он привык прорываться к цели с боями. Прорвется и сейчас.

— Но ведь еще нет результатов расследования. И выборы еще не прошли. И ты делаешь мне предложение?

— Да.

— Я согласна, Тимыч.

— Точно?

— Точно.

— Я рад, — сказал он просто. — Я рад, Катька...

В эфир прошла заставка, проскакали кони, и радостная ведущая повернулась к камере.

— Идиотка, — пробормотала Катерина. Эту ведущую она ненавидела.

— Наш сегодняшний гость — Тимофей Ильич Кольцов, личность в России очень известная...

Катерина пропустила все регалии, которые и так знала наизусть. Это было последнее интервью перед двадцатичетырехчасовой паузой. Агитация прекращалась сегодня в «ноль-ноль часов».

Завтра наступит момент истины. Все станет ясно.

Победа или поражение.

Поражение или победа...

— Тимофей Ильич, как вы оцениваете ваши шансы на победу?

Голос Тимофея, который так немилосердно

искажал микрофон, привел Катерину в состояние душевного трепета.

— Я не хотел бы оценивать ничьи шансы, — произнес он, глядя в камеру. Катерине казалось, что он смотрит прямо на нее. — Особенно сейчас, когда заканчивается агитация. Я сделал все, чтобы убедить избирателей в том, что могу быть очень полезен для своей области. Теперь слово за ними. Я все свои слова сдержал.

— С вашим выдвижением было связано несколько крупных скандалов в прессе, — ведущая кокетливо улыбнулась. Катерина напряглась — опасный момент! — Писали о вашей принадлежности к криминальным структурам, и вы потом это опровергли, подав в суд на газету «Московский комсомолец». Еще была, если вспомните, очень громкая история с покушением на вас. Тогда же писали, что вы все это специально организовали, чтобы снискать расположение избирателей.

— Вспомню, — перебил Тимофей холодно, и ведущая осеклась.

— О господи, что он делает, — пробормотал рядом Приходченко.

— Подожди, подожди, Олег, — попросила Катерина. — Посмотрим...

— Я не устраивал покушение на себя, если это вас интересует. Я уверен, что оно было связано с недобросовестной конкуренцией на выборах. Многим известно, что я не допущу на территории области криминала, разгильдяйства, шкурничества и всего остального, на чем держится бизнес у некоторых... моих соотечественников. У меня тяжелый характер... — Тимофей сухо улыбнулся, —

и сил хватает. Так что не всем со мной по пути. Но это скорее хорошо, чем плохо, верно?

— Что? — спросила ведущая, у которой не было этого вопроса в сценарии.

Катерина хмыкнула, а Приходченко переглянулся с Паниным. Они все боялись вопроса о детстве. Неизвестно, как отреагирует Тимофей, хотя они его готовили.

Тимофей улыбнулся своей волчьей улыбкой.

— Я говорю, что мне даже нравится, когда не всем со мной по пути. Это означает, что какой-то путь все же есть. Не просто идем, куда ноги несут.

Этого тоже не было в сценарии, и растерянность ведущей становилась неприличной.

Катерина засмеялась.

— Тимофей Ильич, ваше положение, как бизнесмена и кандидата в губернаторы такого большого и сложного края, в некотором роде уникально. Вы стоите как бы вне политических партий и движений. Чем это объясняется?

— Тем, что мне некогда, — ответил Тимофей. — Я не имею физической возможности выискивать себе места в политических партиях и движениях. Я работаю иногда по двадцать часов в сутки. Если я буду оставшиеся четыре посвящать поискам своего политического «я», меня выгонит жена.

— Он молодец! — восхищенно сказал Абдрашидзе. — Он молодец, он все здорово говорит. Человечно...

— А ваша жена работает? — спросила ведущая, у которой появился шанс спасти интервью.

— Вовсю, — заявил Тимофей в телевизоре. Катерина заерзала на стуле, и все присутствующие на нее посмотрели. — Она — мой политический консультант. Она контролирует время, которое я могу потратить на политику. Она не даст мне спуску, если я его растрачу бездарно. Кроме жены, у меня работает еще несколько тысяч человек, которым нужно платить зарплату, строить дома отдыха, и детские сады, и школы, и бани, и квартиры. Какая уж тут политика... Да мне это и не слишком интересно.

— Любуетесь? — спросил Тимофей от двери.

Вся компания резко повернулась к нему. Панин даже свалился со стула. Катерина вскочила.

— Ты откуда? — не веря глазам, спросила она.

Он передразнил ее.

— Неужели вы в самом деле думаете, что это прямой эфир, господа журналисты и их сподвижники?

Миша Терентьев вдруг захохотал. Следом за ним неуверенно засмеялись остальные.

— Это орбита, — сказал Миша сквозь смех. — Прямой эфир вышел на Дальний Восток.

— Фабрика грез, — пробормотала Катерина. Она была страшно рада, что он приехал. Да еще раньше времени.

— Ну что? — спросил живой Тимофей, кивая на Тимофея в телевизоре. — Все указания я выполнил в точности?

— Даже лучше, чем в точности, — восхитился Абдрашидзе. — Вы выполнили их даже очень творчески.

— Я рад, что вам все понравилось. Я старался. Люблю, черт возьми, себя в искусстве.

Они трепались, как школьники. Впервые за много месяцев им было решительно нечего делать.

В феодальном замке, где они все сидели перед телевизором, затопили камины. Можно расслабиться и отдыхать. С тем чтобы завтра с утра начать нервничать в полную силу.

— Ну что? — спросил Кольцов и взял Катерину за руку. — Чем бы ни закончилась моя избирательная кампания, господа... — он сверху взглянул на Катерину и добавил: — ...и дамы, я рад, что встретился с вами, что меня окружают такие неожиданно хорошие люди, что у меня, оказывается, есть команда.

Совершенно ошеломленные, все молчали, а Тимофей Кольцов продолжал говорить:

— Я счастлив, что у меня теперь... Катерина, — он сжал ее руку. — И что мне есть кому доверять. Вдруг я забуду сказать вам об этом завтра. Выборы, знаете, и все такое...

И тут у него в кармане зазвонил телефон. Извинившись, Тимофей вытащил трубку.

— Алло!

— Тимофей Ильич, мы нашли, — заявил Дудников ему прямо в ухо.

— Ну! — приказал Тимофей.

Катерина на него оглянулась. И застыла.

Приходченко посмотрел внимательно и дернул за руку Абдрашидзе. Слава Панин шагнул ближе, Миша Терентьев торопливо надел очки.

— Все сошлось, Тимофей Ильич. Всю историю затеял Вася Головин, сын нынешнего губернатора. Ему папашино смещение не светит. Ему надо папу у власти оставить. Покушение — тоже Васина идея.

— Пугали? — спросил Тимофей.

— А кто их знает. Похоже, решили, как повезет. Убьют — хорошо. Нет — так хоть испугают... Вася в области царь и бог. Ему менты никакие не страшны, даже если б искать стали... А «жучки», информация — это...

— Кто?! — рявкнул Тимофей.

— Скворцов. Из «Юниона». Его Вася давно знает. И платил хорошо.

— Ладно, все, — прервал Тимофей. — Не желаю слушать. Никаких репрессий. Пусть убирается к своему Васе.

Он выключил телефон, сел и потер лицо. К нему подошла Катерина.

В этот вечер они все напились.

Официальное сообщение.

«По уточненным данным, на выборах губернатора Калининградской области победил известный предприниматель Тимофей Кольцов. Отрыв от основного соперника, бывшего губернатора области Алексея Головина, составил двадцать три и семь десятых процента. Остальные кандидаты набрали в сумме чуть меньше восьми процентов голосов. Наблюдатели отмечают неожиданно высокую явку избирателей на участки. К двадцати часам вчерашнего дня проголосовало уже пятьдесят восемь процентов от общего числа избирателей. Наблюдательный совет не зафиксировал никаких нарушений...»

Под утро ему приснился кошмар.

Как будто его переехал грузовик и продолжает кататься по нему взад-вперед.

Засмеявшись от счастья, Тимофей открыл глаза.

Странное дело, кошмар никуда не исчез.

Он сидел у Тимофея на животе и катал по его груди игрушечный грузовик. И рычал.

— Ты откуда взялся? — грозно спросил Тимофей у кошмара.

— Оттуда, — он махнул грузовиком в сторону приоткрытой двери в спальню. При этом он задел Тимофея по уху. Тот охнул и скосил глаза на Катерину. Она вроде спала. Они ее пока не разбудили.

— А Маша где? — шепотом спросил Тимофей, поймав в ладони маленькие босые ножки. — У тебя ноги ледяные!

— Маша там, — он снова махнул, но на этот раз Тимофей грузовик перехватил.

— Мишка, зачем ты вылез из кровати и шляешься по дому босиком? — не открывая глаз, спросила Катерина.

— Затем, что сегодня Новый год, мамочка, — сообщил Мишка и слез с Тимофея. — А мы с Машкой дверь к елке никак открыть не можем. Пап, открой, а? А то Машка там одна открывает...

— О боже, боже, — пробормотал Тимофей, откидывая одеяло. — Вы бы хоть оделись.

— Разве они могут одеться? — спросила Катерина. — Они дверь открывают.

— Пропало наше новогоднее утро, — сообщил Тимофей, натягивая джинсы. — Пошли, Мишка! Пусть мама еще пять минут полежит.

Он мигом решил все их проблемы. Тапки были найдены, тяжелая дверь открыта, огоньки на высоченной, под потолок, елке зажглись, и его трехлетняя дочь и пятилетний сын с визгом бросились к ней.

Тимофей, позевывая, сел на диван. Это было самое лучшее в мире занятие — смотреть на Мишу и Машу.

Пришла Катерина, принесла ему рубашку и устроилась у него под боком. За громадным, от пола до потолка, окном сыпал снег. Под обрывом шумело море.

Вечером приедут родственники из Москвы.

И еще Приходченко с Дианой и Кирюхой. Абдрашидзе с Ниной и детьми. В доме будет не протолкнуться.

Но нельзя нарушать семейные традиции. Даже если их история насчитывает всего шесть лет...

— Пап, это мы с бабушкой для тебя сделали...

— Папа, посмотри, это заяц, а это ты...

— Мам, а это, видишь, Дед Мороз!

Дети проворно, как котята, влезли на диван и устроились у Тимофея под другим боком.

— Пап, ну посмотри же!

На белом листе бумаги было нарисовано нечто и написано Мишкой, очень коряво: «Любимаму папочки с новам годам!», а ниже шли Машкины каракули, которые вообще нельзя было разобрать.

— Дай я посмотрю, — попросила Катерина. — Какие вы молодцы с бабушкой!

А Тимофей, откинув голову на спинку дивана, старался загнать обратно глупые ненужные слезы.

С чего это, черт возьми?

Уже давно пора привыкнуть, что у него Мишка и Машка, и он для них «любимай папочка».

Самые лучшие на свете Мишка и Машка. И Катерина.

— Тимыч, — сказала она нежно, и ее губы скользнули по его уху. — Не плачь!

Литературно-художественное издание

ТАТЬЯНА УСТИНОВА. ПЕРВАЯ СРЕДИ ЛУЧШИХ

Устинова Татьяна Витальевна

ПЕРСОНАЛЬНЫЙ АНГЕЛ

Ответственный редактор *О. Рубис*
Младший редактор *П. Тавьенко*
Художественный редактор *С. Груздев*
Компьютерная графика *Н. Никонова*
Технический редактор *Н. Носова*
Компьютерная верстка *Е. Мельникова*
Корректор *Н. Кирилина*

В оформлении книги использован шрифт «Клементина»
© **«Студия Артемия Лебедева»**

ООО «Издательство «Э»
123308, Москва, ул. Зорге, д. 1. Тел. 8 (495) 411-68-86.

Өндіруші: «Э» АҚБ Баспасы, 123308, Мәскеу, Ресей, Зорге көшесі, 1 үй.
Тел. 8 (495) 411-68-86.
Тауар белгісі: «Э»
Қазақстан Республикасында дистрибьютор және өнім бойынша арыз-талаптарды қабылдаушының өкілі «РДЦ-Алматы» ЖШС, Алматы қ., Домбровский көш., 3«а», литер Б, офис 1.
Тел.: 8 (727) 251-59-89/90/91/92, факс: 8 (727) 251 58 12 вн. 107.
Өнімнің жарамдылық мерзімі шектелмеген.
Сертификация туралы ақпарат сайтта Өндіруші «Э»

Сведения о подтверждении соответствия издания согласно законодательству РФ о техническом регулировании можно получить на сайте Издательства «Э»

Өндірген мемлекет: Ресей
Сертификация қарастырылмаған

Подписано в печать 19.12.2016. Формат 70x90 1/32.
Гарнитура «Таймс». Печать офсетная. Усл. печ. л. 11,67.
Доп. тираж 4000 экз. Заказ № 2071.

Отпечатано в ООО «Тульская типография».
300026, г. Тула, пр. Ленина, 109.

ISBN 978-5-699-89739-1

В электронном виде книги издательства вы можете купить на www.litres.ru

Оптовая торговля книгами Издательства «Э»:
142700, Московская обл., Ленинский р-н, г. Видное,
Белокаменное ш., д. 1, многоканальный тел.: 411-50-74.

По вопросам приобретения книг Издательства «Э» зарубежными оптовыми покупателями обращаться в отдел зарубежных продаж
International Sales: International wholesale customers should contact Foreign Sales Department for their orders.

По вопросам заказа книг корпоративным клиентам, в том числе в специальном оформлении, *обращаться по тел.: +7 (495) 411-68-59, доб. 2261.*

Оптовая торговля бумажно-беловыми и канцелярскими товарами для школы и офиса:
142702, Московская обл., Ленинский р-н, г. Видное-2,
Белокаменное ш., д. 1, а/я 5. Тел./факс: +7 (495) 745-28-87 (многоканальный).

Полный ассортимент книг издательства для оптовых покупателей:
В Санкт-Петербурге: ООО СЗКО, пр-т Обуховской Обороны, д. 84Е.
Тел.: (812) 365-46-03/04.
В Нижнем Новгороде: 603094, г. Нижний Новгород, ул. Карпинского, д. 29, бизнес-парк «Грин Плаза». Тел.: (831) 216-15-91 (92/93/94).
В Ростове-на-Дону: ООО «РДЦ-Ростов», 344023, г. Ростов-на-Дону, ул. Страны Советов, 44 А. Тел.: (863) 303-62-10.
В Самаре: ООО «РДЦ-Самара», пр-т Кирова, д. 75/1, литера «Е».
Тел.: (846) 269-66-70.
В Екатеринбурге: ООО«РДЦ-Екатеринбург», ул. Прибалтийская, д. 24а.
Тел.: +7 (343) 272-72-01/02/03/04/05/06/07/08.
В Новосибирске: ООО «РДЦ-Новосибирск», Комбинатский пер., д. 3.
Тел.: +7 (383) 289-91-42.
В Киеве: ООО «Форс Украина», г. Киев,пр. Московский, 9 БЦ «Форум».
Тел.: +38-044-2909944.

Полный ассортимент продукции Издательства «Э» можно приобрести в магазинах «Новый книжный» и «Читай-город».
Телефон единой справочной: 8 (800) 444-8-444.
Звонок по России бесплатный.

В Санкт-Петербурге: в магазине «Парк Культуры и Чтения БУКВОЕД», Невский пр-т, д.46. Тел.: +7(812)601-0-601, www.bookvoed.ru

Розничная продажа книг с доставкой по всему миру.
Тел.: +7 (495) 745-89-14.

BOOK24.RU
ИНТЕРНЕТ-МАГАЗИН
ИНТЕРНЕТ-МАГАЗИН
BOOK24.RU